ÉMILE DE MOLÈNES

LE PAYS DU MAL

PALOTTE

INÉDIT

7411

GRAVURE SUR ACIER

PARIS
LIBRAIRIE SARTORIUS
RUE DE SEINE, 97

1874

PALOTTE

Ⓒ.

PALOTTE

Lib.ie SARTORIUS r.de Seine 27, Paris

PALO

PALOTTE

Lib^ie SARTORIUS r de Seine 27, Paris

ÉMILE DE MOLÈNES

LE PAYS DU MAL

PALOTTE

INÉDIT

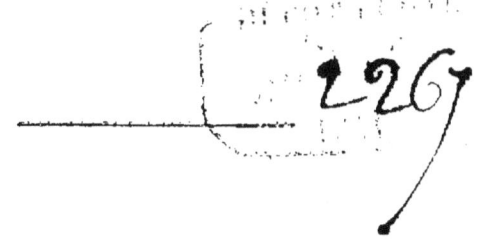

PARIS

LIBRAIRIE SARTORIUS

27, RUE DE SEINE, 27

1874

LE PAYS DU MAL

PALOTTE

PROLOGUE

—

I

Sous ses clochetons, ses girouettes, ses balcons
avec balustres en pierre polie comme du marbre,
la Chartreuse du docteur s'ouvrait toute coquette,
sur une esplanade à rampe douce, frangée d'al-
lées dont le sable étincelait au soleil, comme les
paillettes d'un costume de théâtre.

Fleurs, parfums, brises et murmures abon-
daient dans ce charmant espace, à la décoration
duquel avaient présidé de concert la jeunesse et
le bon goût du maître.

Çà et là, rompant la monotonie des pelouses

uniformes, on voyait des massifs de ces arbustes
que l'industrie exporte aujourd'hui des contrées
lointaines pour l'ornementation des jardins.
C'était l'arbousier des Alpes, le genêt d'Allemagne, le cognassier du Portugal, l'olivier de
Bohême, le laurier du Caucase, l'arbre de Judée,
le framboisier du Canada, tous séparés ou con-
fondus, tantôt s'harmonisant ensemble, tantôt
tranchant les uns sur les autres, selon la nuance
du feuillage.

Là, d'un rocher hérissé de plantes grimpan-
tes, s'échappait une source dont les eaux allaient
remplir un bassin à la margelle duquel étaient
adossés des siéges en vieux bois plein d'écorce,
avec de la mousse amassée tenant lieu de coussins.

De la lisière du bosquet, la vue s'étendait sur
les guérets voisins, les plantations de mûriers,
les coteaux couronnés de vignes et les montagnes dont la crête pâle se dessinait sur l'horizon
ardent.

II

Onze heures du matin venaient de sonner,
quand la voiture de Georges du Génestel s'arrêta
à la grille de la Chartreuse.

Aussitôt le jeune homme pénétra dans la cour,
franchit les degrés du perron et se trouva à la
porte d'entrée, qu'une fille de service vint lui
ouvrir.

— Le docteur Desormeaux — demanda Georges.

— Monsieur est allé visiter ses malades — lui répondit-on.

— Ah ! tant pis — dit Georges un peu désappointé — moi qui comptais lui serrer tout d'abord la main ! Enfin, c'est égal, je vais toujours m'installer chez lui, pendant qu'on ira le prévenir. Vous lui ferez connaître, n'est-ce pas, mademoiselle, que c'est le meilleur de ses amis, M. du Génestel, qui l'attend ?

— Que monsieur se donne la peine d'entrer au salon — dit la bonne, en poussant une porte — madame Desormeaux se fera un plaisir de le recevoir.

Cette dernière ne se fit pas attendre.

C'était une jeune femme bien simple et pourtant véritablement belle sous son peignoir en mousseline blanche à peine noué à la taille et retombant à longs plis. Elle portait ses cheveux un peu en désordre, sous une résille soie et or de laquelle s'échappaient, négligées et mutines, d'épaisses boucles à reflets changeants. Son teint avait cette pâleur mate qu'aiment les peintres de l'école italienne, pâleur sous laquelle on sent monter comme une séve la jeunesse et l'ardeur d'un beau sang. Elle avait des yeux d'un bleu sombre, une bouche rose avec de belles dents qui brillaient dans un sourire plein de bonté. Joignez à cela de petites mains, des pieds bien cambrés et coquets dans leur fine chaussure, une souplesse exquise, une grâce incomparable dans les mouvements, en un mot, cette harmonie de toutes choses qu'on admire le plus dans les natures d'élite et qu'il est impossible à l'artiste de définir.

III

C'est avec le sentiment d'une respectueuse admiration que Georges du Génestel s'inclina devant la compagne du docteur.

—Vous êtes l'ami d'Albert — dit madame Desormeaux au jeune homme — et les amis de mon mari sont les miens. Vous êtes ici chez vous. Nous ferons notre possible pour rendre moins lourde la solitude que vous voulez bien partager quelques jours. Je sais que cela est bien triste, la campagne, pour un homme qui la connaît à peine; mais, en venant nous voir, vous nous faites tant plaisir! Albert, en apprenant votre prochaine arrivée, ne se possédait plus. Hier, le moindre bruit était pour lui le roulement de la voiture qui devait vous amener.

— Ce cher docteur! — murmura Georges.

— Vous avez bien fait de venir, allez, poursuivit madame Desormeaux; mon mari va être bien heureux de vous voir. Que de fois il m'a parlé de vous! Car vous étiez son grand ami, m'a-t-il dit, son confident... Je devrais presque vous en vouloir de la part que vous avez dans son affection. Je suis si heureuse de son amour et en même temps j'en suis si jalouse ! Doublement liée par la reconnaissance et par le cœur, je prie Dieu, chaque jour, de me rendre digne d'Albert. Si vous l'aviez vu auprès du lit de mort de ma mère; quel dévouement admirable ! Et moi j'allais rester orpheline ; je n'avais plus mon père, et ma famille était entièrement éteinte. M. Desormeaux pressentit toutes les angoisses que me causerait l'abandon dans lequel j'allais me trouver. Sauver ma mère, il ne le pouvait, son art était impuissant, mais il sollicita le droit et s'imposa le devoir de veiller sur la fille. Ma mère s'éteignit heureuse en nous bénissant tous les deux, et nos fiançailles consacrées par la mort eurent quelque chose de doux et de terrible qui ne s'effacera jamais de ma mémoire.

Le jeune homme était comme subjugué par l'expansion de madame Desormeaux ; il se sentait dans une atmosphère chaude, pénétrante, d'honnêteté et d'abandon.

. . . .

Génestel avait habité Paris, depuis son enfance. Là, il n'avait pas marchandé avec les entraînements de la jeunesse. Son cœur et sa fortune avaient été bien des fois mis à contribution, mais, de l'un, il restait une précieuse réserve de sentiments honnêtes, de l'autre, des capitaux solides, capables de satisfaire aux plus larges besoins.

1.

IV

Prévenu de l'arrivée de son ami, le docteur Desormeaux ne se fit pas attendre.

— Lovelace, va ! — dit-il en serrant la main à Génestel — te voilà déjà occupé à séduire ma femme.

— Je crois que c'est le contraire — objecta le jeune homme.

— Alors, donne le bras à Marguerite et allons déjeuner; j'ai faim.

A peine à table, on entama l'éternel chapitre des amis qui se retrouvent après une longue absence. Les questions se croisaient, et pendant que Desormeaux répondait, Georges, sans attendre toute la réponse, questionnait encore. On allait ainsi de Rome à Paris, de Bade à Monaco; on passait de Pierre à Paul; on racontait voyages et séjours : on causait de tout, sans s'y arrêter un seul instant et sans s'en soucier davantage. Actrices, opéras, journaux, livres nouveaux n'étaient plus que les fusées d'un feu d'artifice de paroles et de saillies destiné à fêter la réunion.

Le déjeuner ne perdait rien à cela, et avec leurs jeunes appétits aiguisés par le grand air, Génestel et Desormeaux se tenaient bravement tête.

— A toi la côtelette ! — A moi le pâté ! — Encore un verre de ce vieux bourgogne ! — Te rappelles-tu celui que nous buvions chez Magny ? Et chez Foyot ? Et au café d'Orsay ?

Marguerite suivait la conversation en y mêlant quelques mots d'une voix qui résonnait comme le cristal des verres, ou bien, attentive et souriante, elle servait les deux jeunes gens qui, sans prendre haleine, se livraient à une véritable battue de souvenirs.

Cependant, le déjeuner touchait à sa fin.

— Madame — dit Génestel — je bois à cette fête de l'amitié, au charmant ménage que je vois !

— Tu croyais peut-être — dit le docteur après avoir vidé son verre — que, parce que nous habitions la province, notre ménage n'était pas gentil. Je veux te convertir à notre paisible existence.

— La vie des oiseaux dans leur nid, au fond des bois — ajouta Marguerite.

— Et les loups ! — objecta Georges.

— Ils ne font pas peur aux oiseaux — répondit la jeune femme avec un petit air crâne.

— Et les serpents !

— Oh ! ils ne sont pas venimeux ici ; puis, ils ne trompent plus personne.

V

Quelques instants après, Desormeaux et Génestel, fumant d'excellents cigares, étaient installés sous l'ombrage le plus épais du parc. Marguerite les avait laissés seuls.

Génestel se dandinait sur son banc rustique, pendant que le docteur suivait du regard une longue spirale de fumée qui, dans un rayon de soleil, montait en grandissant à travers le feuillage des arbres.

L'atmosphère était chargée d'énivrantes langueurs. Et dans le grand silence de la campagne on entendait ces innombrables et confuses harmonies qui bercent comme d'une mélopée agreste ces repos profonds où l'âme, détendue et en quelque sorte détachée de la chaîne qui la rive au corps, flotte un instant dans la lumière, dans le vague et dans la rêverie. On plonge à ces heures-là, on descend au fond des abîmes de la pensée, et la première parole humaine qui s'entend produit l'effet de la cloche à plongeur qui avertit qu'il est temps de remonter.

Génestel sonna la cloche à plongeur.

— Te souviens-tu de Delaunay ? — fit-il brusquement.

— Delaunay ! parbleu ! celui qui parlait toutes les langues de l'Inde et qui, en ce moment, est brahme en quelque temple au bord du Gange, à moins qu'il n'ait poussé plus loin et qu'il ne soit bonze en quelque pagode.

— Tu te rappelles cette jolie légende qu'il nous contait, la légende de l'homme parfaitement heureux qu'on cherchait partout et qu'on ne trouvait nulle part. Il est trouvé, cet homme

heureux. Salut à toi, docteur triomphant, qui
sais nous guérir même des légendes.

— Non, Génestel, les légendes ne mentent
point. L'homme parfaitement heureux n'existe
pas.

— Par la sambleu ! que te manque-t-il donc ?

— Tu ne trouves pas que nous soyons trop
tranquilles ?

— Trop tranquilles ? Ma foi non ! quand on
vient de Paris...

— Un petit qui crierait, qui braillerait, qui
me monterait sur les genoux, qui me tirerait les
poils de la barbe, voilà ce qui manque à ce séjour enchanté. Chut ! n'en dis rien. Madame
Desormeaux, elle, pense sans doute la même
chose que moi à l'instant où je te parle. Quand
je reviens d'aider quelque pauvre paysanne à
mettre au monde un petit gars qui piaille avant
même que d'avoir vu la lumière, ou une petite
fille qui pleure d'avance au seuil de notre humanité, je n'ose pas dire ici d'où je viens... Ah ça !
mon cher, ton verre est vide... Rhum, kirsch ou
fine champagne ?

Un grand silence se fit. On emplit et on vida
les verres, et l'on ralluma les cigares.

— Le revers de la médaille, l'ombre de tout
bonheur éclatant — dit Génestel. — Souviens-toi
de Polycrate, l'heureux tyran de Samos, qui, pour
apaiser la Destinée trop clémente, jeta son anneau d'or à la mer et le retrouva dans un saumon servi sur sa table. Tu ne jetterais point

ton anneau de mariage, et, en tout cas, je sais
que tu n'aimes point le saumon... Laisse-moi
te dire encore une fois que tu es un fortuné
mortel. C'est si bon d'arrêter sa vie dans un coin
qu'on aime, de se dire qu'on vivra là de longs
jours, faisant le bien, car, je te vois d'ici, tu soi-
gnes la moitié de tes malades gratis...

— Mon Dieu! — dit Desormeaux rougissant —
ces malades le payeront peut-être plus tard...

—. Et tu leur donnes encore les médicaments
par-dessus le marché...

—Oh non! je ne les leur donne pas... à moins
que ce ne soit très-pressé... Je les prépare, je les
mets sur un coin de la cheminée... je crois que
madame Desormeaux va les leur porter...

— Avec une bonne bouteille de vin pour la
convalescence et un peu d'argent pour la maladie... C'est toi qui choisis la bouteille et qui en-
veloppes l'argent dans le papier.

Ce sujet de conversation était visiblement pénible pour la modestie de Desormeaux.

— Enfin, mon cher — dit-il — on fait ce qu'on
peut. Je suis véritablement plus heureux que je
ne le mérite...

— Et tu ne regrettes rien de cet infernal Paris,
où, par parenthèse, nous nous sommes passable-
ment amusés ensemble.

—Rien! absolument rien!

— Jamais quelque écho des soirées joyeuses
d'autrefois ne te trouble?

— Jamais! au grand jamais!

— Et Julia? interrogea à voix basse Génestel.

— Était-elle assez bête!

— Et Louise Pompon?

— Mentait-elle assez! C'est elle, je crois, qui avait inventé cet axiome, que le mensonge blanchit les dents, et, si l'axiome est juste, la brosse à dents, pour elle, était devenue un luxe absolument inutile.

— Ainsi, de ce Paris, rien ne t'est resté! Tu y as campé, tu as levé ta tente pour l'installer en de meilleurs pays, et jamais nul ressouvenir ne te poursuit de ce quartier bruyant où nous avons dépensé tant d'esprit en pure perte, où nous avons dit de si jolies choses à des femmes qui ne les comprenaient point!

— Nul souvenir, encore une fois, — dit le docteur Desormeaux. — Parfois, j'entends quelque bruit et, fatigué de ma journée, je m'imagine une seconde que c'est l'appel d'une bande folâtre qui vient, au carnaval, réveiller les retardataires et déranger les travailleurs. C'est un chien qui aboie à la lune, ou quelque paysan qui a couru à travers champs pour me chercher pour sa famille. Vois-tu, mon cher, la jeunesse n'a qu'un temps... Eh bien! non — s'interrompit tout à coup le docteur, après un moment de silence — non! je n'ai pas tout à fait oublié Paris. Un souvenir m'y rattache, mais ce n'est pas de ces souvenirs de fête que tu croyais tout à l'heure....

Génestel interrogeait du regard.

— Oh! ce n'est pas gai du tout — reprit le docteur Desormeaux — et le diable soit de toi qui m'as mis sur cette pente. Enfin, j'ai commencé... Prends un cigare!...

— Je te vois venir, va — dit Georges en se redressant. — C'est de l'amour du temps où je venais de te quitter pour aller en voyage. Il me semble encore voir...

— Tu n'as pas idée de ce que je vais te raconter — dit gravement le docteur.

— Ça m'étonnerait — riposta Génestel, en allumant son cigare.

— Tu avais en effet quitté Paris pour quelques mois — dit le docteur — et, me trouvant un peu dans l'isolement, je me remis au travail. Tous les matins, j'allais à l'Hôtel-Dieu assister à la visite et suivre les cliniques. Or, un jour, comme je traversais une des salles, je remarquai une femme dont l'état de torpeur me frappa. Elle était belle, quoique flétrie avant l'âge; une chevelure magnifique tombait épaisse et noire sur ses épaules; ses traits avaient une expression saisissante d'angoisse, de terreur et de désespoir.

— Folie alcoolique — murmura l'interne qui était avec moi.

Ce genre de folie, tu le sais, résulte généralement de l'abus des boissons. Les excès, les tourments de l'ambition ou de la haine n'y sont pas non plus étrangers. La congestion cérébrale, qui en est un des premiers accidents, entraîne la perte passagère de toute connaissance. Dans les moments lucides, le caractère modifié du malade se manifeste par l'exagération des idées, une irritabilité très-grande, une facilité extrême à se passionner. L'intelligence qui redouble alors d'activité retombe ensuite dans un état de profond engourdissement, jusqu'à l'heure où surviennent des attaques de manie aiguë ou de délire furieux accompagnées d'hallucinations. A chaque paroxysme, le mal fait de nouveaux progrès, des lésions graves se produisent au cerveau et déterminent enfin une mort que la science est presque toujours impuissante à conjurer.

L'interne ayant été appelé par son service auprès d'un lit voisin, je m'approchai de la malade qui avait d'abord fixé mon attention. Il me semble la voir encore ; ses grands yeux m'interrogeaient....

Je lui adressai quelques paroles d'encouragement... elle étouffa un petit rire aigu.

— Il n'y en a pas pour longtemps, allez — me dit-elle.

Comme j'essayais de lui donner quelque espoir, elle rit de nouveau et, avec un brusque mouvement qui découvrit ses épaules, elle me dit :

— Savez-vous, jeune homme, ce que j'attends, ce que j'espère? C'est la mort. Je ne demande pas autre chose, je veux mourir... Rien plus ne me retient dans ce monde et je le hais... C'est bien assez longtemps que j'ai usé de la vie, désormais elle me fait horreur.

2

Comme si elle lisait en moi la pénible impression faite par ses paroles, la malade ajouta :

— Que je ne vous inspire pas de la pitié, je méprise ce sentiment. Cependant, comme vous semblez désirer me connaître, je puis éclaircir pour vous le mystère de mon passé. Prenez ce manuscrit que j'ai apporté ici en même temps qu'on m'y apportait moi-même; je n'en ai plus que faire. Il est écrit de ma main et raconte ma vie.

J'ouvris machinalement le manuscrit que la malade m'avait tendu, et que j'avais pris. L'écriture en était tremblée, irrégulière; on l'eût dite tombée d'une main agitée par la fièvre.

Et comme j'en tournais les feuillets, la malade me le redemanda et le tint quelques instants dans ses mains, puis me le rendant :

— Allez — dit-elle — ça vous amusera.

En parlant ainsi, elle essaya de rire comme elle l'avait déjà fait, mais son rire expira dans les convulsions d'une nouvelle crise.

VI

Je ne revins à l'Hôtel-Dieu que deux jours après.

Dans la passerelle qui ressemble à un gigantesque cercueil jeté en travers de la Seine, je trouvai l'interne que je connaissais.

— Vous savez? — me dit-il — la femme du nº 10

est morte hier au soir. Son cadavre est un joli
sujet d'anatomie, si vous voulez aller vous faire
la main....

— Merci — répondis-je, en passant vite, pour
ne pas laisser voir l'émotion qui me gagnait.

Quelques instants après, j'étais à l'amphi-
théâtre.

A moitié couvert de ses longs cheveux, le cadavre, encore intact, était étendu roide sur la
table à dissection.

C'était bien la femme qui m'avait épouvanté
naguère par le désordre moral qu'attestaient ses
paroles et dont le manuscrit, plein de brutales
révélations, m'avait laissé la veille une grande
tristesse sur le cœur.

J'avais là, sous les yeux, un corps que la luxure
des hommes avait un jour payé bien cher et que
la mort elle-même n'avait pu entièrement dé-
pouiller de ses charmes.

Moi seul, en ce moment, je possédais le secret
de ces chairs inertes, glacées ; de ces nerfs et de
ces fibres à jamais détendus. Entre le cadavre et
moi, comme dans une vision, se dressait l'image
d'une vie envolée, laissant un passé misérable,
plein de convoitises et de déceptions, de joies et
de larmes, d'amours et de haines, de voluptés
ardentes et d'angoisses terribles.

Je pris un scalpel et ouvris cette poitrine où
les appétits sans cesse renaissant, la passion toujours active avaient déterminé des mouvements
si divers, si multiples. De la main, j'arrachai le

cœur qui alimentait naguère tous les mauvais
instincts et que sollicita un impérieux besoin de
sensations le plus souvent dégradantes. Comme
un livre qu'on se hâte de lire, je sondai du regard la sinistre profondeur de cet organe. Rien
n'était gravé dedans, rien, si ce n'est les ravages
d'un mal qui laisse toujours des traces de son
passage : l'alcoolisme.

Je restai alors immobile, penché sur ces restes
inanimés qui exhalaient l'indéfinissable odeur
particulière aux cadavres.

Dans cette contemplation, au bout de quelques instants, il me semblait voir les lèvres de
la morte s'agiter et me sourire ; puis, sous la
fixité du regard, tantôt la bouche s'arrondissait
comme dans un baiser, tantôt elle s'entr'ouvrait
prête à me parler. Un moment même, rapide
comme la pensée, un souffle de vie anima le visage qui reprit sa pureté de lignes avec l'expression fière et hardie qui convenait à sa beauté...

Chimère et hallucination tout cela !

J'avais devant moi un corps glacé, dans les
organes duquel on ne pouvait constater que la
mort, la mort dans ce qu'elle a de plus livide et
de plus prématuré !

VII

—Ton histoire est bonne — dit Georges en quittant son siége — mais elle est noire comme la de-

vanture d'un magasin de deuil. Laisse-moi respirer ; voilà bientôt une demi-heure que tu me donnes le frisson. Je veux cependant connaître toute ta funèbre aventure. Ce que j'en sais me promet quelque excentricité nouvelle, que tu me raconteras un peu plus tard. J'entends d'ici le piano de madame Desormeaux, et, si tu y consens, nous irons l'entendre de plus près.

— Je ne demande pas mieux — répondit le docteur — car la chaleur ici devient plus vive, et nous serons plus au frais à la maison.

Les deux jeunes gens se dirigèrent alors vers la Chartreuse, qu'on apercevait toute blanche à travers les massifs. Comme ils n'en étaient plus qu'à quelques pas, Georges s'arrêta tout à coup.

— Je connais cet air-là — dit-il — est-ce madame Desormeaux qui chante ?

— Elle-même — répondit le docteur.

— Diable ! la *Traviata*...

Comme ils arrivaient sous les fenêtres du salon, Desormeaux et son ami distinguèrent les paroles de l'admirable motif qu'on estime, à juste titre, comme une des plus belles compositions de Verdi :

> Addio del passato bei sogni ridenti ;
> Les rose del volto gia sono passenti ;
> L'amore d'Alfredo perfino mi manca...
> Ah ! della traviata sorridi al desio
> Alei deh pardona, tu accoglia, o Dio
> Or, tutto, tutto fini (1).

1) Adieu ! beau rêve de mes jeunes années ! Les roses de

2.

Après un instant de silence, la voix reprit :

> La gioio, i dolor fra poco avran fine
> La tomba ai mortali di tuto e confine !
> Non lagrima, o fiore avra la mia fossa,
> Non crosse, col nome, copra quest ossa !
> Ah ! della traviata ! (1).

— Voila qui ressemble un peu à ce que tu me racontais tout à l'heure — dit Génestel. — C'est bien triste aussi, mais c'est bien joli comme air. La voix de madame Desormeaux me rappelle une cantatrice...

— Sans comparaison, n'est-ce pas ? — interrompit Marguerite — en paraissant à la croisée sous laquelle étaient arrêtés les deux amis.

VIII

Le cabinet du docteur était une petite pièce carrée tendue en damas vert, avec fenêtres ouvrant sur le parc. Un bureau, une bibliothèque, le divan de rigueur et quelques fauteuils en composaient l'ameublement. Sur la cheminée, entre deux coupes ciselées de Pradier, était une pen-

---

mon visage ont disparu et l'amour d'Alfred aussi, le seul appui de mon âme fatiguée... Ah ! Dieu exance encore les vœux de la pauvre égarée et pardonne-lui, bon Dieu !... Maintenant tout est passé.

(1) Les joies et les douleurs vont bientôt avoir un terme. Tout, ici-bas, aboutit au tombeau. Mais le mien, hélas ! n'aura ni une larme, ni une fleur, ni une croix qui porte mon nom.

dule avec un sujet du même artiste. Appendus au mur, on remarquait deux paysages de Corot, quelques fusains d'Allongé et le *Dernier jour des condamnés,* gravé d'après le tableau de Muller.

C'est là que Desormeaux et Génestel pénétrèrent après avoir visité avec Marguerite les différentes pièces dont se composait l'habitation.

— Vous n'entrez pas, madame ? — demanda Georges à Marguerite — en franchissant le seuil de ce petit sanctuaire de la science.

— Non, j'ai affaire — répondit la jeune femme. — Et elle partit, alerte et vive, en fredonnant un de ses airs favoris.

— Mais c'est qu'il n'est pas triste du tout, ton cabinet de consultation — dit Génestel en s'installant sur le divan.

— Tu n'as pas encore tout vu — répondit le docteur, en se rapprochant de la boiserie.

Au même instant, il pressa un bouton qui, en cédant, ouvrit un panneau dissimulé par la tenture. Derrière ce panneau était une niche sur le fond noir de laquelle grimaçait un squelette tout blanc.

— La vilaine chose que tu as là dans ton mur — exclama Georges. — Songerais-tu par hasard à faire un ossuaire de ta maison ? Au reste, cela m'est bien égal, et des exhibitions de ce genre ne m'effraient pas plus chez toi qu'elles ne m'effrayaient autrefois dans les musées.

— Je suppose — dit le docteur — qu'un esprit assez puissant pour cela rende, à nos yeux, à ce squelette la vie qui l'animait. Immédiatement, tu verrais naître et s'arrondir des formes magnifiques : sur des épaules polies comme l'agate, se déroulerait une épaisse chevelure ; sur un visage aux lignes pures, aux grands yeux brillants, s'épanouirait un sourire ; et, de tout cet ensemble subitement rendu au sentiment de l'être, il résulterait cette douce chaleur qui rayonne autour de la créature, après lui avoir donné le charme attractif qui éveille les sens et ébranle la passion.

— J'y suis — riposta Génestel. — J'aurais alors sous les yeux une femme, celle dont tu me parlais tout à l'heure, une Galathée qui reviendrait de l'autre monde, comme on sort de l'ivresse, et qui se tâterait le pouls en retrouvant son médecin.

En parlant ainsi, le jeune homme s'était approché du squelette et en touchait la monture.

— Comment t'y pris-tu pour enlever le cadavre de cette femme ? — demanda-t-il après cet examen.

— Je m'entendis avec un aide d'anatomie, répondit le docteur. Il trouva le moyen, en intriguant un peu, de s'approprier le cadavre, que personne, d'ailleurs, ne songeait à réclamer. Après avoir préparé ces ossements en les dépouillant des chairs et en les blanchissant à la chaux, je les portai moi-même chez Vasseur, qui les monta. C'est un squelette magnifique, ayant toutes ses dents...

— *Des perles, quoi !* — chanta Génestel, comme
on chante aux Variétés.

— Maintenant — ajouta Desormeaux — je vais
aller visiter mes malades. Pendant mon absence
tu pourras lire ceci.

En même temps, le docteur tendit à Génestel
un manuscrit qu'il venait de prendre dans un
des tiroirs de son bureau.

— Les mémoires de la morte, n'est-ce pas ? —
dit Georges. — Je ne suis pas, en effet, fâché de
faire avec elle plus ample connaissance. Tous ces
ossements ne disent rien, tandis qu'un manuscrit, éclos sous cette main qui n'est plus belle,
doit être intéressant.

Génestel, en parlant ainsi, secouait la main du
squelette.

— Je te laisse donc avec ton sujet — dit le docteur. — Dans une heure, tu le connaîtras à fond.

Génestel s'installa de son mieux sur le divan,
et commença sa lecture.

. . . .

Dans sa niche restée ouverte, le squelette
grimaçait toujours.

IX

Estimant que la moralité d'un drame n'est pas
tout entière dans le spectacle qu'il présente,
mais bien dans les réflexions qu'il inspire, nous
reproduisons avec une rigoureuse exactitude les

mémoires qui furent légués au docteur Desormeaux. Le monde dans lequel la destinée a jeté
leur héroïne est moral, quand on le montre tel
qu'il est : si désenchanteur, si désenchanté, si
inquiet au milieu de ses précaires plaisirs, si funèbre dans les éclats de sa joie simulée. Il est
moral à la façon de l'Ilote ivre que les mères
spartiates montraient à leurs fils... Les vierges
folles, désespérées sous leur linceul de soie, ensei-
gnent parfois la vertu, aussi bien que les vierges
sages, joyeuses sous leur robe de toile.

Apprendre, d'un autre côté, à quel degré d'exaltation et d'égarement peut arriver l'intelligence
soumise à certaines influences également fu-
nestes au physique, n'est pas sans utilité.

Le récit qui va suivre est celui d'une malheureuse femme qui, après avoir éprouvé toutes les
vicissitudes d'une jeunesse misérable, se trouva
un jour accablée sous le poids d'une incurable
lassitude. L'abîme dans lequel elle était tombée
lui apparut alors dans tout ce qu'il avait de dé-
courageant et de profond. En sortir était tellement difficile, qu'elle ne songea même pas à
l'entreprendre ; au contraire, elle s'y enfonça
davantage, en cherchant l'oubli de ses angoisses
morales dans l'ivresse procurée par l'absinthe.

C'est sous l'influence de l'ivresse et du mal
qu'elle engendre que plusieurs des pages qu'on

va lire ont été écrites. Dans les violences qu'elles renferment, on pourra suivre les progrès de l'alcoolisme, qui s'attache à l'esprit comme au corps et se complaît dans le désordre de la pensée comme dans celui des organes. On remarquera en effet que, dans les mémoires du squelette, la pensée varie selon les différentes phases du mal. Tantôt elle est calme et semble prendre naissance dans un douloureux abattement, ou s'échapper avec peine d'un esprit plongé dans la torpeur; tantôt elle est délirante et semble résulter d'un état de surexcitation et de fièvre. Un moment vient où ces alternatives se produisent moins fréquentes, et la surexcitation, prenant le dessus, dégénère alors en véritable folie.

LES

MÉMOIRES DU SQUELETTE

PREMIÈRE PARTIE

—

Je suis l'enfant de la hotte.

Je ne sais où je suis venue au monde ; j'ignore à qui je dois la vie.

Qu'est-ce qu'un père, une mère ?

Sont-ce des génies bienfaisants que le destin place près du berceau de ceux qu'il aime ?

Quel doux et tranquille bonheur éprouve-t-on à murmurer ces mots : « Mon père, ma mère ? »

Je ne les ai jamais prononcés ; je ne les trouve gravés dans aucun de mes souvenirs.

Mon esprit ne me représente que de sinistres visages: des hommes se battant entre eux et des femmes hâves cherchant dans l'ivresse l'oubli des coups de bâton.

Jamais un baiser, jamais un sourire.

J'ai vécu mes premiers ans dans un grenier

3

qui ressemblait à un antre ; je me rappelle ce que je vis comme un mauvais rêve.

Quand la nuit venait, nous partions tous, et l'on me disait :

— Va dans la rue et ramasse tout ce que tu trouveras.

J'avais huit ans alors. Quelques haillons me tenaient lieu de vêtements.

J'allais ainsi dans la rue, une hotte sur le dos, et je piquais dans les ruisseaux les chiffons amassés par les balayeurs et les morceaux de papier tombés de la poche des passants.

Autour de moi, circulaient des gens qui avaient des costumes élégants et qui me regardaient avec mépris.

Bien loin, devant moi, se succédaient les devantures lumineuses derrière lesquelles étaient étalés des objets dont je ne connaissais pas l'usage.

Parfois, je m'arrêtais devant un morceau de pain bien doré et je le contemplais avec envie derrière la vitrine qui m'empêchait de le prendre : j'avais faim.

Ensuite, je reprenais ma course dans la chaussée, et les cochers m'envoyaient des coups de fouet quand je ne me garais pas.

Que de fois j'ai senti le moyeu d'une roue effleurer mes petits membres!

Je ne pleurais pas ; à quoi bon!

Mais je connaissais déjà l'injure et l'argot de

la rue. Moi, toute petite, je me redressais comme un serpent qu'on écrase.

Souvent je m'endormais sous une porte co-chère.

Les habitants de la maison, en rentrant, me réveillaient à coups de pied, et me poussaient sur le trottoir.

Alors, la crainte d'être battue et de ne pas manger le lendemain me donnait des forces. Je me penchais sur le ruisseau, j'en fouillais les ordures et remplissais ma hotte.

. . . .

Comme on le voit, j'appartenais à cette population de Paris qui s'abat, chaque nuit, semblable à une volée d'oiseaux de proie, sur les quartiers opulents de la ville, pour rentrer ensuite, au point du jour, dans les bouges des barrières et les taudis sans nom où pénètrent seules la faim et la police.

J'appartenais à cette grande famille d'êtres trop souvent corrompus, qui vivent de toutes les fanges amassées sur les pas d'un peuple civilisé : l'ouvrier fainéant, le gamin, le pâle voyou, le rôdeur, le chiffonnier, le voleur, le souteneur de filles, l'assassin, tous vivant au jour le jour, se connaissant entre eux, ayant des signes de ralliement et ne se trahissant jamais. Race abjecte, mais dangereuse, que celle-là, race qui se perpétue dans de monstrueux embrassements et dont les descendants, familiers de la police cor-

rectionnelle et de la cour d'assises, finissent le
plus souvent au bagne !

. . . .

On m'appelait *Pâlotte.*

J'étais connue sous ce nom depuis le quartier
Mouffetard jusqu'à Montmartre, car j'étais gentille sous mes haillons et j'avais un sourire triste
qui me faisait remarquer.

— C'est Pâlotte — disaient en me voyant passer, la nuit, les gavroches en bonne fortune et les
titis rentrant à Belleville.

Alors, ils m'enlevaient dans leurs bras, me
portaient en chantant l'espace de quelques mètres, puis, me laissant tomber dans la boue, ils
s'enfuyaient en riant.

Quelquefois, ils m'amenaient chez le marchand de vin et, au lieu de me donner à manger,
ils me faisaient boire. Quand je sortais de là,
j'étais chancelante et j'avais mal au cœur.

Plusieurs fois, des chiffonniers de mon quartier
me trouvèrent étendue ivre-morte dans la rue
et me ramenèrent, après m'avoir pris ce que
j'avais dans ma hotte.

C'étaient des jurements épouvantables à la maison, quand on me voyait dans cet état. La colère
passée, on faisait de moi un jouet : on me poussait, on me renvoyait de l'un à l'autre, puis on
me disait en me brutalisant :

— Va te coucher, Pâlotte.

Mon lit, c'était les chiffons amassés de la veille
et entassés dans un coin. Il faisait bien froid su-

cette couche humide et sale que partageaient
d'autres enfants qui n'étaient pas mes frères :
j'y grelottais en dormant.

—

Vous me demanderez peut-être de qui se
composait la famille dont je faisais partie et de
laquelle je recevais de si mauvais traitements.

Ce n'était pas une famillle.

Dans un même grenier, étaient réunis sept à
huit hommes ou femmes, pratiquant la même
industrie et les mêmes vices.

Nous étions trois ou quatre enfants jetés au
milieu de ces gens-là par je ne sais quel hasard.
Devions-nous le jour aux méchants êtres qui
nous forçaient au travail et nous battaient ensuite ?

Nous n'en savions rien, et nous ne nous le
demandions même pas.

Quant aux hommes et aux femmes qui nous
entouraient, ils se souciaient les uns des autres,
absolument comme ils se souciaient de moi. Ils
avaient des jours de misère dont je frémis encore ; quand la vente leur procurait quelques
pièces d'argent, ils se livraient à d'effroyables
orgies.

. . . .

Parfois, ces souvenirs de ma première enfance passent comme un nuage noir dans mon
esprit.

Vainement je cherche à pénétrer le secret de

3.

tant de misère ; il me semble que je suis par
delà des mers, dans une tribu de Mohicans.

. . . .

Un jour que j'étais couchée, j'entendis une
mégère de la mansarde dire aux chiffonniers :

— Il faut nous défaire de Pâlotte ; elle ne résiste
pas à la peine et nous n'en tirerons rien.

Celle qui parlait ainsi s'appelait *Bouffetout-la-
Rageuse*. C'était une longue femme maigre,
ayant le dos voûté, les bras ballants et le regard
fauve.

Il fut convenu qu'on se débarrasserait de moi.

— Mais, qu'en ferons-nous ? — hasarda quelqu'un.

— Nous la donnerons à des musiciens qui la
mèneront chanter sous les portes cochères — dit
Bouffetout — ou bien nous la céderons à une marchande de fleurs qui l'enverra vendre des vio-
lettes à la porte des établissements publics.
Ensuite, quand elle aura quinze ans, Pâlotte se
tirera bien d'affaire toute seule.

— Alors, nous lui ferons payer ce qu'elle nous
doit pour son loyer — dit avec un gros rire un des
chiffonniers.

— Et ce que son éducation parmi nous lui
aura valu de succès dans le monde — ajouta
Bouffetout.

. . . .

Mon père et ma mère n'étaient pas là, j'en suis
sûre.

Où étaient-ils donc, ce père et cette mère bar-
bares, pendant qu'on trafiquait ainsi de moi?

— Honnète homme, qui vous récriez, dites,
dites-moi à qui je dois le jour?

Pourquoi ai-je été abandonnée par ceux qui
sont peut-être les premiers à m'accabler aujour-
d'hui sous le poids de leur réprobation?

Mon père, ma mère, qui que vous soyez, du
plus profond de mon infamie ma voix monte vers
vous, pour vous maudire!

—

J'ignore ce qui ce passa durant mon sommeil,
à la suite de la conversation dans laquelle Bouffetout et ses camarades avaient pris la détermination que j'ai rapportée.

Ce que je sais, c'est que, à mon réveil, Bouffetout me prenant à part, me dit d'une voix
qu'elle s'efforçait de rendre douce, malgré son
timbre éraillé :

— Ma petite Pâlotte, tu vas nous quitter. C'é-
tait grand dommage de te voir courir toute la
nuit, une vilaine hotte sur le dos. Puis, tu n'a-
vais pas assez de cœur au travail, car tes petits
membres frêles sont tout de suite mordus par le
froid. Dans un instant, un monsieur va venir
pour te prendre avec lui. Il te fera faire connaissance avec ses enfants, qui t'emmèneront avec
eux, chaque jour, dans Paris, devant les grands
cafés où tout brille et les hôtels riches où habi-
tent les grandes dames. Vous ferez de la musique

sur les boulevards, dans les cours ; vous gagnerez beaucoup d'argent. Il faudra être bien gentille alors, ma petite Pâlotte ; tu devras bien te garder de faire la moue qui te rend si vilaine quand tu n'es pas contente ou que l'on t'a battue.

Je ne sais pourquoi, mais je pleurais en entendant parler ainsi cette méchante femme.

Quel était ce monsieur qui allait venir dans un instant ?

Quelle était cette existence nouvelle dont la perspective s'ouvrait devant moi ?

Je n'en savais rien, et cependant j'étais toute bouleversée, comme si j'avais eu beaucoup à perdre au changement qui m'était annoncé.

. . . .

Quand le soir fut venu, au lieu d'aller au travail avec les autres enfants de la maison, j'attendis, en compagnie de la Bouffetout, le monsieur qui avait promis de se charger de moi.

Au bout de quelques instants, en effet, nous entendîmes des pas sur le carré, et la porte s'ouvrit devant un homme que mes souvenirs d'alors, joints à ceux qui se sont gravés en moi depuis, me permettent de dépeindre comme si je l'avais encore présent devant les yeux.

Il était très-brun et ses cheveux tombaient jusque sur ses épaules. Sa physionomie changeait à chaque instant, et son regard, qui avait quelquefois une grande hardiesse, se dérobait le plus souvent à celui de son interlocuteur.

Cet homme devait être jeune, mais tout en lui, depuis ses traits flétris jusqu'à sa démarche incertaine, accusait une grande fatigue physique.

Il portait une redingote dont la couleur primitive avait fait place à une nuance qui tient du jaune ou du vert et qu'on ne retrouve que chez les fripiers. Ses pantalons en velours jadis noir avaient des reflets fauves qui attestaient un long usage et la présence de taches nombreuses sur le tissu. Il avait autour du cou un énorme cachenez dont le rouge disparaissait sous une épaisse couche de graisse, à l'endroit où tombaient les cheveux. Sa tête était couverte d'une petite casquette dont la visière était ornée d'un cordon en or bruni par le temps.

La Bouffetout accueillit l'étranger comme un personnage. Il avait sans doute bien mauvaise mine, mais, à côté des chiffonniers, il pouvait encore passer pour un homme important.

— C'est la petite fille en question ? — demanda-t-il, en me voyant, avec un accent qui n'était pas celui des chiffonniers et que j'ai su plus tard être l'accent italien.

— N'est-ce pas qu'elle est gentille ? — glapit Bouffetout.

— Voyons — dit notre visiteur ; et il m'attira sous une lampe tellement crasseuse que la lumière pouvait à peine s'en dégager.

J'étais rouge comme une cerise, et, pour la première fois, j'eus honte de mes haillons.

L'étranger m'examina quelques instants, en me recommandant de bien ouvrir les yeux, puis, me relevant les cheveux sur le front, il dit à Bouffetout avec un mauvais sourire :

— Elle ne sera pas mal.

— Ainsi vous voyez — s'écria Bouffetout — que l'affaire est bonne. Chez nous, cette *jeunesse* n'aurait rien fait, car elle craint trop la fatigue, mais chez vous elle peut se faire vite.

— Ne parlons pas trop de l'avenir — interrompit l'étranger. — J'aimerais bien pouvoir compter un peu sur le présent. Or, pour le présent, la petite n'est pas forte, puisqu'elle ne sait pas même une chanson, et c'est de chansons que je vis, moi. Enfin, je verrai ce qu'il sera possible de lui apprendre ; en attendant, elle fera la quête.

— C'est ça même — ricana Bouffetout. — Vous aurez ensuite un beau brin de fille qui vous dédommagera...

———

Mon nouveau protecteur habitait une maison bien ancienne et bien noire du quartier Saint-Victor, non loin de la place Maubert.

Quand j'y entrai pour la première fois, j'étais toute triste, et c'est en étouffant un sanglot que je posai le pied sur la première marche d'un escalier qu'on était obligé de monter en s'appuyant au mur, car la rampe était branlante et on glissait sur les marches, comme dans le macadam détrempé des rues.

Notre ascension fut longue : l'obscurité était complète et nous n'avancions qu'à tâtons, de crainte de nous heurter dans les angles des carrés que nous laissions bientôt au-dessous de nous.

Parfois, mon guide, dont j'entendais les faux pas, poussait un gros juron et maugréait contre le propriétaire qui n'éclairait pas son immeuble. Moi, je le suivais sans me plaindre, en trébuchant souvent et en tombant quelquefois sur les mains, ce qui me rendait confuse, comme si l'on m'eût vue.

Enfin, nous arrivâmes; j'avais compté cinq étages.

Au bruit que nous fîmes, une porte s'ouvrit et nous pénétrâmes dans une pièce mal éclairée et fumeuse.

D'abord je ne distinguai rien, tant j'avais honte de moi-même, à peine couverte, comme je l'étais, de quelques lambeaux de vêtements, et n'ayant pour chaussure que des souliers dont le cuir déchiré laissait voir mes pieds nus.

Et, comme j'étais là debout, mes deux mains ramenées sur mes yeux où roulaient de grosses larmes, il se fit un murmure de voix, à la suite duquel j'entendis ces paroles que prononça une voix de femme.

— Giacomo, y pensez-vous? Que voulez-vous que nous fassions de cette enfant?

— Ce que nous faisons des autres — répondit avec humeur l'homme qui m'avait amenée.

— Les autres! — poursuivit la femme, — ils jouent de la harpe, du violon ; ils chantent. Cette petite mendiante, que sait-elle, que peut-elle faire, si ce n'est manger ?

— Elle est capable de tout, aussi bien que les autres — riposta Giacomo — et c'est moi qui me charge de la former.

Il se fit un nouveau murmure de voix.

Sans y faire attention, Giacomo me prit par la main, ce qui me força à montrer mon visage plein de larmes, et il me fit asseoir à table à côté de lui.

Alors, du fond de la pièce où nous nous trouvions, je vis sortir cinq à six enfants qui vinrent prendre place en face et auprès de nous. Le plus âgé pouvait avoir quatorze ans et le plus jeune huit ans environ.

Ils portaient en petit le même costume que Giacomo, mais leur extérieur était plus misérable. Ils étaient très-bruns et très-pâles.

Quant à la femme qui avait parlé, c'était une grande fille maigre ayant les yeux noirs et le teint olivâtre. Elle avait une jupe courte en drap rayé avec un corsage qui laissait voir une camisole bouffante. Ses cheveux étaient ramenés sur sa tête et retenus par de longues épingles en argent.

Et, comme elle paraissait de mauvaise humeur, Giacomo, mon voisin, lui dit :

— Allons, Geppa, ne fais pas la méchante et donne-nous à manger.

Geppa apporta aussitôt un grand vase de terre, dans lequel était une soupe faite avec un mélange de pain et de riz.

Mon voisin se servit d'abord, il me servit ensuite ; les autres convives restèrent libres de se servir après.

Nerveuse et agitée, la maîtresse de la maison vint s'asseoir en face de moi.

J'avais faim, cependant je touchai à peine à mon écuelle.

Les autres enfants baissaient les yeux et mangeaient sans rien dire.

— Eh bien ! la journée a-t-elle été bonne ? — demanda Giacomo en promenant un regard autour de la table.

Personne ne répondit.

— Combien, toi, Beppo, as-tu ramassé ? — poursuivit le maître.

—Trois francs—répondit celui qu'on interpellait.

—Trois francs, tu sais que ce n'est pas assez — dit Giacomo ; et, enlevant l'enfant du banc où il était assis, il le poussa vers la porte d'une pièce voisine, en lui donnant des taloches.

Il en fut de même des autres, qui disparurent un à un, laissant après eux leur écuelle à moitié pleine.

— Tu vois—dit Giacomo en s'adressant à moi.
—Il en est ainsi chaque fois que la recette n'est

4

pas bonne, et c'est toi, demain, qui feras la quête. Maintenant, va te coucher comme les autres.

Ce disant, il me conduisit dans le réduit où, étendus sur de méchants matelas, étaient déjà mes nouveaux camarades.

—

Le lendemain, il était encore de bien bonne heure, quand une voix cria :

— Allons, debout !

C'était Giacomo qui avait envahi notre dortoir et qui, à coups de pied contre les matelas, réveillait les dormeurs.

Nous ne nous le fîmes pas dire deux fois. En une seconde, chacun fut debout, les uns bâillant, les autres s'étirant les bras.

— Viens avec moi, Pâlotte — me dit le maître; — on va s'occuper de ta toilette.

Dans la pièce où j'avais été présentée, la veille, à ma nouvelle *famille*, je trouvai Geppa qui, me montrant un vase plein d'eau placé dans un coin, m'enjoignit de me débarbouiller.

Et comme, à son gré, je ne frottais pas assez fort, elle intervint dans mes ablutions, et sa rude main fatigua mon visage au point de le faire devenir pourpre.

Ensuite, l'Italienne me dépouilla des haillons qui me couvraient, et me fit revêtir un petit costume du même modèle que le sien.

Giacomo me trouva gentille ainsi ; il en fit l'observation à Geppa.

— Oui, mais elle va se salir dans la rue, et chaque jour il lui faudra un nouveau costume — objecta la maîtresse du logis.

Comme les petits musiciens entraient en ce moment, portant chacun son instrument, harpe ou violon, Giacomo nous donna ses instructions sur l'itinéraire que nous devions suivre. Après cela, il rompit un pain qu'il nous distribua, et nous congédia, après m'avoir expliqué comment il fallait s'y prendre pour forcer les bourgeois à mettre la main à la poche.

. . . .

Nous partîmes.

Je marchais avec mes petits camarades en grignotant d'un air confus le morceau de pain qu'on m'avait donné.

Nous étions encore tout endormis.

Dans les rues, on ne voyait que ce petit monde de marchands ambulants dont l'industrie matinale s'annonce par un cri particulier, souvent bizarre, qui se reproduit à l'infini d'un bout à l'autre de la ville.

Au-devant de nous, les magasins s'ouvraient un à un avec fracas. A l'intérieur, on apercevait les employés époussetant les rayons ou préparant l'étalage. Dans les cafés, les garçons de peine nettoyaient les lustres, lavaient les glaces et rangeaient les siéges.

Déjà on entendait au loin croître et grandir
le roulement des voitures......

— *Andiamo !* dit enfin le chef de notre petite
troupe.

Aussitôt on lâcha la bretelle des harpes, on
accorda les violons, on se souffla à l'oreille le
morceau qu'on allait jouer, et sur un signe de
tête que se firent les petits Italiens entre eux,
notre concert de tous les jours commença.

—

Etrange existence que celle que je menai ainsi
durant bien des mois, allant de porte en porte,
de café en café, la main toujours tendue pour
recevoir l'obole moyennant laquelle le riche
désœuvré se débarrasse d'un mendiant qui l'ob-
sède !

Toujours les mêmes airs, toujours les mêmes
refrains... Qu'importait la musique à mes camarades !

Quand leurs doigts distraits glissaient sur les
cordes de la harpe, quand leurs voix criardes en-
tonnaient un chant italien quelconque, leur
pensée était bien loin, là où il ne fait ni froid ni
faim, sans doute, là où une main brutale ne peut,
à chaque instant, s'étendre sur vous et meurtrir
vos chairs, là où l'enfance grandit et se déve-
loppe sous la main caressante d'un père et sous
les baisers d'une mère, là où le cœur rayonne
dans une atmosphère de soins délicats pleins de
tendresse et d'amour.

Mais non, ils ne pouvaient même pas songer
a cela, mes pauvres petits camarades ; ni eux,
ni moi n'avions l'idée de ces douces choses réser-
vées pour les favoris de la nature et du hasard.
Nous nous acquittions machinalement de notre
tâche, voilà tout. Nos chansons ne faisaient
qu'effleurer nos lèvres en s'envolant sur les ailes
de la routine et de la crainte. Fuyant la monotonie de nos longues heures de travail, notre esprit vagabondait dans la foule que nous traver-
sions, ou bien il s'envolait, pour en sonder le
mystère, vers ce monde inconnu qu'abritaient
les maisons dont nous ne dépassions pas la porte
d'entrée et au balcon desquelles s'agitaient au-
dessus de nous des groupes de femmes et d'enfants dont je venais implorer la pitié.

Et quand la collecte était bonne, quand nous
n'avions plus à craindre pour le soir la colère de
Giacomo, c'était un cri de joie dans la petite
troupe. Aussitôt on courait à un banc, on déposait les harpes et les violons, puis on se livrait à
la paresse durant des heures entières.

J'étais contente alors : Giacomo et Geppa ne
me semblaient plus aussi méchants. Aussi, nous
rentrions le cœur léger à la maison et c'était
sans trembler, qu'après avoir monté les cinq
étages, je m'entendais dire :

— Combien as-tu ramassé, Pâlotte ?

Hélas ! tous les jours ne se ressemblaient
pas. Parfois, le mauvais temps chassait les promeneurs des boulevards, les cafés restaient dé-

4.

serts et nos refrains ne nous rapportaient rien.

Alors nous redoublions d'activité : la pluie ne nous arrêtait pas, ni la neige non plus, mais tout était en vain... Ces jours-là, Giacomo nous battait et nous souffrions la faim.

Je n'ai jamais rien connu de plus atone que cette existence des petits musiciens ambulants, à laquelle j'avais été associée par Giacomo et la Bouffetout.

J'avais des moments de tristesse insurmonta-ble, et il me semblait alors qu'autrefois j'étais plus heureuse quand, ma petite hotte sur le dos, j'allais la nuit errer en liberté dans les rues de Paris.

Mes camarades n'étaient ni bons ni méchants; il n'y avait ni plaisir ni peine à vivre avec eux. C'étaient de petits automates qui chantaient tout le long du jour et qui la nuit dormaient les poings fermés.

Moi qui me sentais déjà vivre, je ne pouvais comprendre ces natures envahies de bonne heure par une incurable anémie physique et morale. Vainement je tentais d'arracher à leur torpeur ces petits malheureux, vainement je cherchais à ramener sur leurs lèvres le rire éclatant de l'enfance. Ils ne comprenaient pas. Alors j'imposais ma volonté; moi, toute petite, je disais : « Allons là ! » Immédiatement, on me suivait ; j'étais le chef....

. . . .

Que de fois il vint dans mon esprit en révolte

la pensée de rompre enfin les liens qui m'attachaient à cette bohême, à la suite de laquelle je passais chaque jour plus misérable et plus triste, à travers les splendeurs de Paris.

Mais où aller ? Que devenir ?

Qui prendrait pitié de moi, de ma faiblesse, car j'étais bien frêle et ma pâleur était extrême ?

Cependant, je ne pouvais m'habituer à cette idée, que toute ma jeunesse allait s'écouler ainsi humiliée et sans but.

Une voix intérieure me disait déjà :

— Tu n'es pas faite pour toujours mendier.

Mais comment sortir de mon ornière ?

Quelle main allait m'en arracher pour me jeter enfin dans ce monde du boulevard qui me semblait si beau ?

— Oh ! si je pouvais, moi aussi, me disais-je, avoir de belles choses comme en ont les petites filles que je vois et les belles dames qui les conduisent ! Pourquoi n'en aurais-je pas ? Ne suis-je pas gentille ?

Déjà, je me regardais avec complaisance dans les glaces des devantures et j'entendis souvent mes camarades dire entre eux :

— Pâlotte regarde si elle est jolie.

Quelquefois je restais en contemplation devant les étoffes aux couleurs éclatantes qui me souriaient de loin dans les rayons.

Mais, plus je considérais cet attrayant étalage,

plus il me semblait impossible de pouvois jamais
atteindre à tant de luxe.

Mon impuissance était un frein que je ron-
geais avec dépit.

Je ne voulais pourtant pas rester ce que j'é-
tais. Moi, une mendiante, fi !...

Ces sentiments, d'abord confus, devaient bientôt grandir et se développer en moi, au point de
m'envahir tout entière.

Toutes les chimères que j'entrevoyais déjà devaient bientôt m'absorber au point de me ravir
à moi-même pour m'entraîner je ne sais où à
leur suite.

. . . .

— Gens heureux, n'étiez-vous pas un peu la
cause de ce qui se passait en moi? Vous exposez
aux regards avides de la misère les dons précieux
dont la fortune vous comble. Vous exagérez les
besoins de votre nature et faites du superflu le
tremplin de votre orgueil. Vos prodigalités in-
sensées, vous les exaltez aux yeux et aux oreilles
de ceux qui n'ont pas même le nécessaire, et lorsque, sur votre chemin, vous rencontrez un malheureux, au lieu de lui donner l'obole qui nourrit,
vous l'accablez sous le poids de vos injures ou de
votre mépris. En étalant votre bonheur aux regards des misérables, vous le leur faites connaître
d'abord, aimer ensuite, envier plus tard. Plus
tard, c'est un problème redoutable qui se dresse
dans l'esprit de ces gens-là. Ce bonheur, comment y atteindre? Une voix terrible répond à

l'homme : — le vol! la même voix crie à la
femme : — la honte! — Ces moyens, la société
les réprouve sans doute, tant qu'ils ne dépassent
pas le niveau vulgaire, mais ne l'a-t-on pas vue
aussi fermer parfois les yeux pour celui de ses
enfants qui sait viser haut et toucher juste ?

A l'époque à laquelle mes souvenirs me repor-
tent, bien que ma volonté commençât déjà à
secouer sa torpeur et à maudire son impuissance,
je n'étais encore que le jouet du hasard.

Analyser toutes mes impressions d'alors n'est
pas possible, mais je déplorais, je me le rappelle,
un état de choses et une manière d'être qui ne
me laissaient que la misère en perspective.

Je ne songeais pas encore à l'occasion ; savais-
je ce que cela est ? mais je me disais : — que je
voudrais vivre quelque part dans un petit espace
bien clos où je mangerais quand j'aurais faim,
où le froid ne pénétrerait pas, où je trouverais
des jouets pour me distraire, des rubans pour
me parer, des fleurs pour en nouer des bouquets ;
un petit espace bien frais, bien coquet, où des
draperies obscurciraient le grand jour, où des
lustres dissiperaient les ténèbres, où mes membres se reposeraient sans cesse sur des coussins
moelleux, sur des siéges douillets, où mes regards ne rencontreraient que des objets dont je
serais la maîtresse et que je pourrais sans cesse
contempler !

Voilà ce que je me disais, et, pendant ce temps,
les voix criardes de mes petits camarades chan-

taient auprès de moi l'éternel refrain de notre triste enfance.

———

Un jour que nous étions arrêtés devant une maison de la rue Lafite, une jeune dame parut au balcon et sembla écouter avec plaisir l'air que chantait, en ce moment, un des petits musiciens de Giacomo.

Elle portait un peignoir en étoffe écarlate sous lequel se dessinaient les formes de son corps. Ses cheveux entièrement dénoués tombaient en gerbe sur ses épaules. Son visage était pâle comme celui d'une statue.

Je m'approchai du balcon et tendis la main.

Penchée sur la balustrade, la jeune femme me considéra un instant, puis, prenant une pièce de monnaie, elle la laissa tomber à mes pieds.

Comme je me baissais pour la ramasser, je ne vis pas une voiture qui, sortant par une porte cochère voisine, tourna brusquement sur moi.

Un cri retentit. Au même instant un choc violent me précipita dans le ruisseau.

Il se fit un grand trouble en moi, un frisson mortel courut dans tous mes membres et je perdis connaissance.

.   .   .   .

Quand je repris mes sens, j'étais couchée dans un grand lit, au ciel duquel était une draperie dont les plis arrivaient jusqu'à moi.

Comme j'éprouvais une grande lassitude, je fermai les yeux, me croyant le jouet d'un rêve.

Je sentis alors une petite main glisser sur mon visage, et une voix de femme murmura à mon oreille :

— Sois tranquille, va, *poveretta*, je te soignerai bien.

Je voulus regarder celle qui me parlait ainsi, mais, me sentant toute honteuse, je cachai ma tête sous les couvertures.

Il se fit un instant de silence à la suite duquel la voix reprit :

— Dis, mon ange, où souffres-tu ?

Ne pouvant en croire mes oreilles, je ne répondis que par une plainte à la question qu'on me posait.

Un bras m'enveloppa alors de son étreinte en me relevant à demi ; en même temps, je sentis sur mon front le premier baiser affectueux que j'aie reçu de ma vie.

Ce n'était pas un rêve ; la douce voix qui me parlait était bien celle de la réalité.

Je me sentais dans une atmosphère pleine de parfums inconnus, et mon petit corps alangui tressaillait d'aise.

J'ouvris de grands yeux.... Dans la femme qui me tenait encore embrassée, je reconnus la dame du balcon.

Je poussai un petit cri et instinctivement je jetai mes bras autour du cou de ma bienfaitrice.

En faisant ce mouvement, je me sentis endo-

lorië; alors le souvenir de ce qui s'était passé me
revint à l'esprit...

En ce moment, on annonça un médecin, qui
entra presque aussitôt.

— Vous vous faites tant attendre — lui dit la
jeune femme — qu'on aurait le temps de mourir
plusieurs fois, avant d'avoir obtenu de vous une
ordonnance.

— Quelle ordonnance ? — demanda le médecin, qui paraissait être un jeune homme de
trente ans environ.

— Ne plaisantez pas — dit la dame. — Voici une
petite fille qui a été, il y a une heure, renversée
par un cheval attelé.

— Et la voiture lui a passé dessus ?

— Oui, mais sans la toucher; seulement, la
pauvre enfant a fait une chute violente qui lui
a fait perdre connaissance, et j'ignore si les contusions qu'elle a reçues ne sont pas graves.

— Les contusions sont rarement graves, madame — dit le médecin — mais il pourrait se faire
que la commotion que cette enfant a éprouvée
ait causé un trouble fâcheux dans les organes.

— Veuillez voir ce qui en est.

Le médecin m'examina attentivement, puis
se retournant, avec un sourire, vers la dame :

— Ne craignez rien — lui dit-il — vous n'avez
qu'à faire pour elle, ce que je vous ordonne à
vous-même depuis longtemps.

— Et vous ordonnez ?...

— Du repos et des fortifiants.

— C'est bien, docteur; vous serez obéi.

— Obéissez un peu plus pour vous et un peu moins pour les autres.

— Oh ! moi, c'est différent : je sais ce que j'ai à faire.

— Vous serez donc toujours mauvaise tête ?

— Mauvaise tête, mais bon cœur.

— Peuh ! c'est selon; il est des gens qui se plaignent des deux.

— Ceux-là sont des niais, qui ne savent pas ce que je leur vaux, en ne les écoutant pas.

— Ils ne voient que ce qu'ils perdent.

— Seriez-vous du nombre, par hasard ?

— Peut-être...

— C'est tant pis pour vous, car je vous estime trop pour vous aimer.

— Merci.

— Viendrez-vous me voir en ami, un de ces jours ?

— Je viendrai... quand vous serez malade.

— Adieu, alors.

Au revoir, madame.

———

Rien n'est plus présent à ma mémoire que les premières scènes auxquelles se rapportent les différentes phases de mon existence.

Je n'avais que douze ans à l'époque où se passait ce que je viens de raconter. Mais, dans les suites d'un accident qui eût été d'ailleurs insignifiant, il existait une telle corrélation avec ce qui

se passait en moi depuis quelque temps, que pas
un détail de ce que je voyais et entendais ne
pouvait m'échapper.

Imaginez-vous, en effet, quelle dut être ma
stupéfaction, à moi, petite fille esclave de Bouffetout et de Giacomo, en me trouvant transportée, comme par enchantement, dans une sphère
dont j'avais sans doute deviné le côté magnifique, mais au sein de laquelle rien ne semblait
devoir me donner un jour accès.

J'avais entrevu, comme dans un rêve, ce bien-
être qui rend la vie facile, ce luxe qui la rend
aimable, et voilà qu'en me réveillant je me trouvais environnée de l'un et de l'autre, absolument comme si j'avais été touchée par la baguette d'une fée bienfaisante.

Comme tout me semblait beau autour de moi!
avec quel art tout était disposé! quelle fraîcheur!
quel éclat!

Je voyais là tous les objets qui me charmaient
naguère, dans mes courses vagabondes le long
des trottoirs; mais combien l'aspect en était différent !

Je comprenais maintenant tout ce que ces
meubles, ces mille riens qui ne font que briller
à une devanture, ont de confortable et de réjouissant, du moment où ils parent un intérieur.

Et, à travers ces belles choses, sur d'épais tapis qui étouffaient le bruit de ses pas, je voyais
aller et venir la jeune dame qui m'avait recueillie
et dont la sollicitude veillait encore sur moi.

Elle eût été laide comme la Bouffetout que je l'aurais trouvée jolie, celle dont la charité m'avait tendu la main et du cœur de laquelle s'épenchait sur moi une tendresse inconnue.

Désormais, je la regardais sans honte, cette dame au long peignoir écarlate; je me sentais portée vers elle par tout ce que j'éprouvais de satisfaction physique et morale.

De son côté, la jeune femme semblait m'approcher avec un sentiment de visible satisfaction. Il y avait dans sa manière de m'embrasser et de me verser une potion quelque chose de doux et de pénétrant qui réveillait en moi des sensations que je n'avais jamais éprouvées.

Mes souffrances, d'ailleurs, étaient légères. Je ne m'étais jamais tant sentie vivre que depuis l'heure où j'avais été arrachée à la mort.

. . . .

Vers le soir, la dame me quitta un instant.

Elle revint bientôt avec une de ces toilettes dont la vue sur le boulevard m'avait souvent fait rêver.

Elle était belle ainsi, ma bienfaitrice, mais il y avait dans son regard et dans son sourire je ne sais quelle expression qui semblait naître d'un passé douloureux.

Sur son visage, cependant, la pâleur avait fait place à une légère rougeur qui s'étendait des pommettes sur les joues. Les cils et les sourcils étaient plus noirs que tout à l'heure; la bouche, plus rose. Seul, un petit sillon de bistre, au-

dessous des yeux, accusait un peu de fatigue et
d'insomnie.

— Ayant à m'absenter durant quelques heures
— me dit la jeune femme — je t'ai confiée à ma
bonne, qui veillera à ce qu'il ne te manque rien.
La nuit est déjà proche, et j'espère que tu dor-
miras bien. Si tu te réveilles, tu tireras ce cordon
qui est à la portée de ta main. Claire viendra te
tenir compagnie. Est-ce entendu, chère enfant?

Je fis signe que oui.

— Au revoir donc — poursuivit la dame. — Je
m'en vais vite, car je suis en retard.

. . . .

Quelques instants après, mademoiselle Claire
entra dans ma chambre et, après s'être regardée
dans une glace, vint s'asseoir auprès de mon lit.

A la taille bien prise, au regard hardi, cette
jeune fille semblait mettre au-dessus de tout le
soin de sa petite personne. Elle était sans cesse
occupée d'elle-même, de ses cheveux, des plis
de son corsage, de l'ampleur de sa jupe, de sa
chaussure même, qu'elle découvrait avec une
prétention, qui n'était pas sans avoir son côté
plaisant.

J'aurais bien voulu causer avec elle, mais je
me sentais trop dépaysée pour parler la première. Mademoiselle Claire, il faut le dire, ne
m'honorait que d'une très-faible attention; son
esprit paraissait occupé ailleurs.

A la longue, cependant, cette jeune fille revint
au sentiment de la réalité; elle se pencha vers

moi comme pour savoir si je dormais, puis, se renversant dans son fauteuil avec tout le sans-gêne qui la caractérisait :

— Avoue, petite pauvresse — me dit-elle — que tu as de la chance d'avoir failli te faire casser les reins. Te voilà comme une duchesse, et si le caprice de madame pour toi dure longtemps, diable! ma chère, je ne sais pas ce que tu deviendras.

J'étais peu habituée au beau langage, cependant je sentais bien que celui de mademoiselle Claire était empreint d'une amère ironie.

— Sont-elles drôles, ces dames! — poursuivit la cameriste. — Elles ont le cœur et la tête toujours en révolution. A force de bouleverser le jour et la nuit, ça n'a plus que le souffle. Leurs nerfs partent comme des arbalètes; elles sont inabordables. Rien ne les amuse, tout les agace, ça court après toutes les bêtes. Hier, c'était un chien; aujourd'hui, c'est une petite fille; demain, elles en auront pour un singe, ou un perroquet. Quelle vie, grand Dieu! Heureusement que madame me donne de bons gages et qu'elle n'est pas souvent chez elle, sans quoi *faudrait* voir comme je lui jouerais *Fille de l'air.*

Répondre à cela, je ne le pouvais, moi qu'on venait d'appeler pauvresse; mais de semblables paroles me faisaient éprouver un frisson intérieur qui était presque du dégoût.

Je me détournai de mademoiselle Claire pour faire semblant de dormir, lorsque, préoccupée

5.

par la pensée de ma bienfaitrice, il me vint à
l'idée de demander son nom.

Cette question, que je posai timidement, sembla prêter à rire à la jeune fille.

— Crois-tu — dit-elle — qu'il soit facile de le
savoir au juste. Ses fournisseurs la désignent
sous le nom de Pauline Turlot, moi je lui dis :
— Madame — et les personnes qui viennent ici
l'appellent de tous les noms.

Là-dessus, mademoiselle Claire alluma une
lampe en verre opaque, suspendue au plafond,
et sortit en fredonnant un air qui me rappela
Giacomo et ses petits musiciens.

—

M'étant réveillée dans la nuit, j'entendis causer avec animation dans une pièce voisine de
ma chambre.

On soupait sans doute, car, au bruit des verres
entre-choqués, se mêlaient de longs éclats de
rire.

Un moment je distinguai ces paroles pronon-
cées par une voix d'homme:

— Tu me prends pour un infidèle, un mé-
réant ; je n'étais qu'un pauvre égaré auquel ta
seule vue, ce soir, a rendu le sentiment du bon
et du beau. Toutes les idoles sont subitement
tombées en moi devant ta seule image. Tu ré-
sumes tout, à mes yeux. En toi je retrouve la
poésie de l'amour et la chasteté du cœur.

— Assez ! assez ! — crièrent plusieurs voix.

— Assez ? Eh ! pourquoi ? — poursuivit celui qui avait parlé d'abord. — Demain, je cours à Chantilly et je dois monter *Fleur-de-pêcher*, une jument vicieuse qui a déjà sur la conscience plusieurs jockeys de bonne maison et un gentleman-rider d'une décrépitude avancée. Eh ! bien, je tiens à dire tout mon sentiment à Pauline, avant d'aller peut-être rejoindre mes ancêtres, en mordant la poussière du turf. Je veux...

Un instant de tumulte interrompit celui qui parlait. Ensuite, j'entendis Pauline Turlot qui disait :

— Allons, c'est assez de bêtises comme cela. Allez-vous-en, je vous chasse.

Il s'éleva quelques protestations, mais bientôt un bruit de pas, dans l'antichambre, m'apprit que la jeune femme était obéie.

. . . .

Comme j'allais me rendormir, une porte dissimulée sous la tenture de ma chambre s'ouvrit avec un petit craquement et, dans une forme blanche qui s'avançait vers moi, je reconnus Pauline Turlot.

Croyant que je dormais, elle s'arrêta un instant sous le pâle rayon de la lampe, et sembla écouter si mon sommeil trahissait de la fièvre.

La jeune femme portait un peignoir en mousseline blanche, dont la jupe à longue traîne se déroulait sur le tapis. Elle avait les bras nus et une légère pointe de dentelle négligemment nouée couvrait à peine ses épaules.

Sur un mouvement que je fis, Pauline s'approcha, prit ma main dans la sienne et me demanda à demi-voix comment j'allais.

Je lui répondis par un sourire et un regard qui lui disaient combien j'étais reconnaissante de ses soins.

Elle s'assit alors au pied de mon lit et laissa tomber sa tête dans ses mains. Durant quelques minutes, elle resta ainsi immobile : sa poitrine était oppressée, de petits tressaillements agitaient son corps.

Et comme je la considérais sans oser lui demander si elle avait de la peine, elle se releva brusquement et, me prenant dans ses bras, elle me tint convulsivement embrassée. Ses cheveux noirs, dénoués, se confondaient avec les miens et de grosses larmes tombées de ses yeux inondaient mon visage....

. . . .

La crise douloureuse à laquelle était en proie Pauline Turlot fut de courte durée. La jeune femme reprit bientôt son empire sur elle-même et, rajustant le désordre de sa toilette, elle sortit lentement de ma chambre.

Que j'aurais voulu alors connaître le secret des larmes que je voyais verser, pour pouvoir le faire oublier à force de caresses!

Pauline Turlot resta toujours impénétrable à cet endroit. Plusieurs fois, en des moments semblables, je la vis tirer de son sein un petit médaillon qu'elle ouvrait, après l'avoir porté à ses lèvres. Ses regards, d'abord fixés sur l'objet que renfermait ce bijou, se reportaient ensuite sur moi. Un souvenir poignant était là, sans doute, mais je n'en ai jamais connu la nature. Etait-ce un portrait? Tout me porte à le croire. Mais, quel était ce portrait, et quel rapport existait entre lui et moi? Mystère.

———

La matinée du lendemain se passa dans la solitude d'une maison endormie.

Tout était silencieux autour de moi et mademoiselle Claire ne semblait pas encore occupée du service dont elle déplorait la veille les rigueurs.

Quelle différence entre la maison de Giacomo, où nous étions debout à cinq heures l'hiver, et celle où je me trouvais maintenant!

Vers midi, cependant, j'entrevis, par la porte entre-bâillée, le minois chiffonné de la soubrette.

— Eh bien, a-t-on bien dormi?—me cria-t-elle.

— J'ai faim — lui répondis-je.

— Il paraît que ça te prend de bonne heure — dit la jeune fille.—Si tu crois que nous mangeons ici à la même heure que les Auvergnats, tu te trompes.

Quelques minutes après, mademoiselle Claire revint avec une tasse de chocolat à la main.

— Voilà ton déjeuner, me dit-elle.

Je vous laisse à penser si je lui fis honneur; jamais je ne m'étais vue à pareille fête.

Mademoiselle Claire dut me trouver bien gour-
mande ; mais son opinion sur mon compte était
loin de me préoccuper.

Quand je lui rendis la tasse, dont j'avais bu le
contenu à petits traits, je demandai à la jeune
fille des nouvelles de sa maîtresse.

— Madame dort — répondit-elle — mais ce
n'est pas sans m'avoir laissé de la besogne. Cette
nuit, elle a soupé avec je ne sais qui, et, ce matin,
j'ai trouvé tout sens dessus dessous. En voilà
une qui est heureuse de pouvoir faire ainsi sa
tête !

Un coup de sonnette retentit en ce moment.

— Bon, la voilà qui se réveille — dit mademoiselle Claire — en se disposant à sortir : les *casca-
des* vont recommencer.

. . . .

Vers deux heures, Claire entra de nouveau
dans ma chambre. Elle me dit, en dissimulant à
peine un méchant sourire, qu'un monsieur dé-
sirait me parler.

En même temps, j'aperçus Giacomo qui hé-
sitait à franchir le seuil de ma porte.

Claire le fit entrer et nous laissa seuls.

Reprenant alors son cynisme habituel, le *pifferaro* se mit à examiner les objets et les meubles
qui m'environnaient.

Il me parla peu et, dans ce qu'il dit, il affecta
d'être fâché de ce que j'avais accepté des soins
étrangers.

Giacomo semblait d'ailleurs dominé par une pensée qui n'était sans doute pas indifférente à sa visite. Cela ne l'empêcha pas d'aviser un sucrier et d'en faire prestement glisser le contenu dans sa poche.

J'aurais voulu, en ce moment, avoir la force de dix Hercules pour jeter cet homme par la fenêtre. Un pareil acte, de sa part, me fit devenir rouge d'indignation.

Giacomo ne s'en serait certainement pas tenu à quelques morceaux de sucre, si madame Pauline, prévenue par Claire, ne fût presque aussitôt entrée.

Après avoir salué Giacomo, qui garda insolemment sa casquette sur la tête, la jeune femme s'informa avec sollicitude de ma santé.

— Cette enfant est votre fille, monsieur ? — demanda-t-elle ensuite au *pifferaro* qui se tenait debout au milieu de la chambre.

— Ma fille... — dit celui-ci — oui, c'est-à-dire non : c'est la fille à ma sœur.

— Et votre sœur est morte ?

— Oui.

— Combien avez-vous d'enfants ?

— J'en ai quatre à moi et trois à ma sœur.

— Comment faites-vous pour nourrir une aussi nombreuse famille ?

— Je travaille.

Giacomo mentait impudemment ; je n'étais pas l'enfant de sa sœur et mes anciens camarades n'étaient ni ses fils ni ses neveux. Au lieu

de travailler, comme il venait de le dire, pour
nous nourrir, il se servait de l'argent que je ra-
massais pour se livrer à la débauche et à
l'ivrognerie ; c'était là son seul travail quand il
ne nous battait pas.

Pauline Turlot comprit immédiatement quelle
sorte d'homme était Giacomo, car se tournant
vers lui et le regardant en face :

— Cette petite fille me plaît—dit-elle—je veux
la garder avec moi. En retour, pour vous aider
à soutenir votre *famille*, je vous donnerai cent
francs par mois.

A ces paroles, un éclair de satisfaction passa
dans les yeux de l'Italien ; cependant, comme il
ne pouvait pas paraître se rendre au premier
mot, il balbutia une excuse.

— C'est bien, c'est bien — dit Pauline Turlot.
— Tenez, voici le premier *terme*.

En parlant ainsi, la jeune femme glissait cinq
louis dans la main de Giacomo.

Ce dernier n'était plus maître de lui ; il y avait
comme un rayonnement sur son sinistre visage.

— Pour toucher — lui dit ma bienfaitrice en le
congédiant— vous n'aurez pas besoin de vous représenter chez moi. Mon concierge vous remet-
tra de ma part les cent francs de chaque mois.
De plus, si jamais vous nous rencontrez sur votre
chemin, la petite fille et moi, il va sans dire que
vous ne nous reconnaîtrez pas.

Giacomo promit tout ce qu'on voulut et sortit
laissant après lui une âcre odeur de tabac et

d'eau-de-vie, ce qui obligea Pauline Turlot à renouveler l'air de ma chambre. La jeune femme ne se permit d'ailleurs aucune observation sur l'homme auquel elle venait de me racheter. Je l'entendis seulement murmurer ces deux mots : Pauvre enfant !

—

Dès ce jour, commença pour moi une nouvelle vie. Je devins la poupée de Pauline Turlot. Quelques mètres d'étoffe, quelques coups de fer dans les cheveux, me rendirent méconnaissable. Je me regardais dans toutes les glaces, sans pouvoir en croire mes yeux. Mon élégance était celle que j'enviais tant naguère. Ces étoffes éclatantes, ces soieries que je désespérais de porter, étaient désormais la livrée que m'imposait le caprice d'une femme.

Entrer dans les détails de la transformation subite qui s'opéra en moi serait presque impossible. Au bout de quelques jours je considérais comme une chose qui m'était due le luxe qui m'environnait. Le bien-être dont j'étais comblée, tous les raffinements, toutes les recherches au milieu desquels je vivais, sans en connaître l'origine et la source, me firent presque entièrement oublier un passé misérable auquel le hasard m'avait arrachée. Je devins vaine et fière. Ma reconnaissance pour Pauline Turlot, au lieu de grandir avec l'étendue du bienfait, ne fit que se refroidir au contact de mon égoïsme naissant.

6

Mon intelligence d'ailleurs se développait rapidement. J'avais des maîtres qui m'apprirent ma langue et me donnèrent les premières notions de la musique et du dessin. J'apportais une grande application à l'étude et ma facilité était extrême. — Nous en ferons un *bas-bleu* — disait Pauline Turlot en riant.

Plusieurs fois par semaine, ma protectrice m'emmenait en promenade, soit au bois de Boulogne, soit aux Champs-Elysées, soit au jardin des Tuileries. Pauline Turlot avait partout des connaissances qui venaient la saluer. Au bois de Boulogne, notre voiture était quelquefois escortée par plusieurs cavaliers à la fois. La jeune femme causait familièrement avec eux et, dans des moments de bonne humeur, elle allait même jusqu'à les tutoyer. Souvent j'entendis des dialogues de ce genre :

— Irez-vous aux Italiens ce soir, Pauline?

— C'est probable.

— En ce cas, nous souperons.

— Soupe-t-on beaucoup avec vous?

— Enormément.

— Tant mieux. Qui aurez-vous?

— Il y aura Mariette des Variétés et le petit vicomte.

— Oh! le drôle de couple!

— Il y aura un de mes amis qui vous connaît.

— Va pour votre ami. C'est entendu, je suis de la fête. A ce soir.

Quelquefois on demandait à Pauline Turlot :

— Quelle est cette petite fille que vous avez avec vous ?

— C'est ma nièce — répondait bravement la jeune femme.

— Et ses parents vous ont chargée de son éducation ?

— Précisément.

— Ce sont des parents bien avisés — ripostait-on avec une pointe d'ironie qui ne m'échappait pas.

C'est dans une de ces promenades que je fis un heureux et que je me trouvai un compagnon, sous la forme du chien *Pèro*.

Au coin d'une porte, nous l'avions aperçu un jour, le pauvre chien, les yeux à peine ouverts à la lumière et déjà presque fermés par la mort, tremblant de faim, pleurant. Et, le lendemain matin, lui aussi s'était réveillé avec son déjeuner préparé et une bonne pour le lui servir.

J'avais intercédé pour lui et cela m'avait rendue rayonnante d'orgueil de pouvoir, moi, la misérable abandonnée d'hier, faire quelque chose pour quelqu'un en ce monde, ce quelqu'un fût-il un chien....

Qu'il est gentil ! avait-on dit. Jamais pronostic ne fut plus menteur. Si l'on n'eût connu la brave nature de *Pèro*, on l'eût pris pour un intrigant, tant son développement répondit peu à la gentillesse qui avait contribué à lui donner une famille et un foyer. Plus il allait, plus il enlaidissait. De minuscule qu'il était, il devenait énorme

De havanais qu'il était le premier jour, il tourna
rapidement au caniche et, au bout de six mois,
il ressemblait beaucoup à un mouton. Mais qu'il
était bon, et qu'il m'aimait, et qu'il venait bien le
matin me passer doucement sa patte sur la figure et me dire : — Il est temps de se lever....

—

Nature frivole, dominée par une sensibilité
maladive, esprit toujours en éveil, capricieux
et bizarre, imagination ouverte à toutes les fan-
taisies, entraînée par toutes les chimères, Parisienne fanatique de la forme et de l'élégance,
telle était Pauline Turlot.

En l'étudiant davantage, on comprenait que
cette femme avait été prise de bonne heure dans
l'engrenage de la réalité. Un vent d'orage avait
passé sur son organisme délicatement noué, en
y laissant cette vague empreinte qui n'échappe
à personne, mais qui ne prévient pas toujours.

En Pauline Turlot, le sentiment n'existait plus,
la passion était éteinte et le système nerveux
suppléait à tout.

Aujourd'hui seulement, je m'explique l'atta-
chement que cette femme eut pour moi. Pour
elle, j'étais un souvenir, un être vivant ayant
une ressemblance avec un être mort ou à jamais
disparu ; j'étais la forme d'une image insaisissa-
ble, revenant dans un esprit habitué à se replier
sur lui-même ; j'étais l'écho d'un drame lointain
dans lequel avait sombré une existence peut-être

et, à coup sûr, au dénouement duquel l'amour ou la haine n'étaient pas restés étrangers. Pour Pauline Turlot, je n'étais pas une affection, un sentiment, j'étais une sensation.

Ce qui me confirme dans cette opinion, c'est que la tendresse de cette jeune femme pour moi était loin d'avoir le calme et la constance d'une tendresse véritable.

Des jours entiers se passaient sans que ma protectrice fît attention à moi. Elle sortait, rentrait, recevait, me laissant seule, isolée, avec les impertinences de mademoiselle Claire pour toute distraction, les caresses de Pèro pour toute consolation.

Puis, c'était un retour subit qui me trouvait froide et boudeuse; Pauline Turlot se souvenait enfin de la petite *pifferara*. C'étaient alors des caresses, des étreintes, des enfantillages qui se prolongeaient des heures entières, pour faire le plus souvent place à une scène de larmes du genre de celle que j'ai déjà décrite. Dans ces moments-là, le désordre moral qu'accusaient les gestes, l'attitude, les paroles de la jeune femme, était tel qu'il se produisait en moi un grand trouble dont je n'étais pas maîtresse.

Pauline Turlot, d'ailleurs, était d'une santé chancelante, et l'empire seul qu'elle avait sur elle-même lui permettait de persévérer dans sa manière de vivre.

A force d'excitants, elle trouvait le moyen de se soustraire à un état de torpeur et de prostration auquel la fatigue des organes semblait la condamner. Mais là n'était pas tout son mal, et souvent je vis sa main crispée s'arrêter sur sa poitrine à l'endroit du cœur, pendant que son visage trahissait une vive souffrance.

— Oh ! je sais ce que c'est — me dit Claire un jour que lui parlais de cela — madame a un anévrisme.

. . . .

Quand elle souffrait, Pauline Turlot devenait sombre et taciturne. Dans son regard, il y avait plus de colère que de douleur. Son langage était dur, parfois grossier. Elle avait comme des accès de rage, durant lesquels elle ne reculait devant aucune violence vis-à-vis des personnes qui l'entouraient. Ces révolutions soudaines contrastaient si étrangement avec la manière d'être ordinaire d'une femme délicate habituée à toutes les recherches de la vie, que mon esprit en était douloureusement impressionné.

Quand le mieux s'était déclaré, Pauline Turlot, pour chasser le souvenir de la souffrance, se lançait de plus belle dans cette vie de plaisir ou plutôt d'étourdissement et d'oubli à laquelle elle devait fatalement succomber.

Alors, les visites, les promenades, les parties, les bals se succédaient chez elle; on y soupait également, et le tumulte de ces fêtes était indescriptible. Parfois, la voix éclatante de ma protectrice, dominant celles de ses convives, appor-

tait jusqu'à moi des paroles étranges, au fond
d'une chambre d'où s'était envolé le sommeil.

—

Une nuit que l'orgie avait duré plus que d'habitude, un grand cri perçant partit tout à coup
du salon à manger ; en même temps, il se fit un
bruit semblable à celui d'un corps qui tombe
lourdement sur le parquet.

Aussitôt, succéda un trépignement nombreux
et le chuchottement de quelques personnes qui
se consultent. Il y eut ensuite un va-et-vient
suivi d'exclamations.

Quelqu'un sortit alors de l'appartement, ga-
gna la rue et revint, quelques instants après, en
compagnie de plusieurs hommes.

Il y eut un nouveau colloque ; à la suite duquel
une voix dit : — C'est bien, messieurs ; retirez-
vous.

Sans savoir ce qui arrivait, j'éprouvai un tel
serrement de cœur, une si vive appréhension,
que je me levai aussitôt et passai mes vêtements.

Comme il m'était bien défendu de sortir de
ma chambre, je prêtai longtemps l'oreille...
Tout était rentré dans le silence. Seul, *Péro*,
qu'on avait enfermé je ne sais comment, poussait des hurlements lamentables.

Enfin, n'y tenant plus, prise subitement de
terreur, j'ouvris ma porte et m'avançai jusqu'à
celle du salon à manger. Là encore, je n'entendis
rien.

Je pressai le bouton et un des battants céda.
Éblouie par la lumière du lustre et des candélabres, je restai immobile. En face de moi, sur la
table en désordie, étincelait le cristal des verres.
Les siéges étaient renversés et des éclats de vaisselle jonchaient le tapis. Personne !...

Je voulus appeler, la voix me manqua. Prenant alors mon courage à deux mains, me rai-
dissant contre la peur, je fis quelques pas en
avant... Je n'oublierai jamais ce que je vis...

Sur un divan qui occupait tout le fond de la
pièce, Pauline Turlot était étendue, la tête renversée sur les bords du siége, les yeux et la bouche démesurément ouverts. Toutes les agrafes
de sa robe avaient été arrachées, et dans les
chairs de sa poitrine, comme pour accuser le
siége du mal, s'enfonçait une de ses mains cris-
pées.

Je m'avançai vers elle, je lui parlai, je cou-
vris son front de baisers... Morte... elle était
morte!...

Prenant alors sa tête dans mes bras, je voulus
la ramener sur un coussin pour lui donner un
point d'appui ; mais, trahie par mes forces, je
m'affaissai sur le tapis, entraînant avec moi le
cadavre, dont les jambes seules restèrent sur le
divan.

Au bruit que fit ce corps inanimé en tombant,
au contact glacé de ses cheveux qui me couvraient le visage, de ses épaules sous lesquelles
j'étais engagée et qui m'oppressaient de leur

poids, j'éprouvai un tel sentiment d'horreur que je perdis connaissance.

Quand je revins à moi, un jour blafard glissait dans le salon à travers les draperies des fenêtres, tandis que les bougies roses du lustre s'éteignaient une à une, inondant la table de cire liquéfiée.

Rendue au sentiment de l'horrible réalité, je fis un brusque mouvement qui me débarrassa du cadavre ; m'élançant ensuite vers la porte, je poussai des cris qui retentirent dans tout l'appartement.

Un agent de police qui veillait dans l'antichambre se présenta aussitôt et parut surpris en me voyant. Je lui expliquai ma présence. Il m'apprit à son tour que Pauline Turlot était morte subitement, dans la nuit, de la rupture d'un anévrisme. Le commissaire de police du quartier avait constaté le décès ; il ne restait plus qu'à remplir la formalité des scellés.

— Et Claire — dis-je à cet homme — qu'est-elle, devenue ?

— Qui est-ce Claire ?

— La bonne.

— Ah ! il paraît qu'après avoir mis la main sur tout ce qu'elle a trouvé dans les tiroirs de la morte, elle s'est sauvée par un escalier de service. Nous sommes sur ses traces et si on la trouve...

En ce moment, entra un officier de paix suivi d'un greffier. Il se fit conduire par moi dans toutes les pièces de l'appartement, et sur chaque meuble imprima de larges cachets de cire rouge. Il entra aussi dans le salon à manger, et, sans faire attention au cadavre qui était renversé roide sur le tapis, il fit un état des objets qui encombraient la table et les dressoirs.

Comme il allait se retirer, son greffier lui fit observer que le linge nécessaire à l'ensevelissement n'avait pas été mis de côté.

— C'est vrai — dit le magistrat — et les scellés sont déjà posés sur les armoires à glace... Au fait, voilà une nappe qui fera bien l'affaire. Qu'on débarrasse cette table...

L'agent de police qui était là mit de côté les cristaux et la vaisselle ; puis, enlevant la nappe sur laquelle étaient de larges taches de vin et de bougie, il la jeta sur le cadavre de Pauline Turlot.

Quand l'officier de paix et son greffier furent partis, je me mis à errer dans l'appartement, ne sachant ce que j'allais devenir et me demandant si je ne devais pas quitter au plus vite cette scène de désolation.

Mais toujours ce redoutable problème : où aller ?

Chez Giacomo ?

Jamais !

Chez la Bouffetout ?

Ah ! que la mort de Pauline Turlot me sembla alors cruelle ! Quel vide faisait autour de moi la perte de son affection, aussi égoïste qu'elle eût été !

Tout me parlait de cette femme, qui, la première, m'avait fait connaître la douceur d'un
baiser et le charme d'une caresse. Là était sa
chambre à coucher avec ses meubles soyeux et
son grand lit tendu de satin rose ; ici, le boudoir
avec ses peintures voluptueuses, ses bronzes, ses
potiches ; à côté, dans ce merveilleux réduit, la
toilette en marbre blanc surmontée d'une large
glace de Venise ; quel encombrement de parfums, de crèmes, de pâtes, de cosmétiques, de
fards, de poudres, le tout accommodé pour
l'usage et offert à la vue avec cet art qui restera
le secret de certaines civilisations.

. . . .

Encore quelques instants et j'allais quitter
tout cela : que mon bonheur avait été court et
combien peu je l'avais apprécié ! Depuis quelques heures seulement, je comprenais le prix de
tous ces objets auxquels je ne prêtais qu'une
faible attention alors que j'avais l'espoir d'en
disposer toujours. Tout ce luxe s'effaçait subitement pour moi et je me prenais à maudire la
destinée qui, en frappant Pauline Turlot, me
frappait moi-même si durement. Encore si j'a-
vais pu, à l'exemple de Claire, arracher une part
à l'effondrement de cette fortune... Non, cette
pensée me soulevait le cœur, mais je maudissais
le jour qui m'avait laissé entrevoir le bonheur
dont j'allais être brutalement séparée... Moi,
privée de tous ces biens que Pauline Turlot partageait si généreusement ; moi, privée de ces

fraîches toilettes, de ces promenades, de ces
études sans fatigue qui faisaient naguère l'occu-
pation de ma vie... oh! non, cela ne pouvait
être... Malheureuse ! n'étais-je pas la petite *pifferara*, la fille adoptive de Bouffetout, la mendiante de Giacomo, celle dont on louait hier encore la gentillesse, à raison de cent francs par
mois !

———

Pendant que j'étais plongée dans les réflexions
inspirées par les conséquences qu'aurait pour
moi la mort de Pauline Turlot, le timbre de la
porte d'entrée avait résonné plusieurs fois sàns
attirer mon attention. Un dernier coup plus violent que les autres arracha tout à coup mon esprit à ses préoccupations et m'obligea à repa-
raître sur la scène du drame, sous l'impression
duquel je me trouvais.

Ce dernier visiteur, que je rencontrai dans
l'antichambre, était un homme de quarante à
cinquante ans, portant un parapluie qu'il garda
obstinément sous le bras avec un geste de mé-
fiance assez marqué. Il me dit qu'il s'appelait
M. Plumeau et qu'il exerçait la profession de
mercier.

— Ayant connu madame Turlot — ajouta-t-il
— et m'étant trouvé en relations d'affaires avec
elle, je tiens un peu à savoir ce qui se passe ici.
Cette mort subite a été une surprise pour moi,
en sorte que je ne serais pas fâché de connaître
l'état des affaires de la défunte.

Je ne comprenais rien à ce langage si peu en rapport avec celui que j'avais l'habitude d'entendre, aussi je m'empressai d'introduire M. Plumeau dans la salle à manger, devenue la chambre mortuaire de Pauline Turlot.

Le mercier y trouva une compagnie digne de lui. En effet, pendant que j'étais restée au fond de l'appartement, me livrant aux réflexions inspirées par la circonstance, plusieurs personnes avaient déjà été introduites par le gardien que l'officier de paix avait laissé en partant.

Il ne me fut pas donné de les reconnaître tout d'abord, cependant la conversation que j'entendis ne me permit pas longtemps le doute.

Il y avait là M. Victor, le tapissier de madame Aspasie Chiffonneau, une marchande à la toilette avec laquelle *on avait été en affaires*, dans le temps; il y avait Paméla, une modiste de la rue des Martyrs; M. Robert, un entrepreneur de voitures, au mois et à l'année; il y avait aussi M. Samson, un usurier vendant des bijoux et les reprenant en échange.

Les uns et les autres prévenus par qui? par le concierge, sans doute, peut-être par Claire, se trouvaient réunis à deux pas du cadavre dont la forme rigide se dessinait sous une nappe que l'orgie de la nuit avait couverte de taches violacées et livides.

— Moi — disait M. Robert à l'oreille de M. Victor — je voudrais bien savoir ce que la Chiffonneau fait ici.

7

— Une sangsue, mon ami, une vraie sangsue
cette Chiffonneau — répondait M. Victor.— Je la
retrouve partout où il ne lui est rien dû. Elle flaire
le cadavre, cette femme. Dès que quelqu'un
meurt, dans ce monde-là, ça va sans dire (en
parlant ainsi, Victor montrait le cadavre), vite,
elle exhibe un compte qu'elle sort de je ne sais
où et réclame le prix de robes qui n'ont jamais
existé. C'est bon une fois, deux fois, mais toujours, c'est trop, et je ne comprends pas que le
gouvernement ne s'oppose pas à de semblables
abus.

— Vous avez raison, mon cher — ajoutait
M. Robert — on devrait purger la société de ces
professions immorales qui causent la plupart
des pertes que nous faisons, nous autres négo-
ciants honnêtes. Comme Paméla ; croyez-vous
que ce ne soit pas encore une iniquité cette créature ? Jamais de la vie, au grand jamais, on ne
la vit faire un chapeau. La voilà cependant qui
réclame le montant de son compte.

De leur côté, madame Chiffonneau et Paméla
ne restaient pas sans causer.

— Que je le déteste ce M. Victor ! — disait, en
humant une prise, la marchande à la toilette. —
Partout où je vais il se pose en seigneur et maître.
vous voyez ce riche mobilier... Victor, je ne sais
comment, vous prouvera qu'il est à lui et que
Pauline Turlot n'a jamais fait qu'en payer la
location. Moi, je suis sûre, au contraire, que
le mobilier a été payé dix fois sa valeur. Mais,

que voulez-vous! ces hommes ont la loi pour
eux. Il n'y a que nous qu'on n'écoute pas;
comme si les marchandes à la toilette ne va-
laient pas des intrigants de la force de Victor!

— Et M. Robert! — ajoutait Paméla — je le
connais, moi ; c'est un fameux *pas grand'chose.* Il
remise des coupés et des chevaux qui ont été
donnés en cadeaux à des dames. Il s'en sert pour
faire des coursesparticulières qui lui sont payées
fort cher, puis, un jour comme celui-ci, il prétend que le coupé et les chevaux étaient à lui et
qu'on lui doit pour le service ordinaire et le re-
misage une somme de quatre, cinq, six, sept,
huit mille francs. Quand il a touché cet argent,
il va vendre à une autre dupe le coupé et les
chevaux, qui ne lui appartenaient pas, et qu'il
continue à remiser, dans l'espoir qu'un nouveau
décès lui permettra de recommencer le tour.
C'est pas bête cela, en somme, mais c'est assez
filou.

Ces conversations particulières furent, à un
moment donné, interrompues par M. Plumeau,
qui, ayant pris la parole, s'exprima en ces
termes :

— Pardon, mesdames, pardon, messieurs, si
j'élève la voix, dans une circonstance aussi grave;
mais *les affaires sont les affaires*, et puisque notre
cliente est morte, je ne vois pas d'inconvénient
à ce que nous nous fassions part de notre situation réciproque, vis-à-vis de la succession. Four-
nisseur de madame Turlot, depuis plusieurs

années, je ne vous cacherai pas qu'il m'est dû
une assez forte somme. La mercerie devient de
plus en plus chère, mesdames et messieurs. Dentelles, rubans, fleurs artificielles, articles bro-
derie, ganterie, parfumerie, sans compter tous
les autres objets qu'embrasse notre commerce,
exigent un roulement de fonds tellement consi-
dérable que le moindre crédit devient une lourde
charge pour le négociant. Malgré ça, j'ai facilité,
autant que possible, le goût de madame Turlot
pour la dépense, et, loin de réclamer exácte-
ment le montant des factures, j'ai été jusqu'à
faire des avances de fonds, chaque fois qu'on
me e demandait. Aujourd'hui, la défunte aurait
à me solder une somme ronde de dix mille francs,
dont j'ai en poche le détail.

— C'est comme moi, mon cher monsieur
Plumeau—riposta sur un ton non moius solennel
la marchande à la toilette. — J'ai beaucoup fait
pour cette pauvre Pauline, et c'est un grand cha-
grin pour moi de voir aujourd'hui ce qui arrive.
Que voulez-vous ! nous sommes tous *mortels,*
mais *faut* pas que les vivants perdent ce que leur
doivent les morts, n'est-ce pas, M. Robert ? Moi, je
ne réclame pas une bien forte somme; cependant,
cette somme est beaucoup, après toutes les pertes
que j'ai essuyées cette année, car le commerce
va mal, bien mal... Ma note s'élève à quatre
mille francs.

—Madame Chiffonneau — dit M. Victor — vous
me permettrez de croire que vous exagérez.

Madame Turlot était trop élégante pour avoir le moins du monde besoin de vos services.

— Comment, monsieur — dit la marchande à la toilette, en mettant le poing sur la hanche — vous m'insultez à ce point-là !

— Je ne vous insulte pas — répondit M. Victor — je constate seulement que votre note n'est pas vraisemblable. Au reste, cela m'importe peu. Tout le mobilier qu'il y a ici est à moi, je le prouverai et la seule chose que je demande, c'est qu'il me soit rendu. Après ça, vous vous débrouillerez avec M. Plumeau, comme vous l'entendrez.

Madame Chiffonneau était blême de colère et faisait mine de vouloir se jeter sur M. Victor. Paméla la contint.

— Moi — dit M. Robert — j'ai fourni, pendant quatre ans, mes voitures à madame Turlot. Elle m'avait donné de l'argent à différentes reprises, mais elle restait me devoir une somme de deux mille francs.

— Et son coupé et ses chevaux que vous remisez, ne comptez-vous pas les rendre ? — objecta Paméla.

— Les rendre ! — exclama M. Robert — eh ! bien, merci. Dès la première année, madame Turlot me les donna pour me couvrir de mes déboursés. Le jour où j'acceptai ce marché, je perdis cinq cents francs.

— On sait bien — dit Paméla — que vous faites toujours de mauvaises affaires.

7.

— On sait bien que vous en faites toujours de bonnes, vous — riposta M. Robert.

— Messieurs — objecta avec gravité M. Plumeau — je demande à savoir s'il est dû quelque chose à madame Paméla.

— Il m'est dû deux mille francs de fournitures — répondit celle-ci.

— Des fournitures .. Paméla ! Voilà qui est trop fort — exclama M. Victor.

— Oui, des fournitures, des articles de modes, des chapeaux...

— Pour deux mille-francs de chapeaux? Allons donc ! Il n'aurait plus manqué qu'une chose, c'est que madame Turlot se fît coiffer par vous. Nous savons ce qui vous revient, allez, Paméla ; dans tous les cas, ce n'est pas le respect.

À ce sanglant affront, Paméla devint livide et c'est avec une rage concentrée, qui la rendait hideuse, qu'elle dit à M. Victor :

— Le respect des gens de votre espèce n'a pas cours : ça part de trop bas.

Pour faire diversion, l'usurier fit alors observer qu'il avait toujours vécu en bonne intelligence avec Pauline Turlot ; de plus, qu'il avait toujours apporté un esprit conciliant, dans ses relations avec elle.

— C'est étonnant — ajouta Samson — la quantité d'écrins qui a passé par les mains de cette femme. Avec elle, il fallait toujours monter ou remonter ; au reste, elle connaissait le bijou comme le premier fabricant venu et savait s'en servir comme pas une femme au monde. Mais un pareil luxe est cher, et madame Turlot me devait une forte somme, pour le paiement de laquelle j'offre toute facilité.

— Ce qui veut dire en langue commerciale — objecta M. Victor — que Samson prétend râfler tous les bijoux qui ont appartenu à madame Turlot; nous y veillerons. Je gage d'ailleurs que la plupart des diamants seront de verre et les perles fines aussi. On connaît cette manière de remonter les bijoux, qui consiste à changer les pierres et à rogner le métal, sous prétexte que la forme en est démodée. Presque toutes les parures de la morte lui avaient été données, et il serait curieux qu'un usurier, après avoir touché leur montant en réparations, vînt encore en réclamer en compte la propriété.

L'usurier allait riposter avec le calme qui caractérise sa race, quand M. Plumeau prit la parole.

— Mesdames et messieurs — dit le mercier, en tirant une révérence — coupons court, s'il vous plaît, à ce stérile débat. Après-demain, on fera l'inventaire de tous les objets qui sont ici et chacun de nous alors fera valoir ses droits.

La motion de M. Plumeau fut accueillie avec faveur, et les fournisseurs, comprenant l'inutilité de leurs instances, devant les cachets en cire noire, se retirèrent un à un, sans faire attention à moi, qui, durant la discussion, étais restée assise, mon mouchoir sur les yeux, dans un coin du salon.

—

Madame Chiffonneau, qui sortait la dernière, en jetant autour d'elle un regard investigateur, daigna seule m'adresser la parole.

—Comment se fait-il, ma petite fille—dit-elle, en cherchant à radoucir sa voix — que vous soyez encore ici ? Etiez-vous parente de la morte ?

Deux mots mirent cette femme au courant de ma situation. Aussitôt, elle comprit le parti qu'on pouvait tirer de la pauvresse recueillie par Pauline Turlot.

—Pauvre petite !—murmura avec un feint attendrissement la marchande à la toilette — qu'allez-vous maintenant devenir ? Voulez-vous me suivre ? Je ne suis pas riche, mais, voyez-vous, j'ai du cœur, moi ; puis j'aimais tant Pauline Turlot !

En parlant ainsi, madame Chiffonneau crut devoir essuyer une larme.

Ma décision fut bientôt prise. Sans attendre que la marchande à la toilette renouvelât sa proposition, je lui tendis la main, en lui disant que j'étais diposée à la suivre.

Celle-ci, se penchant alors sur moi, me regarda avec un sourire qui glissa sur ses traits comme sur une tringle d'acier ; prenant ensuite ma main, elle se dirigea avec moi vers la porte.

C'en était fait. Pour la dernière fois, je voyais cet appartement au fond duquel mon enfance avait goûté le bien-être. Un sort funeste re-

prenait sur moi son empire, et la petite *pifferara*
allait être de nouveau livrée aux hasards de
l'existence.

Tout à coup, madame Chiffonneau s'arrêta et
parut réfléchir; puis, comme si elle cédait à un
irrésistible entraînement, elle retourna sur ses
pas jusqu'au cadavre de Pauline Turlot, qu'elle
découvrit.

— Pauvre Pauline ! — dit-elle — qu'il me soit
donné de te revoir une dernière fois !

Le visage de la morte était horriblement tu-
méfié : les yeux sortaient de leur orbite, et des
lèvres, la veille, souriantes, s'échappait une
écume noirâtre. Les épaules avaient revêtu une
couleur terreuse ; la poitrine ne présentait plus
qu'une surface informe, marbrée de tons ver-
dâtres.

— Pauvre Pauline !... — murmura de nouveau
la marchande à la toilette ; — et, se baissant, elle
tâta à pleine main le tissu d'une magnifique
robe en velours violet que portait la morte.

A ce contact, il y eut comme un éclair dans
les petits yeux gris de madame Chiffonneau.

— N'y aurait-il pas péché — me dit-elle — à
laisser enterrer cette pauvre enfant, que nous ai-
mions, sans donner à son corps les derniers soins
qu'il exige. Attendez-moi ici. Je vais parler à
l'officier de paix et obtenir de lui l'autorisation
nécessaire.

Son absence fut courte.

En rentrant, elle remit au gardien, qui veillait

dans l'antichambre, l'ordre de la laisser procé-
der à l'ensevelissement de Pauline Turlot.

— C'est bien, madame — lui dit cet homme;
— vous êtes libre de faire ce que vous voudrez.

Dès quelle fut dans le salon, madame Chiffonneau déploya un grand linceul en toile qu'elle
portait avec elle; s'agenouillant ensuite auprès
de la morte, elle coupa sa chevelure au ras de
la tête, décousit sa robe, qu'elle enleva pièce par
pièce, et arracha la garniture de dentelle de sa
chemise.

La marchande à la toilette apportait une énergie fébrile à l'accomplissement de cette lugubre
besogne : sa respiration était sifflante, de larges
gouttes de sueur coulaient de son front. Plusieurs
fois, elle m'appela pour l'aider à retourner le
cadavre, dont les membres roidis retombaient
avec un bruit sinistre.

Quand madame Chiffonneau fut maîtresse du
velours de la robe et des dentelles de Pauline
Turlot, elle se redressa avec un soupir de satisfaction ; après cela, faisant un suprême effort,
elle poussa le cadavre sur le linceul qu'elle avait
déployé.

Je ne l'oublierai jamais. Quand le cadavre disparut dans les plis du linceul, la marchande à la
toilette s'efforça, en pressant sur lui avec les
pieds, de ramener les membres repliés sur
eux-mêmes. Relevant ensuite les coins du
grossier suaire, elle les ajusta des deux côtés et
les lia ensemble avec une forte aiguille, en sorte

que je ne distinguai plus de la morte qu'une masse rigide faisant saillie à la tête et aux pieds.

A ce moment, *Péro*, que sans doute on avait chassé jusque-là, fit irruption dans la pièce et, se précipitant sur cette masse inerte qui, hier, représentait tant d'élégance et de beauté, il se mit à couvrir de caresses ce linceul où était couchée sa maîtresse.

Ce chien me donnait l'exemple.

Je tombai à genoux près de ce corps inanimé et, fondant en larmes, je cherchai pour cette âme des prières qu'on ne m'avait jamais apprises... Un chien, une pauvre fille abandonnée, voilà tout ce qui pleurait la Pauline, triomphante la veille, et, sans doute, Dieu, qui voit tout, recueillit ces pleurs, et dans les balances de sa justice infinie pesa les deux bienfaits que ces larmes racontaient...

— J'emmène *Péro* — dis-je à madame Chiffonneau.

— Un chien ! Y pensez-vous ? Et l'impôt...

— Soit ! Puisque vous ne voulez pas de mon chien, je reste...

— Quelle entêtée !   exclama-t-elle.

Puis elle se ravisa.

— Allons, qu'il soit fait comme tu le veux. Seulement, nous viendrons le prendre demain...

— Bien sûr ?

— Bien sûr.

. . . .

Madame Chiffonneau était épuisée par la peine

qu'elle avait prise. Elle s'assit sur le divan et me pria de voir si, dans les bouteilles qui encombraient un dressoir, il ne restait pas un peu de vin, pour la remettre de l'émotion qu'elle avait éprouvée.

J'obéis machinalement, et, remplissant un verre, avec ce qui restait d'une bouteille de champagne, je le tendis à la marchande à la toilette.

— Bon, c'est bon, ça — dit-elle après avoir bu. — Ah ! de mon temps, je faisais comme Pauline ; je me soignais bien. Voyons, mon enfant, n'en reste-t-il pas encore un peu de cet excellent vin aimé des dames ?

Je remplis de nouveau le verre. Madame Chiffonneau le vida d'un trait. Faisant ensuite claquer sa langue, elle huma une nouvelle prise de tabac avec une telle sensation de bien-être, que je sentis mon cœur bondir de dégoût.

— Ce n'est pas tout — dit enfin la marchande à la toilette ; — il faut maintenant nous en aller. Allons, ma petite fille, aide-moi. Autant que possible, nous devons dissimuler ces chiffons, car le gardien, qui n'est pas suffisamment prévenu, pourrait s'opposer à ce qu'ils soient emportés. Après ce que je viens de faire, ils me reviennent de droit, mais, dans ce monde, il faut savoir ne pas brusquer les préjugés des autres, tout en se faisant justice à soi-même.

En parlant ainsi, madame Chiffonneau prenait un à un les pans du velours dont la robe de Pauline Turlot était faite et les pliait comme s'ils formaient les doubles d'une seule pièce. Me donnant ensuite des épingles, elle me pria de fixer cette étoffe, en guise de volant, à un des jupons qu'elle portait sous sa robe.

Je ne sais ce qui me disait de refuser ce honteux service; mais ma volonté était brisée par tout ce que j'avais vu. Je fis, en dévorant mes larmes, ce qu'attendait de moi la marchande à la toilette.

— Nous voilà parées — dit celle-ci, qui ne pouvait contenir sa joie. — Au tour de la dentelle maintenant... Oh! cela tient dans la poche et je m'en charge. Mais les cheveux?... Les cheveux, c'est pour toi.

Ramassant alors les longs cheveux de Pauline Turlot, qui étaient épars sur le tapis, madame Chiffonneau les roula sur le dos de sa main et en remplit les poches de ma robe.

En me voyant m'éloigner, *Pèro* bondit après moi.

— Reste, Pèro, reste, à demain!...

Et le doux animal alla se recoucher, pour faire seul la veillée funèbre, auprès de la morte.

———

Nous passâmes sans encombre devant le gardien, qui se tenait dans l'antichambre.

Quand nous fûmes dans la rue, madame Chiffonneau fit approcher un fiacre dans lequel elle monta avec moi.

8.

—Rue de Provence — cria-t-elle au cocher — ou plutôt conduisez-moi, avant, boulevard Bonne-Nouvelle. Puisque j'ai une voiture, j'en profiterai pour faire toutes mes courses.

Le fiacre remonta la rue Lafite et prit par les boulevards.

En même temps, la marchande à la toilette tirait une à une les épingles qui retenaient le velours de la robe de Pauline Turlot, et, le roulant à mesure, elle le déposait tout plié et lissé, à côté d'elle.

Ce travail dura quelques minutes, après lesquelles madame Chiffonneau se mit à examiner, par la portière, les hommes et les femmes qui circulaient sur le trottoir. Plusieurs fois, je la vis saluer des connaissances dans la foule, mais on lui rendait à peine son salut, ce qui ne paraissait pas le moins du monde l'offenser.

A la hauteur de l'Ambigu, notre fiacre croisa une jeune dame de mise élégante, qui portait une brochure sous le bras.

— Bravo! voilà Fanny Bambin... — dit en se trémoussant la marchande à la toilette. — Eh! Fanny! Fanny!... Cocher, arrêtez...

La jeune dame, s'entendant appeler, se retourna vivement et ne put dissimuler un geste de désappointement, en reconnaissant madame Chiffonneau.

— Fanny, écoute donc! — cria de nouveau la marchande à la toilette. — Voyons, ne reconnais-tu pas ta vieille amie? Approche et causons un brin.

Fanny Bambin, voyant qu'elle ne pouvait faire autrement, s'approcha de la voiture et serra du bout des doigts la main qu'on lui tendait.

— Où allez-vous comme ça, mère Chiffonneau ?— demanda-t-elle, sur le même ton qu'elle aurait dit : — Je voudrais bien vous savoir au diable.

—Je vais chez moi — répondit la marchande à la toilette. — Et toi, d'où viens-tu ?

— Je sors de la répétition.

— Ton engagement tient-il toujours ?

— Toujours.

— Et tu gagnes ?

— Pas grand'chose ; deux cents francs.

— Qu'est-ce que tu joues ?

— Les *utilités*.

—Faut t'attacher aux *travestis*. Tu es bien faite, et, avec un peu de *chien* dans le costume et le geste, tu pourrais bien arriver. Es-tu pressée ?

— Non.

—Monte donc avec nous ; j'ai à causer avec toi.

— Mais il faut que j'aille dîner, pour revenir ensuite au théâtre.

— Voilà qui se rencontre à merveille ; nous allons dîner ensemble. Monte.

Madame Chiffonneau ouvrit la portière et se pelotonna dans le fond du fiacre pour faire place à Fanny Bambin, qui, intérieurement, paraissait peu charmée de la rencontre qu'elle venait de faire.

— Boulevard de Strasbourg, chez Maire — cria, au cocher, madame Chiffonneau.

Le fiacre tourna et reprit sa course.

— Voyons, ma petite fée — dit alors la marchande à la toilette en s'adressant à Fanny — comment vont les affaires ?

— Mal, madame Chiffonneau, très-mal — répondit l'actrice d'un air soucieux. — J'ai un propriétaire auquel je dois douze cents francs de loyer ; j'ai un marchand de meubles chez lequel j'ai un compte de deux ou trois mille francs ; j'ai le costumier auquel je suis redevable d'une assez jolie somme, et, pour payer tout cela, mon directeur me donne deux cents francs ; non, il ne me les donne pas, il me les retient, le plus souvent, en amendes.

— Tu as oublié — objecta madame Chiffonneau — les billets que tu m'as souscrits et que j'ai mis en circulation.

— Comment ! vous les avez mis en circulation ! Cependant, ne m'aviez-vous pas dit que vous les garderiez toujours, et que je n'aurais jamais affaire qu'à vous ?

— Tu es une petite folle — dit madame Chiffonneau. — Tu n'entends rien aux affaires. Le commerce, cette année-ci, vois-tu, c'est une peste, une vraie peste, quoi ! On est obligé de faire argent de tout, pour tenir tête à mille difficultés, mille embarras...

— Mais vous avez négocié mes billets !...

— Qu'est-ce que cela te fait ?

— Comment, qu'est-ce que cela me fait !

— Sans doute, puisque tu ne dois pas les payer ; car enfin, si je n'avais que ta signature pour répondre de la valeur qu'ils représentent, eh bien, là, vrai, autant vaudrait y renoncer de suite. Mais, derrière ta signature, est une jolie petite personne toute blanche et rose qui ne manquera pas, quand elle voudra bien, d'un ami, de deux amis, de trois amis, qui seront heureux de lui ouvrir leur porte-monnaie.

— Je n'ai pas d'amis, moi.

— C'est ta faute, ma toute blonde ; et, à ce sujet, je te donnerai quelques conseils. A propos, qu'est devenu Georges?

— Georges est parti — répondit l'actrice, en pâlissant un peu.

— Ah! tant mieux, ce n'était pas trop tôt. Il était bête ce garçon, bête comme on ne peut pas s'en faire idée.

— Je l'aimais.

— Allons donc, tu l'aimais ! Un sot qui a dévoré une jolie fortune, sans seulement payer ton tapissier. Il est vrai qu'il y a de ta faute.

—

La voiture, en s'arrêtant, coupa court à cette conversation. On était arrivé chez Maire.

Quand madame Chiffonneau fut descendue, elle prit avec précaution le rouleau de velours sous son bras et, tirant son porte-monnaie, dans

8.

lequel elle tourna et retourna plusieurs pièces
d'argent :

— Fanny — dit-elle — prête-moi dix sous pour
faire le compte du cocher ; cela m'évitera de
changer.

L'actrice donna aussitôt ce qu'on lui demandait et entra dans le restaurant, en me faisant signe de la suivre. Nous traversâmes le rez-de-
chaussée et, prenant par un petit escalier à droite,
nous montâmes au premier. Madame Chiffonneau venait après nous en se cramponnant à la
rampe et en se plaignant bien fort de douleurs
dans les jambes.

— Voyez-vous, la petite folle — dit-elle enfin à
Fanny, quand nous fûmes sur le carré — elle va
nous faire dîner dans un cabinet particulier,
comme si, dans la salle du restaurant, nous n'aurions pas mangé aussi bien.

— Nous pourrons causer plus à l'aise, madame
Chiffonneau — fit observer l'actrice, qui, évidemment, ne voulait pas se montrer en compagnie
de la marchande à la toilette.

Un garçon, qui se trouvait là, nous introduisit
dans un cabinet n'ayant pour tous meubles qu'un
petit divan recouvert d'une étoffe fanée, une
table et quelque chaises. Sur la cheminée était
une grande glace dans laquelle étaient gravés,
avec des diamants, quelques noms de femmes
galantes et d'actrices plus connues dans les esta-
minets qu'au théâtre.

Encore tout essoufflée, madame Chiffonneau

s'assit devant la porte et déposa à côté d'elle, sur une chaise, le paquet dont moi seule connaissais la provenance. Pendant ce temps, l'actrice avait tiré son chapeau et ramenait, en se mirant dans la glace, quelques mèches récalcitrantes de son volumineux chignon.

— Allons, Pauline, allons !— dit la marchande à la toilette — occupons-nous vite de notre dîner. Que préfères-tu ?

— Ça m'est égal — répondit la jeune femme. — Choisissez, vous, mère Chiffonneau.

Madame Chiffonneau, qui venait de me faire asseoir en face d'elle, mit ses lunettes, et se prit à étudier attentivement la carte que le garçon lui avait tendue.

Fanny Bambin vint alors se placer à côté de moi, et, pendant que la marchande à la toilette consultait sa gourmandise, elle me fit des caresses, en me demandant comment je m'appelais.

— Pâlotte — répondis-je un peu décontenancée.

— Pâlotte... c'est un joli nom — dit en souriant l'actrice ; — de plus, il n'est pas commun.

— *Saule normande* — murmurait, au même instant, madame Chiffonneau... — *filet de bœuf à la Maire*, un légume et une volaille rôtie, c'est tout ce qu'il nous faut. Garçon, servez vite.

Puis, se tournant vers Fanny Bambin :

— Reprenons maintenant — dit-elle — notre conversation. Ainsi, te voilà débarrassée de ton *crampon...* Bonne affaire ! ton crédit y gagnera. Vois-tu, pour une femme jolie comme toi, les relations c'est tout. Dis-moi qui tu hantes et je te dirai ce qu'on peut te prêter. Cela est si vrai que, pas plus tard que ce soir, je vais te proposer une affaire que je suis prête à conclure les yeux fermés.

— Quelle est cette affaire, maman Chiffonneau — demanda l'actrice.

— Oh ! une bonne, celle-là ; une affaire qui te fera rêver, cette nuit.

— Et qui me coûtera ?

— Une bagatelle.

On apporta le potage. Madame Chiffonneau, qui avait arboré sa serviette, coupa court aux négociations. Fanny Bambin se mit à manger d'un air ennuyé. Pour moi, j'allais faire comme mes voisines, lorsque, ayant voulu prendre quelque chose dans ma poche, je sentis, sous ma main, les cheveux de Pauline Turlot. A ce contact, mon cœur se serra et je devins toute pâle.

— Vous ne mangez pas ? me demanda l'actrice.

— Je n'ai pas faim, lui répondis-je.

— Mange donc, ma petite fille — glapit madame Chiffonneau, qui avait la bouche pleine. — Nous ne consommerions ici que comme des ouistitis, du moment où nous y sommes, ça nous couterait aussi cher.

Là-dessus, la marchande à la toilette demanda

une bouteille de Bordeaux , et , revenant à son affaire avec Fanny Bambin :

— Il y a longtemps — dit-elle — que je connais ton désir de porter, toi aussi, une de ces belles robes de velours, comme en ont seules les dames de la *haute*. Imagine toi que, aujourd'hui, une de mes clientes m'a fait appeler et m'a dit : — Madame Chiffonneau. voici une robe qui m'a été vendue par Worth, il y a trois mois, et qu'un deuil de famille ne m'a pas permis de porter. Me trouvant fort engraissée depuis, j'ai voulu la faire élargir, mais mon mari vient de m'en promettre une autre, et, comme j'ai besoin d'argent, je ne serais pas fâchée de me défaire de celle-ci. — Tu comprends que je n'avais pas à m'occuper de la vérité de l'histoire qu'on me contait. J'ai examiné la robe, je l'ai trouvée pure trame soie, en même temps que fort bien coupée, et je l'ai achetée.

— Combien? — demanda l'actrice.

— Presque rien — dit la marchande — ce que je compte te la revendre, et pas un radis de plus : deux cent cinquante francs.

— Diable ! c'est cher — objecta Fanny.

— Comment! c'est cher?... — Une robe qui n'a pas été portée, qui sort de chez Worth, qui a coûté douze cents francs.

— Oh ! douze cents francs !

— Douze cents francs comme un sou, sinon plus; regarde, d'ailleurs.

La marchande à la toilette ouvrit le paquet

quelle avait auprès d'elle et fit toucher à sa voisine la trame du velours.

— C'est joli — murmura l'actrice.

— Joli !... Dis que c'est beau, superbe, digne
d'une duchesse ou d'une jolie fille comme toi.

— Mais je n'ai pas d'argent !...

— Qui te demande de l'argent — cria madame
Chiffonneau, en se redressant avec une majesté
burlesque.— Me prends-tu pour une ogresse, une
pieuvre ? Je t'aime, tu ne l'ignores pas. Je savais
que tu avais envie d'une robe de velours ; eh !
bien, cette robe, la voilà, je te la donne.

— Moyennant deux cent cinquante francs.

— Oui, deux cent cinquante francs qui te re-
viendront à vingt-cinq centimes de papier et à
deux lignes d'écriture ; quelle ruine !

— Allons, vous le voulez, madame Chiffonneau — dit enfin l'actrice — je prends donc cette
robe au prix de deux cent cinquante francs, mais
vous ne me presserez pas pour le paiement.

— Tu me feras une valeur que je garderai en
portefeuille aussi longtemps que je pourrai.
Veux-tu que je te fasse monter la robe ? Ce sera
cinquante francs de plus...

— Non, j'ai une excellente tailleuse qui se
chargera de ce soin.

— Comme tu voudras.

—

Durant cette conversation, j'étais restée immobile et les yeux baissés.

Dans le chaos des impressions de la journée, ma pensée se mouvait avec peine. Quelle était cette robe dont j'entendais débattre le prix ? Je la voyais, je la reconnaissais et je ne pouvais le croire. Eh ! quoi, ce dernier vêtement d'une chère morte, ce tissu à travers lequel, il y avait à peine quelques heures, s'envolait un reste de chaleur vitale, était l'objet d'un marché cyniquement conclu à table, entre deux femmes que je ne connaissais pas la veille, et dont une m'avait recueillie auprès du cadavre qu'elle venait de détrousser !... Non, tout cela était impossible, monstrueux... Pauline Turlot, d'ailleurs, était-elle morte ?... N'étais-je pas le jouet d'un rêve, d'une hallucination ?... Comment la mort aurait-elle pu frapper subitement au cœur cette belle créature dans les bras de laquelle j'avais été si souvent pressée ? Comment ce corps, frémissant à la moindre sensation, aurait-il été tout à coup transformé en cette masse horrible de chairs que la Chiffonneau avait, à mes yeux, cousue dans un linceul ?...

Pendant que mon esprit se dérobait ainsi à d'obsédants souvenirs, un engourdissement général s'emparait de mes membres et ma tête, courbée par le sommeil, s'appuyait sur la table.

Mille images confuses traversèrent alors mon cerveau. Je revis, dans un défilé sinistre, tous les personnages auxquels mon enfance avait été vouée, à l'égal d'une proie : Bouffetout, Giacomo, Geppa, et avec eux, comme s'ils se connaissaient, les fournisseurs de Pauline Turlot : Robert, Plumeau, Samson, Victor, Paméla.

Se tenant par la main, ils formaient un cercle, autour de moi, qui allait sans cesse se rétrécissant. J'entendais leurs propos immondes ; ils me désignaient les uns aux autres avec des ricanements qui me glaçaient de frayeur.

Parfois, au milieu d'eux, se dressait une femme au visage pâle, à laquelle je courais les bras ouverts... Lugubre étreinte !... Je ne pressais sur ma poitrine que quelques ossements.

—

Je me réveillai, au bruit que fit un garçon de l'établissement, en entrant dans le cabinet.

Fanny Bambin et la Chiffonneau avaient fini de dîner ; l'une et l'autre étaient debout devant la cheminée et causaient avec animation.

— Ainsi, c'est entendu — disait la marchande à la toilette — je lui ferai savoir qu'il peut y compter.

Les yeux fixés sur le feu, son petit pied finement cambré appuyé sur l'un des chenêts, l'actrice réfléchit un instant.

— Eh bien ? — dit madame Chiffonneau.

— Eh bien — risposta Fanny Bambin — vous lui direz ce que vous voudrez.

— Et tu me promets d'être gentille ?

— Cela me regarde.

— Bien, très-bien — dit madame Chiffonneau, en aspirant une énorme prise de tabac. — Désormais, je ne me préoccupe plus de ton avenir.

— Et de vos billets ?

— Ni de mes billets.

— Je ne suis pourtant pas riche.

— C'est possible. Cela n'empêche pas que tu vas payer le frugal repas que nous venons de prendre. Tu as assez fait de bonnes affaires, ce soir, pour agir un peu en princesse vis-à-vis de moi.

— Vous trouvez notre dîner bien frugal ? A vous seule, vous avez bu deux bouteilles de Bordeaux.

— Ah ! mon amie, je travaille tant, je me donne tant de mal ! Depuis ce matin, à cinq heures, je suis sur pied.

— Et maintenant, qu'allez-vous devenir ?

— Je suis si contente de t'avoir rencontrée que je finirais volontiers ma journée au théâtre. Ne pourrais-tu nous faire avoir des places ?

— Suivez-moi jusqu'à 'Ambigu ; je tâcherai de vous faire entrer. Garçon, donnez-moi l'addition.

Le garçon n'attendait que cela.

Fanny Bambin paya généreusement, pendant que madame Chiffonneau, bouffie de bonne chère, rajustait sa toilette devant la glace.

— Quelle est cette petite demoiselle que vous avez avec vous, madame Chiffonneau ? — demanda l'actrice.

— C'est la fille d'une de mes amies qui vient de mourir ; une enfant que j'aime beaucoup, et

9

que je compte garder avec moi — répondit la
marchande à la toilette.

— Elle est bien gentille.

— Très-gentille, quoique un peu délicate, ce
qui ne me revient guère, car, quand on n'est
pas riche... Mais j'ai si bon cœur !...

— Oui, oui, je comprends... On a toujours
bon cœur pour une jolie petite fille qui aura un
jour seize ans et de l'esprit.

— Tu sais?... — dit doucement madame Chiffonneau — je te la prêterai pour quelques jours,
quand tu voudras. C'est des poupées, ces petites
filles... Puis, ça pose, à la promenade.

— Je ne refuse pas — dit Fanny Bambin en
m'attirant à elle, et en déposant un baiser sur
mon front.

Quelle était donc cette destinée qui me jetait
ainsi dans les bras de tous les hommes et de
toutes les femmes que je rencontrais sur mon
chemin, avant de les avoir connus?

On vint nous prévenir qu'une voiture attendait.

Fanny descendit la première ; madame Chiffonneau après. Le garçon nous suivit, portant la
robe que l'actrice avait achetée.

La voiture nous conduisit rapidement à l'Ambigu.

L'actrice nous précéda au contrôle et nous fit
remettre deux premières.

Nous nous séparâmes alors. Fanny Bambin
m'embrassa, en nous souhaitant une bonne
soirée.

. . . .

L'apparition de madame Chiffonneau, au balcon, fut saluée par des murmures montant du
parterre et tombant du paradis.

— Regarde donc cette vieille perruche — dit
un titi à son voisin.

Madame Chiffonneau prit la manifestation
dont elle était l'objet pour un témoignage de
sympathie, et, fière d'elle-même, satisfaite du
dîner qu'elle avait fait, elle promena sur la salle
un regard émerillonné.

Nos voisins s'étaient écartés de nous le plus
possible, en sorte que nous serions restées l'objet de l'attention générale si le rideau, en se le-
vant, n'avait fait diversion.

Durant la pièce, dont je ne me rappelle pas le
sujet, la marchande à la toilette eut plusieurs
accès de sensibilité qui la forcèrent à tirer son
mouchoir, pour y cacher son visage.

Au lieu de mouchoir, c'est la garniture de
dentelle que portait Pauline Turlot qu'elle prit
dans ses mains.

Ce tissu ne lui rappela rien, et celle qui, d'un
œil froid, détroussait naguère un cadavre, pleura,
sur des aventures imaginaires, au point de pro-
voquer l'hilarité de tout un public.

Heureusement, j'étais à bout de forces. Le
sommeil, malgré tous les efforts que je fis pour
lui résister, s'empara de moi.

—

Le lendemain, je me retrouvai, au lit, dans une

pièce qui tenait lieu de salon et de chambre à coucher. C'était rue de Provence, dans une des plus anciennes maisons.

Tout autour de notre logement, à hauteur d'homme, était une tringle à laquelle étaient suspendus en désordre, sans distinction de nuance et de valeur, des vêtements pour hommes et pour femmes, affectant toutes les formes.

Il y avait des robes, des manteaux, des crino-lines, des vestons, des tournures, des fausses nattes, des bottines, des chignons, des châles, des anglaises, des jupons, des corsages, des cha-peaux.

Il y avait jusqu'à des perruques, dont la sil-houette étrange me rappelait tout ce que j'avais lu déjà sur les mœurs des sauvages et la manière d'accommoder les chevelures de leurs ennemis.

Une partie de cette garde-robe burlesque sem-blait revenir à des femmes de théâtre ou de bals masqués, car, tranchant sur les couleurs som-bres, j'apercevais des toilettes bordées en satin rose blêmi par le temps ; des travestissements de toute nature, depuis la culotte courte de la débardeuse jusqu'à la jupe de la pierrette. Joi-gnez à cela des loups de velours à barbe de den-telle, des masques grimaçants, des tambours de basque et des marottes garnies de grelots.

Ce local, affecté au commerce de madame Chiffonneau, offrait un aspect fantastique. L'en-combrement y était à son comble. Indépendam-ment de vêtements sans nombre, affichant la trame de toutes les étoffes, depuis l'indienne jusqu'au velours, en passant par la laine et la soie, il y avait des draperies aux couleurs éclatantes, qui pendaient aux murs en faisant de grands plis. Il y avait des petits tableaux de mœurs, avec des cadres noircis, dont la peinture écaillée ressemblait à une tartine de confiture; il y avait des gravures représentant des dames court vêtues, dont les unes faisaient de la plastique, tandis que les autres jouaient agréablement avec des singes ou des petits caniches; il y avait de la bimbeloterie, de la verroterie, de la bijouterie, de la parfumerie, sans compter les fers à frisure, les crayons mystérieux et un vinaigre de toilette à quatre-vingt-dix degrés; il y avait enfin, chose à laquelle mes regards s'attachèrent souvent, il y avait les *Jardins d'Armide* représentés sur un vieux tapis lézardé, remontant à plusieurs siècles et qui tenait tout un côté. Hélas! Armide était bien avariée et une large déchirure dans le flanc la rendait méconnaissable. Ce qui achevait de donner un aspect étourdissant à ce bazar de variétés de toute sorte usées ou retapées, c'est la présence de madame Chiffonneau. La perspective grandissait alors au point de prendre les proportions d'une gigantesque boîte de Pandore, marquée aux couleurs de l'enfer, par les sept péchés capitaux.

Si vous l'aviez vue, cette femme, surgir tout à coup au milieu des immondices bariolées qui tapissaient son antre!

Si vous l'aviez vue, pouvant à peine tenir
dans un vêtement flottant que j'ai toujours
soupçonné d'avoir servi de robe de chambre à
un procureur de l'ancien régime !... Si vous l'a-
viez vue, n'ayant sur son crâne dénudé et jau-
nâtre que quelques folles mèches de cheveux
gris, dépassant la ruche d'un bonnet fantai-
siste, emprunté à la garde-robe de quelque
pauvre fille moins favorisée qne Fanny Bambin !..
Si vous l'aviez vue, escortée d'un chat énorme,
rongé par une maladie de peau !... Oh ! alors,
vous vous seriez dit : — « Eh ! bien, le sort vraiment me favorise ; je suis charmé. Chaque nouvelle étape que je fais dans la vie est un pas de
plus vers le bonheur qui m'attend. Pardieu, ils
sont bien sots ceux qui se préoccupent. Moi, je
laisse faire et tout m'arrive à souhait. J'ai passé
mes premières années avec une chiffonnière, un
voleur d'enfants et une femme de joie ; aujour-
d'hui , je me rencontre... avec une Chiffonneau ! »

Telle fut mon impression, en me retrouvant
chez la marchande à la toilette, dans un lit qui
n'était pas là comme meuble ordinaire, mais
qui figurait au rang des marchandises de l'établissement, après avoir servi je ne sais où. C'est
là que, dans le costume que je viens de décrire, e
et escortée comme je la vis toujours, vint me
surprendre ma nouvelle protectrice, en m'en-a
joignant de me lever.

Mon trouble était tel, que, au lieu de ma robe,

je faillis mettre un jupon de Colombine qui se trouva sous ma main et que, au lieu de mon modeste corsage de la veille, je me surpris à passer une veste de pierrot jetée, au pied de mon lit, sur une chaise branlante et vermoulue.

Madame Chiffonneau, qui était présente, rit de ma méprise, tandis que, toute confuse, je rétablissais à la hâte l'harmonie de ma toilette. Quand cette dernière fut achevée, la vieille reprit son sérieux et me donna les sages avis suivants :

— Je dois te faire connaître, ma mignonne, que je mène ici une vie honnête, consacrée au travail. Tu as partagé le luxe de Pauline Turlot; chez moi, tu n'as rien de semblable à attendre. Pendant qu'une partie de la société ne songe aux riches étoffes que pour s'en parer, moi je les recherche, dans le seul but de faire prospérer mon commerce. Tu vois comme je me mets..... je pourrais cependant rivaliser avec bien des gens; mais ma pensée est plus pratique et je préfère l'argent que je gagne à de minces satisfactions d'amour-propre. Tout ce qui brille, rappelle-toi cela, n'est pas or, et je compte un assez grand nombre de débiteurs parmi ceux et celles qui se disent du monde. Ici, tu verras défiler une série de personnages qui, par état, recherchent avant tout ce qui attire les regards. N'estime ces gens-là que ce qu'ils valent, et garde-toi bien d'en tenir compte avant d'avoir vu leur porte-monnaie garni. Sache les discerner comme je le

fais moi-même et ménage-toi, pour plus tard, si
tu es assez intelligente, le plaisir, à nul autre pareil, de les duper. Dans ce monde, il ne faut pas
l'oublier, les uns sont dessus, les autres dessous.
C'est à toi de prendre le dessus. Quant à ce que
tu entendras dire, chaque jour, écoute-le des
deux oreilles, grave-le dans ta mémoire, et ne
le répète qu'au cas où l'on t'en achèterait le secret. Encore devras-tu me consulter à cet égard;
je te donnerai la moitié de mon expérience, en
retour de la moitié du gain.

—

Comprendre le langage de madame Chiffonneau eût été difficile pour moi. Cependant, son
incurable égoïsme et son mépris de la société ne
trouvaient pas mon esprit inaccessible. Pouvais-
je, d'ailleurs, envisager l'humanité avec toute
la sérénité d'une jeune pensionnaire qui, de sa
fenêtre, émiette un morceau de son pain aux
oiseaux du bon Dieu? Qu'avais-je vu partout
où une destinée marâtre m'avait jetée comme
une pauvre feuille détachée de son arbre, à la
merci de tous les vents? Etait-ce la Bouffetout
qui m'eût inspiré l'amour de mes semblables?
Etait-ce Giacomo?

J'avais connu, il est vrai, Pauline Turlot; mais
cette dernière ne devait-elle pas passer, à mes
yeux, pour une victime du même sort que le
mien? Chez elle, j'avais entrevu, sans doute, des
richesses sur lesquelles la mort avait tiré le ri-

deau, mais qu'étaient ces richesses?... Pouvais-je conserver l'ombre d'une illusion, après la réunion infâme des fournisseurs s'abattant sur l'appartement de la rue Lafite?... M. Victor réclamait les meubles; M. Robert voulait les voitures; Samson exigeait les bijoux; Paméla... que demandait-elle?.. Quant à madame Chiffonneau, celle-là, je l'avais vue à l'œuvre.... Que serait-il donc resté à cette pauvre femme, dont le dernier cri de joie avait été un déchirement de douleur, si, de son vivant, elle eût été forcée de satisfaire toutes les convoitises qui s'agitaient autour d'elle? Oh! la vie! la vie! je commençais à l'entrevoir dans son affreuse nudité!

—

Ces réflexions furent interrompues par l'arrivée de *Pèro*, qui, ne comptant sans doute que très-médiocrement sur les promesses de madame Chiffonneau, avait pris le parti de s'amener lui-même. Ce pauvre *Pèro* avait décidément le sentiment de sa situation, il était né pour se pousser dans le monde; il n'aboya pas contre le chat apocalyptique dont j'ai parlé, il ne l'effraya pas, il le salua, au contraire, poliment. Madame Chiffonneau fut touchée de ce respect; elle grommela bien un peu, mais ne dit pas grand'chose.

— Un chien noir—fit-elle— ça porte bonheur. Toutes les fois que j'en rencontre un, le matin, j'ai remarqué que la journée était bonne. Après tout, on n'est pas forcé de le déclarer...

Vers les deux heures après midi, du premier
jour que je passai chez la marchande à la toilette, à la suite d'un maigre déjeuner, un coup,
d'une violence qui me fit tressaillir, résonna à la
porte.

— On frappe, Pâlotte — cria madame Chiffonneau. — Va ouvrir.

Le visiteur qui s'annonçait d'une manière
aussi bruyante était un grand jeune homme
brun, aux formes athlétiques, portant les cheveux à la nazaréenne et la barbe à la Méphis-
tophélès. Il entra comme chez lui, sans faire
attention à moi, en appelant madame Chiffonneau.

Pressentant une affaire, la marchande à la toilette accourut au-devant du visiteur.

— Je veux un déguisement — dit ce dernier.

— Pour bal masqué? — demanda madame
Chiffonneau.

— Parbleu! — répondit le jeune homme.

— Monsieur veut-il un clodoche, un chicard?

— Non; je veux un marquis de Mondor, si cela
est possible.

— Je n'ai pas le marquis de Mondor, mais j'ai
un don César de Bazan superbe.

— Tiens! ça m'irait — dit le client. — Mon-
trez-moi ce pelage.

Madame Chiffonneau fit trois fois le tour de la
tringle qui soutenait les loques dont j'ai parlé,
et en décrocha un veston de velours, des culottes

bouffantes, un large feutre à plume rouge et des
bottes à tromblon.

— Il s'agit maintenant de savoir — dit l'étranger — si tout cela cadrera avec ma personne.

— Je ne laisse pas toujours essayer les costumes — objecta madame Chiffonneau — mais
comme monsieur me paraît un homme bien
élevé...

— Sur ses jambes — riposta le client en se
campant fièrement devant la marchande à la toilette, après avoir passé sa main dans son épaisse
chevelure.

Madame Chiffonneau jeta à la dérobée un regard connaisseur sur le jeune homme.

— Il me semble avoir déjà vu monsieur —
hasarda-t-elle.

— Certainement — dit celui-ci. — C'est moi
qui fis ce fameux accroc au Robert-Houdin
que vous me louâtes l'an dernier. C'était de la
camelote, ce déguisement; il ne tenait par aucun bout.

— Je me rappelle même que l'accroc n'a pas
été payé et que mon Robert-Houdin, depuis,
n'a jamais servi.

— Je n'avais pas le sou; pouvais-je vous le
payer? Vous vous rappelez, sans doute, que je
vous offris de faire le portrait de votre chat,
comme dédommagement.

— En effet, je me rappelle aussi que monsieur
est peintre.

— Et je me nomme Canette, madame, pour vous servir.

— Eh bien ! monsieur Canette, voulez-vous essayer le don César de Bazan ?

— Volontiers, chère madame Chiffonneau... Après ça, ne m'en veuillez pas si votre déguisement vient à craquer un peu. J'ai les épaules plus larges que le commun des mortels; il est vrai que j'ai souvent la bourse plus étroite.

— Si monsieur veut passer derrière ce rideau, il pourra s'essayer.

En parlant ainsi, la marchande à la toilette indiquait au peintre un coin de la chambre sur lequel était tiré un rideau à grands ramages, déchiqueté par le temps.

M. Canette prit le don César de Bazan par le haut-de-chausses et s'insinua dans le vestiaire improvisé.

Pendant quelques minutes, nous entendîmes des craquements suivis de jurons, quelques coups de pied vigoureusement appliqués sur le tapis; puis le rideau s'entr'ouvrit et don César parut.

M. Canette était superbe ainsi; mais son costume, trop étroit aux épaules, avait été soumis à une effroyable torture. En effet, le justaucorps, ne pouvant contenir son sujet, bâillait par toutes les coutures, tellement que madame Chiffonneau ne put réprimer un geste de colère et d'effroi.

— C'est un peu juste, les bottes surtout — dit il

le peintre, en nous montrant son dos sur lequel
s'épanouissait une large crevasse.

— Monsieur — hurla madame Chiffonneau —
quand on est bâti comme vous, on se fait faire
des déguisements par les costumiers.

— Je suis brouillé avec le mien — répondit
M. Canette sans s'émouvoir. — J'étais trop bien
avec sa femme.

— Eh bien, monsieur, il fallait s'entendre
avec cette dame, pour avoir, en dépit de son
mari, des costumes avantageux. Je ne connais
pas, depuis la barrière du Trône jusqu'à celle
du Maine, un déguisement capable de vous contenir.

— Vous me flattez, chère madame Chiffonneau. La nature, il est vrai, fit beaucoup pour
moi; cependant, il me semble que votre don
César de Bazan, tout étroit qu'il est, me siéra
à merveille. Je ne suis pas de ceux qui poussent le rigorisme jusqu'à s'effaroucher du di-
vorce de quelques coutures. Chez moi, le dessous vaut bien le dessus, madame; et, quand le
dessus fait défaut, on est toujours sûr de rencontrer un dessous résistant. Cette doctrine vous pa-
raîtra peut-être nouvelle; mais, pour la soutenir, j'ai l'opinion de tous les gueux classiques qui
m'ont devancé dans la carrière des arts. Mes
maîtres et moi avons toujours été au-dessus des
misères banales auxquelles les gens ordinaires
prêtent souvent une attention exagérée.

— Monsieur, j'ignore absolument ce que vous

voulez me dire — dit la marchande à la toilette.—
Ce que je sais très-bien, c'est que l'honneur de
votre clientèle est pour moi une perte que je ne
consentirai plus désormais à supporter.

— Des pertes! madame. J'en jure par don
César de Bazan lui-même, je ne serai jamais
assez criminel pour vous en causer. Dernière-
ment, me dites-vous, je fis un accroc à votre
Robert-Houdin... Eh! bien, je suis prêt à payer
ce dommage aussi bien que celui qui pourrait se
produire. J'ai de l'or, madame, et je le mets à
vos pieds, pour satisfaire ma fantaisie.

M. Canette avait débité tout cela sur un ton
tellement comique, avec une si belle désinvol-
ture, que la marchande à la toilette fut presque
désarmée. L'assurance, d'ailleurs, avec laquelle
le peintre avait parlé de ses ressources actuelles,
n'était pas sans avoir fait impression.

—Monsieur Canette— dit madame Chiffonneau
en baissant la voix — je vous tiens pour un brave
jeune homme, incapable de faire du tort à une
pauvre femme comme moi. Vous emporterez ce
costume; si vous voulez, vous le ferez arranger
à votre guise, mais vous me laisserez une somme
de cinquante francs sur laquelle je me paierai le
prix de location, et dont le surplus répondra des
avaries pouvant résulter de votre corpulence.

— Marché conclu — dit le peintre. — Je vous
laisserai cinquante francs et emporterai don
César.

Là-dessus, M. Canette alla prendre dans ses

vêtements ordinaires un billet de cinq cents francs qu'il déploya avec un geste de nabab, au nez de la marchande à la toilette... Celle-ci ne pouvait en croire ses yeux.

— Que vous êtes riche! — exclama-t-elle.

— Riche! — riposta M. Canette — dites donc millionnaire, puisque j'ai cinq cents francs. Cela ne m'était plus arrivé depuis trois ans, époque à laquelle je fis des affaires avec un notaire qui avait vendu la partie saine de mon bien, et un champ que j'appelais *le Champ-du-Cygne*, parce que ce champ était le dernier. Au reste, ce billet est toute une histoire que je vous raconterai un de ces jours.—Aujourd'hui, je n'ai pas de temps à perdre — ajouta don César de Bazan d'un air superbe. Regagnant alors le rideau à coulisse qui l'avait, une première fois, dérobé à nos regards, il quitta son travestissement pour reprendre ses habits de ville.

Ceci fait, madame Chiffonneau noua, en un seul paquet, la culotte bouffante, la veste brodée, le feutre à larges basques, les bottes à tromblon, pour remettre le tout à M. Canette, qu'elle reconduisit jusque sur le carré, en lui souhaitant bonne chance.

. . . .

Il ne se passait pas de jour qu'il ne se présentât chez madame Chiffonneau quelque personnage aussi original que Canette, quoique personne ne me fût aussi sympathique que l'artiste.

La boutique d'une marchande à la toilette est

comme un point central où viennent aboutir
tous les chemins qui traversent certaines régions
de la vie parisienne. C'est un va-et-vient perpé-
tuel d'objets divers, de robes et de bijoux qui
racontent la fortune changeante de leur propriétaire éphémère.

Il y avait un échange constant de dentelles, de
velours et de soie entre madame Chiffonneau et
ses clientes habituelles.

Servile et obséquieuse quand on achetait, la
marchande à la toilette se montrait âpre et revêche, quand la même personne voulait vendre à
vil prix ce qu'elle avait, quelques jours aupara-
vant, payé le double de sa valeur.

Nul ne songeait à s'étonner de ses façons ; on
avait besoin d'elle sans doute et elle obligeait
volontiers, à gros intérêts bien entendu, sans s'être
jamais trompée plus d'une ou deux fois sur la
solvabilité de quelqu'un. Elle ouvrait même fa-
cilement un crédit qu'elle ne dépassait jamais et
qu'elle fixait pour ainsi dire au *jugé*, tant l'existence parisienne était pour elle un pays connu et
dans lequel elle allait sans être obligée de demander son chemin.

Les quelques affaires qui avaient mal tourné
pour elle étaient le sujet d'incessantes récriminations. Un jour s'écoulait rarement sans qu'elle
en parlât. Je savais par cœur, à force de les entendre raconter, l'histoire d'une comtesse polonaise, d'une cantatrice belge et d'un médecin
hongrois, qui demeuraient comme des dates né-

fastes dans la carrière de madame Chiffonneau.

En tirant l'aiguille, j'étudiais avec un intérêt profond et presque de la commisération les types divers qui défilaient chez la marchande à la toilette.

Tantôt c'était un homme qui voulait parler en particulier à madame Chiffonneau, tantôt une bonne qui venait de la part de sa maîtresse racheter une parure vendue le matin, tantôt c'était une femme, une petite bourgeoise qui s'était laissé séduire par le mirage d'un crédit à échéance indéfinie et qui, tremblante et rougissante, venait régler un compte devant lequel elle balbutiait.

Dans ces moments-là, madame Chiffonneau s'épanouissait sur son grand-livre, comme une cocarde de givre sur le shako d'un garde national. A longs intervalles, les chiffres éclos sous sa plume criarde, trempée dans un encrier boueux, s'échappaient de ses lèvres avec un froissement métallique assez semblable à la détonation d'un pistolet Flaubert.

—

Parfois, madame Chiffonneau m'envoyait chez des clientes préférées, soit pour leur montrer les hardes dont elle cherchait à se défaire, soit pour prendre des objets qu'elle avait achetés à vil prix.

C'est ainsi que je fis la connaissance des principales héroïnes du monde galant : des beautés

10.

toujours mûres, dont les rides précoces s'abri-
tent derrière un maquillage dont s'indigne la
lumière du jour.

Aux heures où je les voyais, elles étaient hâves
et défaites, aussi avais-je peine à comprendre
les succès qu'on leur attribuait ; je ne savais pas
encore que la vogue, à Paris, se fait, le plus souvent, autour des hommes et des femmes dont le
mérite ou la beauté a déjà jeté son plus vif
éclat.

Sous l'apparence de fortune et de bien-être
qui frappait mes regards, dans ces visites, il
me fut donné maintes fois d'entrevoir la priva-
tion, la souffrance, la misère même. Le sort auquel j'avais été associée, dans le temps, lors de
mon séjour chez Pauline Turlot, ne me semblait
plus aussi enviable.

Encore une fois, de tous ceux qui venaient là,
le plus sympathique des visiteurs était Canette. Il m'avait regardée fixement une ou deux
fois, et ce premier regard d'un homme me fit
rougir d'abord, puis me fit monter au cerveau
une bouffée d'orgueil inconscient. Deux ou trois
paroles à peine avaient été échangées entre
nous et j'étais contente, cependant, quand il venait. Il était amusant, vraiment, ce Canette. Sa
bonne humeur égayait, comme d'un rayon de
jeunesse, cette maison si triste d'ordinaire.

Il était paresseux, cela était facile à deviner,
au plaisir avec lequel il s'attardait à parler. Ma
vanité naissante aimait à supposer qu'il restait

plus longtemps à cause de moi, et, malgré tout, j'avais envie de lui crier : — Allez donc travailler, au lieu de bavarder.

Son grand cheval de bataille était un tableau fameux dont il nous avait raconté les bizarres vicissitudes.

Ce tableau, qui représentait *Vénus au bain*, avait dû, d'abord, orner le salon d'un prince russe, mais le refus unanime que le tableau avait éprouvé au Salon avait refroidi le prince, qui était reparti pour sa glaciale patrie, sans encombrer ses bagages de cette toile désormais méprisée par lui.

L'artiste avait alors songé à un oncle, négociant en huiles à Marseille, et lui avait écrit : « Nous travaillons tous les deux à l'huile, voulez-vous acheter mon tableau ? »

Pour la circonstance, la Vénus était devenue une Minerve, présidant à la récolte de cet olivier symbolique qu'elle porte à la main. Mais si la Vénus n'avait rien des qualités d'une Vénus, la Minerve ne possédait rien, paraît-il, des chastes qualités qui conviennent à la déesse de la sagesse.

Le négociant en huile, qui avait rêvé une enseigne magnifique pour son magasin, s'était empressé d'envoyer la Vénus de son neveu et son neveu à tous les diables...

Les avances du prince russe et les arrhes du négociant avaient aidé l'artiste à vivre, mais n'avaient pu réussir, par exemple, à lui inspirer l'amour du travail.

La mine, moins joyeuse, de Canette, commençait, depuis quelque temps, à annoncer la décadence monétaire de l'artiste, quand, un jour, il se précipita, illuminé de bonheur, chez madame Chiffonneau.

— Ma fortune est faite ! — criait-il — j'ai trouvé un Américain — et il montrait à madame Chiffonneau, qui ne croyait guère qu'aux réalités, quelques billets de banque, lesquels produisaient toujours chez la marchande à la toilette une irrésistible émotion.

— Y a-t-il des gens heureux ! — murmura celle-ci.

— Vous savez ou vous ne savez pas, chère madame Chiffonneau — reprit l'artiste — que je suis un hôte assidu de l'Hôtel des Ventes. Que voulez-vous ? je me console de l'injustice des contemporains envers les vivants, en voyant avec quel enthousiasme ils se disputent les morts. Je me figure que j'ai été Hobbema dans une vie précédente et que je vois mes toiles payées cent mille francs. Bref, j'étais là, l'autre jour ; on vendait de vieilles toiles qui, par parenthèse, se vendaient presque aussi bon marché que si elles eussent été signées de moi. Pour charmer les ennuis de cette vente sans entrain, je causais avec un Américain cossu dont j'avais fait la connaissance et auquel j'expliquais mes théories sur l'art, théories qui sont très-neuves,

je m'en flatte. Tout à coup, après une série
d'horreurs, apparaît un Fragonard ravissant.
Moi, je verrais un Fragonard les yeux fermés.
C'était une jolie petite tête de marquise comme
la vôtre, tenez, Pâlotte — Cent francs! — dit le
commissaire-priseur. Personne ne répond et,
dans le mutisme général, la toile dégringole à
vingt francs. — Il y a acquéreur à vingt francs !
Personne ne dit mot ? — ajoute le commissaire-
priseur auquel un marchand avait fait un signe.
— Cinq ! — criai-je de ma voix de Stentor, en
donnant un coup de poing à mon Américain. —
Poussez ! — lui dis-je à l'oreille. C'était insensé
de dire — Poussez — à cet homme que je connaissais à peine, mais cet homme prend cela très-bien;
il pousse comme un enragé. Il pousse jusqu'à cinq
cents, et on lui adjuge le tableau. En sortant, nous
entrons chez un marchand de tableaux. — Voulez-vous trois mille francs de votre Fragonard ? —
dit-on à mon Américain. Mon Yankee refusa les
trois mille francs, mais conçut pour moi une
amitié qui tient du délire. La Providence fait
bien les choses, quand elle s'en mêle. Cet Américain achète tous les tableaux, quels qu'ils
soient; il tient à la quantité plus qu'à la qualité.
Il prétend que tout se place en Amérique, et il
m'offre un traitement magnifique pour aller
peindre là-bas à la toise et à l'année. En attendant, il m'a payé des arrhes royales, et quand il
sera de retour d'un voyage en Hollande, où il
va acheter un lot formidable de croûtes, je quit-

terai cette belle France qui a été si ingrate envers mon talent.

—

L'annonce du départ de Canette m'avait attristée, sans qu'il fût possible au juste de dire
pourquoi. J'étais heureuse que le retour de l'A-
méricain tardât, et j'éprouvais une sorte de tressaillement de plus en plus joyeux, quand j'entendais la voix de Canette qui retentissait au bas
de l'escalier et le refrain habituel qu'il fredon-
nait d'une voix à ébranler les vitres :

> Un peu de chrôme à la palette !
> Ohé ! rapin ! Ohé ! rapin !
> Vive l'amour et la guinguette !. .
> Ohé ! la pipe ! Ohé ! le vin !...

Il dégageait des effluves de vitalité qui vous
réchauffaient pour huit jours. Cette bonne humeur endiablée, cette verve intarissable, cette
santé robuste du corps et de l'esprit vous com-
muniquaient je ne sais quoi de chaud, de jeune
et de capiteux. On se sentait vivre quand il était
là, et les mots les plus ordinaires lancés par lui
avaient je ne sais quel montant; on riait rien
qu'à le voir entrer. — Ce diable d'homme, il ré-
veillerait les morts — disait madame Chiffonneau.

Mais ceci n'empêchait pas madame Chiffonneau de trouver que l'artiste payait mal, s'il parlait bien. Canette avait d'abord vécu sur les fa-

meux billets de Banque, qui miroitaient encore
devant les yeux de la marchande à la toilette.
Elle lui aurait donné toute sa boutique à *l'œil*,
comme elle disait, au *cyclope*, comme disait Canette, et Canette avait largement abusé des fa-
cultés qui lui étaient offertes.

Un jour vint où madame Chiffonneau lui dé-
clara net qu'il n'aurait pas le fameux don César,
s'il ne laissait en gage ses effets de ville, et qu'elle
ne lui rendrait ses effets de ville que s'il rappor-
tait, avec le don César, cent francs d'à-compte sur
les innombrables déchirures, accrocs, dommages
de toute sorte qu'il avait faits à tous les costumes
successivement.

Quand madame Chiffonneau eut prononcé son
ultimatum, Canette me regarda et, sans doute,
me vit prête à pleurer. Pleurer pour cela, c'était
bien bête! Que voulez-vous! Cet homme s'a-
musait de si bon cœur, que moi, qui avais passé
par tant de tristesses, je me désolais qu'on l'em-
pêchât de s'amuser.

— Allons, ma petite, ne te désespère pas —
fit-il à voix basse avec son bon sourire — je vais
tâcher de retrouver mon Américain, et, dans
deux jours, je couvrirai d'or cette Harpie, que Sa-
tan étrangle! D'ailleurs, en carnaval, c'est bien
porté de se promener de bonne heure en costume; on se dit : — Voilà un homme qui va au
bal, ce soir, et les créanciers ne vous reconnais-
sent pas.

Et il sortit, fredonnant dans l'escalier son éternel refrain :

> Un peu de chrôme à la palette !
> Ohé ! rapin ! Ohé ! rapin !

Depuis lors, on ne revit plus ni Canette — ce qui me chagrina — ni le don César de Bazan — ce qui fut pour madame Chiffonneau le prétexte d'interminables commentaires et de jérémiades à perte de vue. Elle racontait cette aventure à tout le monde, en vouant Canette aux dieux infernaux, en compagnie de la comtesse polonaise et du médecin hongrois, et, pour ma part, j'entendis, au moins soixante-quinze fois, cette histoire du don César.

FIN DE LA PREMIÈRE PARTIE.

DEUXIÈME PARTIE

—

Plusieurs années s'étaient écoulées, depuis que la mort de Pauline Turlot avait causé un brusque revirement dans mon existence.

Désormais, plus de promenades, plus de robes élégantes, de rubans toujours frais; plus de récréations de toute sorte, plus d'études variées.

Je partageais la fortune de madame Chiffonneau et vivais frugalement comme elle. Quant à mes toilettes, elles se ressentaient du commerce que nous faisions; la nouveauté m'était interdite.

Et cependant je venais d'entrer dans ma seizième année, l'âge des rêves joyeux, des sensations douces.

Les clients de la marchande à la toilette me

11

trouvaient jolie et me le disaient. Semblable à une fleur rebelle aux influences d'un climat funeste, je m'épanouissais toute blanche au sein de l'atmosphère malsaine qui m'environnait.

Mon existence chez madame Chiffonneau était une déchéance dont j'étais avide de me relever. Mais comment y parvenir? Certes, mon innocence n'était pas absolue, et ce que les poëtes appelleraient les reflets chatoyants d'une âme pure s'étaient éteints, chez moi, en des jours semés d'ennuis et de larmes. Mais les souvenirs de ces derniers me hantaient comme des visions néfastes que j'aurais voulu écarter.

Quand je croisais quelque jeune fille qui passait en compagnie de sa mère ou escortée de sa bonne, je me prenais à l'envier, non plus tant parce qu'elle était mieux vêtue que moi, mais parce que cette réflexion me venait : — « Est-elle heureuse celle-là de ne pas savoir ce que je sais, de ne pas voir ce que je vois. »

—

Telles étaient les dispositions d'esprit et de cœur dans lesquelles je me trouvais, quand, un matin, madame Chiffonneau m'envoya un peu plus loin que de coutume, dans la banlieue de Paris, réclamer le montant d'une note.

Je partis joyeuse, sans me douter des conséquences nouvelles qu'aurait pour moi une journée qui commençait si bien, en m'offrant les loisirs d'une longue promenade.

J'avais alors un désir immodéré de contempler les vertes campagnes, les vastes horizons; de respirer les senteurs des champs, les émanations des grands bois. Aussi, jugez du tressaillement qui se fit en moi, du sentiment de bien-être et de satisfaction dont je me sentis pénétrée le jour où, pour la première fois, après avoir passé la barrière, je vis se dérouler à mes yeux toutes les splendeurs de la nature, au sein de laquelle s'était si souvent incarné le rêve de mes quinze ans.

C'était dans le courant du mois de septembre. Aux ardeurs d'un soleil magnifique, l'espace, au loin, apparaissait dans toute sa profondeur lumineuse, et le sol crayeux de la plaine miroitait comme une glace qu'éclairent mille feux. Ça et là, sur un fond de verdure, se dessinaient les maisons de campagne aux mystérieuses persiennes, les châteaux aux tourelles dentelées et coquettes, les villages aux toits confus, entourés de jardins...

Quel ravissement! quelle extase! Je ne sentais plus sur mes épaules ce gigantesque et sordide Paris; je n'entendais plus ce bruit infernal, ces lourds camions, ces omnibus et ces fiacres; je ne voyais plus ces femmes maquillées, dont madame Chiffonneau me racontait par le menu les écœurantes aventures; je n'avais plus à secouer ces vêtements empestés de parfums qui font mal à la tête, blancs de la poudre de riz qui du visage est tombée sur eux, crasseux avant d'avoir été

neufs. Parfois, en me retournant, j'apercevais
quelque dôme lointain qui flamboyait sous les
rayons d'or du soleil d'automne. Ce dôme, c'était
Paris, et, pour le fuir, je me mettais à courir
plus vite droit devant moi, sans savoir où j'allais
et sans oser demander où j'étais...

Ce vertige qui m'avait saisie, bien peu le com-
prendront. Il faudrait, pour l'expliquer, avoir
vécu dans le même milieu que moi, c'est-à-dire,
n'avoir jamais connu dans sa vie que le Mal, la
boutique d'une madame Chiffonneau, où toutes
les corruptions se donnent rendez-vous, et tout
à coup apercevoir, par un beau jour de septembre, la campagne, la vaste et magnifique campagne, chargée de ces magnétiques langueurs
que dégage l'automne commençant.

Et souriante, pressée, haletante, tant j'étais
heureuse, j'errais de nouveau à travers toutes
ces belles choses inconnues dont le panorama se
déroulait, à perte de vue, devant moi. Je buvais
à longs traits cet air pur aromatisé par les
plantes. J'écoutais, avide, les innombrables harmonies terrestres... J'étais transportée, j'étais
ivre !...

Madame Chiffonneau était oubliée, sa cliente
aussi ; avec elles, tout le passé. Absorbée tout
entière par la libre possession du moi, je ne
m'apercevais seulement pas que la nuit tombait
et qu'au lieu de me rapprocher de Paris, je m'en
éloignais toujours... Mon front ruisselait, mes
cheveux flottaient en désordre... Ah ! j'ai dû être

bien belle, ce jour-là, le seul où je me sois réelle-
lement appartenue !

. . . .

Et quand vint la fatigue de la course avec la
lassitude du plaisir, je me réfugiai dans un grand
bois dont la sombre futaie, depuis quelques heures, orientait ma course à travers les champs, le
long des haies.

Une gerbe de fleurs dans les bras, je me glissai
parmi les arbres dont l'ombrage, plein de murmures, charmait mes sens. Là chantaient les
oiseaux, sur la branche où naguère ils firent leur
nid de mousse, espoir de la couvée. Quelle paix,
quelle sérénité partout, dans cette solitude animée, vivante, au sein de laquelle je passais sans
laisser de traces, sur un sol recouvert d'un épais
tapis de gazon !

Je m'assis à l'endroit du bois où l'ombre était
plus épaisse. Je jetai à mes pieds les fleurs pâlissantes que j'avais cueillies et, les prenant ensuite
une à une, j'en fis un bouquet, dont, à plusieurs
reprises, après l'avoir noué, j'aspirai le parfum.

Vivre ainsi et mourir, que ne le pouvais-je !
Cette liberté dont je jouissais, où me serait-il
donné de la retrouver?

En ce moment, j'aurais voulu être née parmi
les sauvages, les hôtes de la montagne et de la
forêt. Il me semblait trop petit, le bois où j'étais;
j'aurais voulu, en lui, plus de ténèbres, plus de
profondeurs. Comme je me serais perdue là-de-
dans, aussi loin que j'aurais pu porter mes pas !

11.

Décrire le désordre des idées folles ou raisonnables qui traversèrent mon esprit, serait impossible. Tantôt j'étais endormie, et je pensais; tantôt j'étais éveillée, et je rêvais. J'avais la fièvre, ma tête brûlait; ma poitrine oppressée ne pouvait supporter la contrainte de mes vêtements.... Il me semblait entendre une hymne délirante de tendresse, qui faisait tressaillir mon cœur de joie.

J'avais quinze ans, je le répète, c'est-à-dire l'âge des illusions et des espérances. Ma nature, d'ailleurs, en dépit de mon éducation, me sollicitait sans cesse vers des mondes différents de ceux que je fréquentais. D'instinct, j'aimais, sans le connaître, tout ce qui est bon et tout ce qui est beau.

—

. . . .

Quel est ce tumulte qui éclate tout à coup sous les grands arbres, dont les ombres ont fait place à une soudaine clarté?

L'espace lumineux, vaste fournaise, s'étend et grandit au loin, chassant l'obscurité de la nuit... De tous côtés, les échos sonores répètent les mille clameurs d'une multitude houleuse.

A mesure que j'approche, je distingue sur les tréteaux, faisant la parade, baladins, escamoteurs, gilles, paillasses, jongleurs. Sur deux files, sont les marchands, dont l'enseigne bizarre domine un étalage branlant; les traiteurs, sous la tente desquels, autour des tables, s'amassent des grappes de buveurs.

Au-dessus le flot qui passe, dans une atmosphère où le musc et le graillon échangent de gros baisers, retentit la symphonie burlesque des orchestres rivaux, que domine la note criarde du cornet à pistons, où grondent le trombone et la grosse caisse, où la clarinette en fureur étouffe le rire aigu du fifre, avec un grincement affreux.

Et, à quelques pas de ce chaos, au-dessus des fontaines jaillissantes vers lesquelles se portent mes regards, se dressent des dieux et des déesses de marbre qui président, impassibles, avec la sereine beauté de la nature idéalisée par l'art, à l'exhibition, que le pître exalte, de la laideur incarnée dans la femme géante ou le veau à deux têtes.

— Où suis-je ? — avais-je demandé à différentes reprises, étonnée de me trouver ailleurs qu'à Paris, au milieu d'une semblable cohue.

Ma question, chaque fois, avait provoqué le rire de ceux à qui elle s'adressait. Et, comme je tenais encore à la main un bouquet de fleurs sauvages, chacun me regardait avec curiosité.

— Elle ne connaît pas Saint-Cloud ! — s'était écrié un plaisant. — C'est une Ophélie des Batignolles qui cherche quelque Hamlet de magasin...

— A Saint-Cloud !... — Je me rappelai alors la fête qu'on y célèbre chaque année, une fête à laquelle il m'eût été bien agréable, en toute autre circonstance, de prendre part. Ce soir-là, où j'aurais dû être de retour chez madame Chiffonneau,

mon embarras était extrême. Surprise par la
nuit, dans la campagne, il m'avait été impossible de retrouver mon chemin. Après une heure
ou deux de marche, tremblante de peur, je m'é-
tais laissé guider par une rumeur lointaine qui
s'étendait à l'horizon, et que j'avais prise pour
les bruits confus de la ville.

Hélas ! je m'étais trompée, et mon anxiété fut
cruelle, quand j'envisageai la distance qui me séparait de Paris, en même temps que l'impossibi-
lité dans laquelle j'étais de rentrer, ayant compté,
pour payer mon retour, sur l'argent que la marchande à la toilette m'avait chargée de toucher
chez sa cliente.

D'un autre côté, je n'avais pas mangé depuis
le matin, avant mon départ, en sorte que la fatigue, aggravée par la faim, rendait ma situation
encore plus pénible.

Vainement, je cherchai dans mon esprit le
moyen de me tirer du mauvais pas dans lequel
je m'étais mise, mais tous mes calculs furent
vains, et j'entrevis bientôt le parc de Saint-Cloud,
si resplendissant et si joyeux, comme une sorte
de tombeau sans issue pour moi.

De toute part, cependant, je voyais des gens,
ayant bien dîné, qui eussent volontiers compati
à ma peine, mais ma fierté s'indignait à la seule
pensée d'en être réduite à avouer le sujet de mes
préoccupations.

Et, comme mes forces m'abandonnaient,
comme les tiraillements de mon estomac deve-

naient plus intenses, je m'écartai un peu dans la direction d'un banc que j'avais entrevu. Là, je m'assis tristement, appuyant ma tête alourdie dans mes deux mains...

J'ignore le temps que je passai ainsi dans un état douloureux de somnolence. Je fus rappelée au sentiment de la réalité par un colloque qui avait lieu, auprès de moi, entre plusieurs personnes.

— C'est une jeune fille qui s'est égarée, sans doute — disait quelqu'un.

— Dites plutôt une mendiante qui s'est installée là pour passer la nuit — reprenait une voix.

— Que faut-il faire ? — demandait une autre voix.

J'ouvris les yeux et distinguai des hommes en uniforme, ainsi que des bourgeois, faisant cercle autour du banc sur lequel j'étais à demi couchée.

M'adressant alors la parole, un sergent de ville me demanda comment il se faisait que je ne songeais pas à m'en aller, comme tout le monde, l'heure de la nuit étant avancée.

Et, comme je recueillais mes souvenirs pour raconter mon aventure, un homme, portant un costume étrange, se dressa devant nous et dit, avec un accent très-prononcé :

— Laissez donc cette enfant tranquille. C'est une musicienne de ma troupe; je réponds d'elle.

— Qui êtes-vous, vous-même ? — demanda le sergent de ville au nouveau venu, qui n'était autre que Giacomo.

— Qui je suis ! — exclama l'Italien — voilà une plaisante question !... Je suis le chef d'orchestre du principal théâtre de la fête. Je vous répète que je réponds de cette jeune fille comme de moi-même.

— Pourquoi, alors, ne la surveillez-vous pas mieux et lui permettez-vous de vagabonder comme elle l'a fait, durant toute la soirée?

— Pâlotte, une vagabonde !... — Vous vous trompez, monsieur le sergent. Si vous l'avez trouvée ici, à l'écart, c'est que le bruit l'avait incommodée... Elle a un tempérament délicat...

— Emmenez donc cette enfant et tâchez de la surveiller un peu mieux. Si pareille chose lui arrive une autre fois, je la conduirai au poste.

Giacomo ne se le fit pas dire deux fois. Me prenant par le bras, il m'entraîna aussitôt dans la direction des baraques, autour desquelles s'était fait le silence, à mesure que la foule avait abandonné le parc.

Autour des tréteaux, on n'apercevait plus que quelques visages hâves de bateleurs comptant la recette, à la lueur d'une lampe baveuse. Dans l'enceinte des théâtres, naguère si bruyants, on entendait parfois un juron se mêlant à un cliquetis de fourchettes et de vaisselle, mais c'était tout, la nuit avait repris ses droits et un air froid, montant de la plaine avec la bise, avait éteint l'enthousiasme acrobatique des entrepreneurs de réjouissances.

— Par quel hasard te trouves-tu ici ? — me

demanda l'Italien, dès qu'il fut sûr de ne pas être entendu.

Je lui fis alors le récit de ce qui m'était arrivé la veille.

— C'est une fine partie que tu as faite là — dit Giacomo — il y manquait seulement un bon repas... Je comprends maintenant que tu aies peine à te tenir. Tiens, bois une ou deux gorgées de ceci, en attendant mieux.

En même temps, il porta une gourde à mes lèvres...

Après avoir bu, je fis la grimace ; c'était de l'eau-de-vie ; mais je me sentis presque aussitôt plus forte.

L'Italien me reprocha alors de n'avoir pas cherché un refuge chez lui, immédiatement après la mort de Pauline Turlot.

— Cette coquine-là — ajouta-t-il — me devait, entre parenthèses, un terme de ta pension. Le concierge me mit à la porte, quand j'allai le lui réclamer... Ah ! il n'y a plus de justice. C'est égal, je ne suis pas fâché de t'avoir rencontrée, car... Oui, c'est cela... excellente idée... Nous allons tout arranger de manière à vivre désormais dans l'abondance.

Je priai le pifferaro de s'expliquer.

— Oh ! c'est bien simple—fit-il.— J'ai l'honneur d'être l'ami du directeur du principal théâtre de la fête. Comme il n'avait pas d'orchestre, il m'a engagé avec une troupe de ma composition, pour toute la durée du mois... Nous avons un succès

merveilleux. D'ailleurs, on joue de fort belles
pièces : tu verras... La *Tour de Nesle*, par exemple... C'est un drame magnifique et qui fait toujours sensation... Viens, va, viens te restaurer
un peu. J'ai mon idée...

—

Nous étions, en ce moment, en vue de la prin-
cipale baraque du parc de Saint-Cloud... Au-
dessus d'une grande toile, sur laquelle, dans la
pénombre, j'apercevais des princesses parées et
des chevaliers bardés de fer, était une grande enseigne portant ces mots : *Théâtre des frères Breudoulbedour*. La galerie était déserte, mais, derrière la masse flottante de tentures grises, on entendait un murmure de voix auquel se mêlaient
des aboiements de chiens qui sollicitent l'aubaine
d'un os à ronger ou d'un relief à engloutir. En
même temps, un nuage de fumée, s'élevant vers la
futaie des arbres, annonçait que la troupe de
maître Breudoulbedour se retrempait de ses fatigues de la journée, en vaquant à des occupations culinaires, qui n'étaient pas sans quelque
émanation au dehors.

Giacomo prit par le côté de la baraque, que
flanquaient de lourdes voitures en planches, formant carré. Puis, se glissant entre deux de ces
immenses véhicules, il souleva un vieux tapis
appendu en guise de portière, et m'attira, après
lui, dans l'enceinte.

Il y avait là une vingtaine d'individus, hommes, femmes ou enfants, qu'il m'était impossible de bien voir, mais dont les gestes décrivaient de grandes ombres, à la lueur d'un foyer flambant au centre, entre deux pierres, et masqué à moitié par une marmite au vaste flanc, surmontée d'un panache de vapeur.

Tous ces personnages portaient les vêtements les plus variés et les moins assortis. Plusieurs avaient encore leur costume de théâtre, dont les paillettes, chaque fois que la lumière frappait dessus, jetaient, dans l'ombre, un éclair bien vite éteint.

Les uns mangeaient, les autres buvaient : Marguerite de Bourgogne en tête-à-tête avec Gauthier d'Aulnay. Certains dormaient déjà, enveloppés dans de grandes toiles, l'une représentant un château du moyen âge, l'autre la façade élégante d'une villa moderne, une autre une chasse à courre, à travers des prairies dont la verdure avait pris une teinte foncée, d'un aspect peu réjouissant. Et, dans les coins obscurs, gisaient pêle-mêle des instruments en cuivre, les tambours et la grosse caisse à la peau brunie, ainsi que des cymbales ébréchées, auxquelles le moindre frôlement arrachait une plainte métallique et vibrante. Puis, c'étaient de longues rapières à coquille de fer, de courtes dagues, des poignards au manche constellé de stras, le tout appendu çà et là avec des capes sombres, des manteaux de conspirateurs et de larges feutres à plumes de toutes les couleurs.

12

Personne n'avait fait attention à moi, parmi
les hôtes de la baraque. Assise auprès de Giacomo, tournant le dos à l'assistance, je mangeai
à la hâte pour satisfaire ma faim, comme aussi
pour dissimuler l'embarras que j'éprouvais, en
me trouvant en si nombreuse compagnie. L'Italien me versait à plein bord un petit vin de Suresne, qui me remit un peu, et que lui apportait
une duègue revêche, qu'il interpella plusieurs
fois en termes grossiers.

Comme j'achevais de dîner, passa près de nous
un homme aux formes athlétiques que Giacomo
retint par la basque d'un justaucorps en peau de
buffle, étroitement serré autour de la taille. Au
même instant, je crûs entrevoir, vers un point
opposé, un grand jeune homme dont le costume
me rappela le don César de Bazan dont madame
Chiffonneau avait tant de fois mis le détourne-
ment sur le compte du peintre Canette. Mais
comment supposer que ce dernier faisait partie
de la troupe Breudoulbedour... Sans m'arrêter
davantage à la pensée de mon ancien ami, je me
mis à écouter la conversation de Giacomo avec
l'homme au justaucorps en peau de buffle, qui,
sous l'uniforme du capitaine Buridan, n'était
autre que le principal frère Breudoulbedour.

— A quoi est-elle bonne? — demandait en ce
moment le directeur, auquel Giacomo avait
parlé à voix basse.

— Elle fera une jeune première, comme vous
n'en avez jamais eu — dit Giacomo avec assu-

rance — à condition, cependant, de l'employer
durant quelques jours comme figurante, pour
l'habituer au public.

— Au fait — ricana le capitaine Buridan —
une de plus ne gâtera rien. C'est entendu, à partir de demain, votre protégée fera partie de la
troupe. Engagez-la fortement à se rendre digne
de l'estime des spectateurs.

Là-dessus, Breudoulbedour frère fit un léger
salut de la main et se dirigea vers sa voiture,
un peu plus confortable que les autres, dans laquelle sa famille et lui avaient fait élection de
domicile.

Giacomo était satisfait. Il me versa encore
une fois à boire, but lui-même copieusement ;
après quoi, me regardant avec son sourire habituel :

— Avoue que j'ai fait une bonne besogne
— dit-il. — D'une part, je t'ai arrachée aux
griffes des roussins ; d'un autre côté, je viens de
t'ouvrir une carrière dans laquelle tu obtiendras
de grands succès, je n'en doute pas. J'espère que
tu n'oublieras jamais le service que je te rends
et que tu ne seras pas ingrate envers ton protecteur. Maintenant, viens te coucher...

Alors, seulement, je m'aperçus que le petit
vin de Suresne que m'avait fait boire Giacomo,
plus que de raison, avait apporté un léger trouble dans ma tête. Mes yeux, plus ouverts que de
coutume, entrevoyaient des flammes follettes là
où dormaient les comédiens étendus, tandis que

mes jambes semblaient porter à faux sur le sol,
à chaque pas que je faisais.

Je me laissai conduire à une voiture, dont je
gravis péniblement l'échelle. La porte que l'Italien poussa me donna accès dans un petit com-
partiment, qui tenait environ un tiers de la
maison roulante et qu'un lit de sangle occupait
presque en entier.

— Voilà ton lit — dit Giacomo, dont le regard
brillait, en se fixant sur moi.

Enfiévrée, énervée, épuisée par les émotions
et la fatigue de la journée précédente, je me
jetai tout habillée sur ma couche, et fermai les
yeux pour éviter une sorte de vertige qui s'emparait de moi.

Je sentais qu'un sommeil profond allait répa-
rer mes forces, mais mon esprit était tenu en
éveil par la pensée de Giacomo, que je n'avais
pas entendu sortir. Je me sentis bientôt obsédée
par la présence de cet homme dont le service
récent ne m'avait pas fait oublier les brutalités
passées. Je ne sais quel sentiment se réveillait
en moi. Aussi, quand, à un moment donné, il
me sembla que l'Italien avait effleuré mon
visage de ses lèvres, instinctivement je me
dressai sur mon séant et criai au secours.

Jamais appel ne fut plus vite entendu.

Je n'avais pas crié, que la cloison vola en
éclats et qu'une main s'abattit sur Giacomo, dont
la gorge déjà pleine de menaces ne rendit qu'un
râle sourd et prolongé.

— Par pitié ! lâchez-moi ! — glapit le misérable.

— Par pitié ! — répétai-je machinalement.

— Vous voulez lui faire grâce ? Soit ! — dit
une voix bien connue.

Et, ramassé par un coup de pied lancé avec
une force incroyable à travers les planches et les
châssis, Giacomo alla s'abattre au dehors comme
une masse inerte.

— Merci, monsieur Canette — murmurai-je,
en pressant la main de mon défenseur dans l'obscurité.

Et nous demeurâmes immobiles un grand moment, lui n'osant me toucher, sans doute pour
ne pas m'effrayer, moi oppressée et comme ter-
rassée par l'émotion. Pendant ce temps, on entendait force murmures, force grondements,
force imprécations : — Est-il Dieu possible,
ronchonnaient les dormeurs, qu'on choisisse
pour se quereller des heures pareilles !

— Si nous allions à l'air — dit Canette.

Le champ de foire était désert. Nous nous
assîmes sur un banc de bois, et pendant un grand
quart d'heure nous restâmes, l'un à côté de l'autre, sans nous dire un mot. Je tenais toujours sa
main dans la mienne et lui me regardait tristement.

— Je vous aime bien, monsieur Canette, tout
de même — lui dis-je.

Il m'embrassa doucement au front, et ce baiser me sembla frais comme la rosée qui tombait;

12.

il me sembla que ce baiser me guérissait de l'autre, qui m'avait brûlée comme un fer chaud.

Il me demanda quel hasard m'avait amenée en telle compagnie, et quand j'eus achevé le récit de cette journée qui avait failli si tristement finir, il me donna toute sorte de bons conseils. Il m'expliqua longuement que la vie était amère et rude et qu'il fallait savoir souffrir. Le ton paternel avec lequel il me parlait contrastait avec ses allures habituelles, et, si un moraliste eût passé, il n'eût rien compris à ce don César de Bazan qui, sur un champ de foire, prêchait une bohémienne. Les brouillards du matin étaient froids, je toussais un peu, il me couvrit de son manteau de don César.

— Vois-tu, petite — me dit-il — on a le droit, jusqu'à un certain point, de gaspiller sa propre vie, il ne faut pas gaspiller celle des autres. A nous deux, qu'est-ce que nous ferions ? Nous unirions la faim et la soif. Continue ton chemin, peut-être deviendra-t-il plus souriant ; je continuerai le mien, et je sais bien où il me mène. As-tu envie de dormir ? Je te chercherai un gîte.

— Et vous ?

— Oh ! moi, ça me connaît les nuits blanches. Je ne suis dispos le matin que quand je n'ai pas dormi la nuit.

— Restons-là — dis-je — et nous écoutâmes, silencieux, les confuses rumeurs qui précèdent le lever du jour.

C'était si beau pour moi, cette campagne,

bien qu'elle fût déshonorée et souillée par cette foire !

Canette causa longuement, comme il causait toujours, en accompagnant ses paroles de son bon rire. Puis, il me ramena à la baraque.

Au moment où je le quittais, je lui sautai naïvement au cou, et nous restâmes embrassés quelque temps dans une étreinte fraternelle.

— Tu sais — me dit Canette — en me montrant une tente où fumait déjà la soupe à l'oignon, ton couvert est mis là ; je n'ai pas le sou, mais mon crédit sur cette place est sans limites. Quant à Giacomo, je n'ai pas besoin de te dire de ne point t'en occuper, il est aussi lâche que méchant ; d'ailleurs, je ne le perdrai pas de vue...

—

. . . .

De toute part, fifres, cymbales et tambours battent le rappel des promeneurs. Des représentations de jour vont avoir lieu sur toute la ligne des saltimbanques.

Les frères Breudoulbedour ont été les premiers sur le pont de leur baraque. Ils ont des voix de stentor et le bourgeois catarrheux s'arrête, rien que pour admirer la force de leurs poumons.

Autour des directeurs en maillots, se pressent les artistes qu'électrise un éloge pompeux qu'on fait de leurs talents. Canette, en don César de Bazan, est à quelques pas de moi, dissimulé par un portant de l'escalier, qui conduit sous la tente. Du côté opposé, sont les musiciens avec leur chef Giacomo. Chaque tirade à effet de l'aîné Breudoulbedour est soulignée par une salve à l'orchestre. L'enthousiasme du directeur, qui s'agite comme un possédé et fait ronfler sa voix comme une bombarde, en appuyant fortement sur certaines consonnances, se communique insensiblement au public, et une oscillation des têtes, parmi les curieux, nous apprend bientôt que notre cause est gagnée.

—Entrrrez, entrrrez, mesdames et messieurs...
—va s'écrier Breudoulbedour, quand tout à coup un grand cri se fait entendre, par devers les restaurants, en face de nous. En même temps, une grosse boule de chair, que je ne distingue pas très-bien, s'abat sur la galerie de badauds comme une trombe, la coupe en deux, dans une marche en droite ligne, qui ressemble à la trouée d'un obus, et presque aussitôt madame Chiffonneau, madame Chiffonneau! se dresse, menaçante, à côté du directeur.

Elle ne peut prononcer, d'abord, aucune parole. Mais ses regards furibonds vont de Gaudichard à Giacomo, et de Giacomo à moi.

La foule, qui croit assister à une scène préparée à l'avance, rit à se tordre et applaudit à outrance. Jamais les Breudoulbedour n'ont soulevé pareille tempête d'enthousiasme. Loin de troubler madame Chiffonneau, les applaudissements et les clameurs ne font qu'exaspérer son indigna-

...tion. Le poing sur la hanche, elle donne enfin un libre cours aux invectives les moins académiques.

— Misérables ! — s'écrie-t-elle — suppôts du diable, croyez-vous que j'aie élevé, nourri, habillé, logé cette enfant, pour me la laisser voler ainsi ?... Pâlotte, une bateleuse, une danseuse de corde... plus souvent... Ah ! mais...

La marchande à la toilette n'achève pas, mais, brandissant son parapluie, elle passe sur le front de la troupe ahurie et vient se camper fièrement devant Giacomo, qui s'est fait une arme d'une clarinette démesurément longue.

Maître Breudoulbedour, qui redoute les conséquences d'un scandale, intervient alors vivement et menace de précipiter madame Chiffonneau au bas des planches.

— Que nous veut cette folle ?... — exclame-t-il de sa grosse voix, pendant que le délire joyeux du public redouble.

— Moi une folle ! — hurle madame Chiffonneau — attends un peu...

Le parapluie de cotonnade décrit alors une courbe plus rapide que l'éclair et s'abat sur la tête de Breudoulbedour. La perruque est enlevée du coup : à la place, on aperçoit un front chauve que sillonnent de larges rides, creusées par le temps et l'intempérie des saisons.

Poursuivant l'œuvre de sa vengeance, madame Chiffonneau se met à cogner à droite et à gauche, jusqu'à ce que, se sentant saisie par une main

robuste, elle se retourne et aperçoit Canette, en
don César de Bazan...

La marchande à la toilette est pétrifiée par
cette vue... elle laisse tomber son parapluie...

— Lui aussi ! — murmure-t-elle — avec mon
don César sur le dos !...

— Emmenez-la — dit tout bas, à Canette, le
directeur, qui craint l'intervention de la police.

Le peintre prend madame Chiffonneau par le
bras, me fait signe de les suivre et rentre dans
le théâtre, pendant que la parade reprend de
plus belle, avant que la foule ait compris
l'intérêt dramatique de la représentation à
laquelle elle a assisté gratuitement.

Une fois sous la tente, Canette sermonne un
peu madame Chiffonneau, qui a un nouvel
accès de colère.

— Ah ! c'est bien ici que je devais vous retrouver — vocifère-t-elle. — C'est bien dans la maison du diable qu'est la place de ceux qui ne
paient pas leurs costumes !

Canette redouble de prévenance et d'ama-
bilité, auprès de la marchande à la toilette.

— Allons, madame Chiffonneau, oubliez tout
cela — fait-il — et allez vous-en vite, car la représentation va commencer.

— Oui, oui, allons-nous-en — dit la marchande à la toilette, en me regardant d'un
air furieux — mais cela ne se passera pas ainsi...
Tiens, *feignante*, voilà ton manteau.

En ce moment, Pèro, qui a retrouvé les traces

le sa maîtresse, nous rejoint et me fait fête. Je
ui rends ses caresses, pendant que Canette
achève de calmer madame Chiffonneau.

Puis le peintre nous reconduit à l'issue de la
vente.

Là, il me prend dans ses bras robustes et
m'embrasse.

— Adieu, la Pâlotte — dit-il — j'aime encore
mieux te voir avec cette femme, quoiqu'elle ne
vaille pas grand'chose, que de te savoir en la
compagnie des gens que tu viens de quitter.

Madame Chiffonneau, domptée par le flegme
impassible du peintre, ne souffle mot.

— Prenez à droite — dit le peintre.

Nous nous enfonçons dans une grande allée
qui conduit à la station des omnibus.

.   .   .   .

Je laisse à deviner toutes les questions qui me
furent posées par madame Chiffonneau, durant
notre voyage. En arrivant à Paris, je demandai
à me coucher. Et comme je m'endormais déjà,
j'entendis la marchande à la toilette qui me
disait :

— As-tu remarqué comme il y avait des trous
dans mon don César de Bazan? Comment un
homme peut-il faire pour user comme cela !

———

J'avais suivi machinalement madame Chiffon-

neau, et je m'attendais à une scène terrible, une
fois de retour au logis.

La scène n'eut pas lieu, et, tout au contraire,
mon escapade sembla, par un singulier retour,
m'avoir mérité d'être mieux traitée, mieux nour-
rie, respectée davantage.

Ce n'est point que madame Chiffonneau eût
gardé le silence — un tel phénomène eût été invraisemblable — mais elle n'abordait jamais la
question, menaçante à mes yeux, de mon excur-
sion aux étranges pays où elle m'avait retrouvée,
que par allusion et sous forme d'apologue.

Elle aimait les proverbes à la façon de Sancho
Pança, ce jovial compagnon de ce pauvre Don
Quichotte de la Manche, dont j'avais lu les aventures en cachette, la nuit, chez Pauline Turlot,
en les entremêlant d'un volume de Walter Scott,
d'un roman incomplet de Paul de Kock ou d'un
chapitre déchiré des *Contes* d'Hoffmann. *Tel qui
cherche le Bien trouve le Mal*, était un de ses
axiomes favoris. *Souvent on va quérir bien loin ce
qu'on a sous la main*, répétait-elle aussi volontiers, en ajoutant parfois : *Dis-moi qui tu hantes,
je te dirai qui tu es ?*

Elle n'était point bête, cette femme, et sans
doute elle avait compris que je n'eusse point
supporté le moindre reproche violent, et que je
m'y fusse immédiatement soustraite par la fuite
je ne sais où, au hasard, devant moi. Tout au
contraire, je lui sus gré de sa douceur relative,
et je lui prêtai toute mon attention quand, un

beau jour, elle me montra un siége et me dit :

— Mets-toi là ! J'ai à te parler sérieusement.

— Je vous écoute.

— Tu deviens grande fille, il faut prendre un parti. Veux-tu entrer au théâtre ?

— Oui.

Madame Chiffonneau s'attendait sans doute à cette réponse, car immédiatement elle commença un interminable discours. Je l'écoutai d'abord avec l'ennui que vous inspire une semonce; puis, après, avec tout l'intérêt qu'on donne à un roman. Je raccommodais pendant qu'elle parlait, et bientôt le morceau d'étoffe me tomba des mains.

Elle avait tout vu, cette diablesse de femme. Elle savait tout. Elle racontait de fabuleuses histoires de cantatrices et de danseuses qui avaient épousé des banquiers, des comtes, des ducs, des princes souverains. Celle-ci était presque reine; celle-là avait jeté quinze millions par ses fenêtres toujours ouvertes. Cette autre était morte de misère, après avoir remué l'or à pleines mains. Pourquoi? ah ! c'est ici qu'éclatait la moralité de ces récits, qui ne brillaient pas cependant par leur côté moral. Pourquoi? parce que celle-ci avait écouté et que celle-là n'avait pas écouté.

— Si tu m'écoutes — concluait madame Chiffonneau — tu peux prétendre à tout; si tu ne m'écoutes pas, tu es perdue. Me promets-tu de m'écouter ?

13

Et les enjôleurs, les blagueurs, les jeunes gens, comme elle les traitait !

— Toute fille généralement quelconque qui reçoit une orange, tu m'entends bien, une orange, sans en prévenir sa mère ou celle qui lui sert de mère, tu m'entends bien ? eh ! bien, cette fille-là est perdue.

La lampe baissait tandis que se déroulaient ces *racontars* qui, devant moi, produisaient l'effet d'une féerie inondant tout à coup de diamants, de pierres précieuses et de fleurs la triste chambre où nous travaillions. Je me levais pour remonter la lampe, selon mon habitude.

— Laisse faire ! — fit madame Chiffonneau — ces soins vulgaires me concernent désormais.

Elle m'ôta des mains l'ouvrage que j'étais en train de terminer.

— Cela ne te regarde plus. Ce qui te regarde, c'est d'être belle, de t'occuper un peu de ton théâtre, et surtout d'être obéissante. Va te coucher. Nous nous mettrons demain en campagne.

Elle m'embrassa plus tendrement que de coutume, et je l'embrassai à mon tour.

Cet embrassement glacial n'avait rien de la chaleureuse tendresse que je rêvais dans les baisers de cette mère que je n'ai jamais connue et qui apparaissait dans mes songes seulement, comme un être idéal fait de grâce et de bonté ; n'importe ! ce baiser-là fut donné de bon cœur. Si ce n'était pas une preuve d'affection, c'était le sceau d'un acte d'association. Pour être si

douce envers moi, madame Chiffonneau devait
avoir quelque raison.

. . . .

Je fus longtemps à m'endormir. Les histoires
invraisemblables et véritables cependant de madame Chiffonneau me trottaient par la tête.
J'entendais déjà une salle entière battre des
mains et trépigner d'enthousiasme. Je me voyais
monter dans une voiture, dont un valet de pied
tenait la portière. J'étais comtesse, duchesse,
moi aussi, et les parfums des bouquets futurs me
montaient déjà à la tête...

Madame Chiffonneau semblait également en
proie à l'insomnie. Je l'entendais aller et venir
dans ma chambre. La lampe continuait à rester
allumée.

Puis, elle prit dans un tiroir un jeu de cartes,
le coupa, étala les cartes sur la table. Ceci, elle
ne le faisait que dans les grandes occasions...

La lampe s'éteignit et je m'endormis d'un
sommeil pénible que troublaient les applaudissements.

Le lendemain, madame Chiffonneau me vêtit
avec plus de soin que d'habitude. Au déjeuner,
elle me versa un bon verre de vin et me fit
prendre une tasse de café, qu'elle examina d'un
œil inquiet.

— Voilà bien l'étoile, mais elle est terrible-
ment obscurcie. Que d'orages ! C'est bien ce que
j'avais vu hier ! Un traître ! le soir ! Est-ce que
tu connais un jeune homme brun ?

— Un jeune homme brun ? non !

— Je ne sais pas si c'est pour toi ou pour moi !.. Il faudra que je cause avec mademoiselle Ida. En tous cas, le roi de trèfle, est bon : protection d'homme riche... Après tout, ces cartes sont des menteuses. Es-tu prête ? En route !

Fanny Bambin, chez laquelle madame Chiffonneau me conduisait, occupait, rue de Rome, un fort bel appartement.

En entrant, je fus frappée de la magnificence de l'ameublement, de mille riens charmants qui encombraient les étagères, de ces beaux rideaux de soie qui laissaient pénétrer une lumière douce sur les canapés cerise et or, sur les poufs moelleux qui garnissaient le salon. Dans la salle à manger, tapissée de vieux cuir, des meubles de chêne se détachaient sévères. Un cigare, qui traînait sur une console, un je ne sais quoi qui sentait le désordre au milieu de cette opulence, quelque chose de trop voyant et de trop brillant dans ce salon, choquaient instinctivement mon bon goût. L'ensemble n'en était pas moins éblouissant.

— Tu vois — me disait madame Chiffonneau — celle-là m'a écoutée.

Après avoir attendu quelques instants dans la salle à manger d'abord, dans le salon ensuite, nous fûmes introduites dans un petit boudoir, où deux femmes fumaient des cigarettes.

L'une de ces femmes était Fanny Bambin,

embellie et, en même temps, fatiguée. Dans l'autre femme je reconnus, à ma grande surprise, Claire, l'ancienne caméristre de Pauline Turlot.

Ainsi qu'il arrive en ce monde-là, Claire, de servante, était devenue maîtresse... maîtresse de quelque riche blasé. Celui-là s'était donné le plaisir de se mépriser un peu plus lui-même en méprisant un peu plus les autres, et en donnant pour égale à la cocotte, qui l'avait trompé, la domestique qui lui avait prouvé qu'on le trompait.

Dès qu'elle m'aperçut, Fanny Bambin, après avoir dit bonjour à madame Chiffonneau, m'attira vers elle et m'embrassa sur les deux joues.

—Comme te voilà grande et jolie—me dit-elle — *Pâlotte!* Tu vois que j'ai retenu ton nom, que tu ne mérites plus qu'à moitié ; car, parole d'honneur, tu as très-bonne mine.

— Les soins d'une mère... — soupira madame Chiffonneau.

Claire m'embrassa à son tour, mais avec une mauvaise humeur mal dissimulée.

— Effectivement — dit-elle — tu es toute changée, et changée à ton avantage ; on ne se douterait pas qu'on t'a ramassée dans la rue. Et ton oncle, ce monsieur *si comme il faut*, qui venait chaque premier toucher son mois ?

Ces questions aigres-douces, dont la perfidie ne m'échappait pas, m'avaient fait rougir jus-

qu'aux oreilles, et je sentais les larmes me venir
aux yeux.

— Tu sais, ma petite Claire — siffla madame
Chiffonneau — je ne te demande pas l'heure
qu'il est. Tu es une insolente fieffée, et si j'avais
su te rencontrer ici, je ne me serais pas dérangée. Du reste, je n'ai pas l'intention d'y moisir;
viens, mon enfant...

Fanny Bambin, que cette scène contrariait
visiblement, retint vivement madame Chiffonneau.

— Allons! voyons! mère Chiffonneau. Qu'est-
ce qui vous prend?

— Non! tu sais, ma petite, je ne m'impose pas,
moi... Je rends service volontiers, j'ai le cœur
sur la main, mais, elle n'est pas venue au monde,
celle qui *esbrouffera* la mère Chiffonneau...

— Quelle mouche vous pique donc? Pour-
quoi faire attention aux propos de cette fille?
Elle ne mesure pas la portée de ses paroles...
Allons! que ce soit fini, posez votre sac...

Fanny ôta elle-même à madame Chiffonneau
le sac de cuir qui faisait en quelque sorte partie
de sa personne et qu'elle emportait partout.

Claire, devant l'attitude prise par Fanny
Bambin, était devenue tout à coup aussi muette
qu'un poisson.

Madame Chiffonneau, restée maîtresse du
terrain, en profita pour affirmer longuement ce
qu'elle appelait son *quant à soi*.

Et c'était pour moi un spectacle bizarre que

cette actrice si adulée, qui avait un talent réel, disait-on, et qui subissait patiemment les paroles amères et les récriminations peu mesurées de cette vieille femme couverte d'un tartan déteint et rayant le tapis de ses énormes bottines qui ressemblaient à des bottes d'homme...

Claire, pendant ce flux de paroles aimables, avait disparu, sur un geste de Fanny, avec le sourd grognement du chien qu'on envoie à la niche.

— Est-ce fini, mère Chiffonneau? — demanda enfin Fanny Bambin.

— Parbleu! oui! avec une personne intelligente comme toi, nous nous entendrons toujours, mais ce qui me passe, c'est qu'une femme aussi accomplie ait pour compagne inséparable une *grue* telle que cette Claire.

— Que voulez-vous? elle est si bête! cela me repose... Allons, puisque c'est fini, dites-moi un peu quel bon vent vous amène.

—Voilà l'affaire—fit madame Chiffonneau, en quittant soudain les notes criardes, pour prendre les notes pleurardes — tu sais que j'ai servi de mère à cette petite?

— Parfaitement!

— L'heure sonne pour elle de choisir une carrière et j'ai pensé au théâtre. J'ai compté sur toi pour aplanir les difficultés du début. C'est un vrai service que je te demande, il faut absolument que tu me le rendes... et tu sais que nous

sommes gens de revue... *Sufficit!* A bon enten-
deur, salut !

— Je ferai tout ce qu'il faudra faire. A quel
théâtre destinez-vous ce petit trésor ? Voulez-
vous la faire entrer au Conservatoire ? A-t-elle
de la voix ?

— Non ! Et puis, vois-tu, tout cela c'est trop
long. Au Conservatoire? j'y ai pensé... Est-ce
qu'il n'y a pas moyen d'entrer à l'Opéra? Cela
vous a un *chic*, l'Opéra !

— A l'Opéra? pour quoi faire ?

— Comme figurante...

— Ecoutez ! vous avez de la *veine*. Je connais
justement M. Zéphyrin, le régisseur de la danse.
Il est mon voisin. Il monte parfois fumer
un cigare ici. Je vais le faire prévenir, il verra
Pâlotte, et tout ce qui est humainement possible
sera fait...

— Tu es un ange, ma chère Fanny. Quand
veux-tu que nous revenions?..

— Vous êtes obligée de sortir...

— Oui ! je vais faire ma petite tournée dans le
quartier...

— Eh bien ! laissez-nous la petite pour la journée, vous la reprendrez.

— C'est entendu.

Madame Chiffonneau allait se retirer, quand
un coup de sonnette retentit.

— Mademoiselle Ida — annonça la cameriste.

Mademoiselle Ida, la nouvelle venue, était une
toute petite et toute frêle personne, bien singu

lière et bien étrange. Elle était bossue, ses yeux
bleus n'étaient point parfaitement d'accord et
l'ensemble de son être exprimait cependant
quelque chose de sympathique et de profondément mélancolique en même temps. Elle était
habillée comme une jeune fille de quinze ans,
quoiqu'elle eût bien trente-cinq ans sonnés et,
été comme hiver, portait un chapeau rond d'où
sortaient en masses énormes les cheveux, qu'elle
avait magnifiques. C'était la maîtresse de piano
de Fanny Bambin.

— Si tu veux savoir ce que c'est qu'une jolie
voix — me dit Fanny Bambin — tu n'as qu'à
écouter tout à l'heure...

Et effectivement, sans se faire prier, souriant
toujours d'un sourire un peu triste, mademoiselle Ida se mit au piano.

— Qu'est-ce que vous voulez que je vous
chante ?

— N'importe quoi ! Avec toi c'est toujours ravissant — répondit Fanny Bambin.

Elle préluda quelques instants, puis attaqua
une des mélodies de Gounod. Sa voix, d'une fraîcheur incroyable et d'un timbre délicieux, résonnait comme un mélange de cristal et d'or. On
était sous le charme quand on l'écoutait, on oubliait qu'elle était laide, presque difforme, et on
se sentait transporté avec elle aux pays des
anges, dans la région des célestes concerts. Elle
joua ensuite un *andante* de Bach et la romance
de *Préciosa*, de Weber. Sous ses doigts de fée le

piano semblait chanter lui aussi. Les larmes venaient à tous les yeux.

Madame Chiffonneau n'avait point bougé de
sa place, et Claire, en entendant le piano, s'était
glissée doucement à l'entrée du boudoir et écoutait, appuyée sur la porte...

— Voilà ! — fit mademoiselle Ida, quand elle
eut fini, en faisant tourner le tabouret.

Madame Chiffonneau fut la première à la fé-
liciter, et je remarquai que la marchande à la
toilette lui parlait avec une sorte de déférence
qu'elle n'avait pour personne.

— Vous savez — lui dit-elle — j'ai tout un
tas de vieille musique qui vous attend.

— Vous êtes mille fois trop aimable, je pas-
serai un jour que je serai en fonds.

— Est-ce que vous avez besoin de cela avec
moi ? — reprit madame Chiffonneau, presque
fâchée. — Ce n'est même pas gentil ce que vous
me dites... Je vous l'apporterai moi-même *cette*
musique... J'avais presque envie d'aller causer
avec vous, et il était écrit que je vous rencon-
trerais.

— Est-ce que vous avez quelque chose qui
vous inquiète ?..

— Oh oui! c'est pour cette enfant... J'ai es-
sayé hier soir ; malheureusement, je n'ai pas
votre talent... Le roi de trèfle est sorti, mais le
valet de pique gâte tout. C'est trahison, n'est-ce
pas?

— Cela dépend.

— Allons, voyons, mère Chiffonneau, avoue
que tu brûles de consulter les cartes pour savoir
si tu réussiras dans l'entreprise dont tu m'as
parlé. Heureusement que cette bonne Ida est la
complaisance même...

Immédiatement, Fanny Bambin, qui venait de
parler, alla prendre un jeu de cartes dans un
tiroir, approcha un petit guéridon et mit un
fauteuil devant pour Ida.

— Est-ce important? — demanda Ida à madame Chiffonneau.

— Oh! très-important! très-grave.

— Alors, ma bonne Fanny, donne-moi un jeu
neuf.

Fanny Bambin apporta le jeu demandé.

— C'est de mademoiselle dont il est question?

— Parfaitement!

— Alors coupez, mademoiselle... de la main
gauche donc...

Tout le monde était attentif.

Madame Chiffonneau était penchée sur ce guéridon, comme si sa destinée devait s'écrire sur
ce tapis.

Claire était rentrée tout à fait et s'était assise
dans un coin, d'où elle ne perdait rien de la
scène.

Fanny Bambin avait allumé une cigarette et
l'avait laissé éteindre, prise, elle aussi, par ce
vertige qui nous attire tous vers la révélation
des secrets de l'avenir.

Mademoiselle Ida prenait chaque fois trois

cartes, en choisissait une ou deux sur ces trois, et parfois même gardait toutes les trois, et parfois n'en prenait aucune. Elle étalait les cartes choisies les unes après les autres.

Elle me fit couper trois fois.

A la troisième fois, sept piques sortirent.

Il y eut un cri de terreur dans l'assistance.

— Tiens, vous n'êtes pas sortie — dit-elle.

— Qu'est-ce qui la retient?

— Nous allons voir...

Ida me fit couper une quatrième fois.

— Choisissez trois cartes maintenant — me dit-elle.—Ce qui vous retient? c'est un amoureux, un pas grand'chose, du reste, le valet de cœur; il est avec le neuf de pique... Il sera cause pour vous de bien des chagrins.

Madame Chiffonneau était haletante.

Mademoiselle Ida mit les trois dernières cartes à la suite des cartes déjà sorties et commença d'abord à compter mentalement. Puis, ensuite, elle expliqua le jeu tout haut.

— Une — deux — trois — quatre — cinq — six — sept. — Un retard. — Une — deux — trois quatre — cinq — six — sept. — Un homme riche, très-considéré...

— C'est mon roi de trèfle — interrompit madame Chiffonneau.

— Une — deux — trois — quatre — cinq — six — sept. — Proposition pour de l'argent. — Une — deux — trois — quatre — cinq — six — sept.—Invitation, partie de plaisir. Une — deux

— trois — quatre — cinq — six — sept. — Les sept piques. — Une mort. — On dirait que c'est pour le valet de cœur. — Une — deux — trois — quatre — cinq — six — sept. — Une dame âgée qui a de l'ennui...

— C'est moi, n'est-ce pas ? — demanda madame Chiffonneau.

— Dame oui ! Je vous prends habituellement pour la dame de carreau...

— Faites le Passé, le Présent et l'Avenir... — dit-on à mademoiselle Ida.

— Non, je vais faire la *réussite* de Marie-Antoinette.

Elle étala toutes les cartes déjà sorties en une sorte de carré, me fit couper encore une fois et retira les cartes dans un certain ordre, les unes après les autres. Quand il n'en resta plus que trois, elle les regarda attentivement.

— C'est la même chose — fit-elle — de l'ennui, une mort et de l'argent après...

— Elles ne sont pas bonnes — dit Claire.

— Ni bonnes, ni mauvaises — reprit Ida — d'ailleurs, le jeudi est un mauvais jour...

—Ah ! ce sont des menteuses! — exclama Fanny Bambin.

— Ne dis pas cela — interrompit Claire — ne dis pas cela. Tu sais bien que quand on les insulte, elles ne vous annoncent plus rien après.

— Elles m'ont bien souvent dit vrai — ajouta tristement madame Chiffonneau.

— Il est positif — affirma Claire — que les sept

14

piques ne trompent jamais. Enfin ! Fanny, tu te rappelles Gaston ; il était là, il avait dîné avec nous : on parle de faire les cartes, il se met à blaguer, il coupe en riant. Il tire les sept piques ! Trois jours après, il était tué en duel. Son adversaire n'avait jamais tenu une épée de sa vie et lui était d'une force à s'établir professeur.

Fanny Bambin, pour dissiper un peu l'impression produite par les sept piques, fit apporter du madère.

Madame Chiffonneau, qui paraissait la plus frappée, en prit trois grands verres et, cette fois, s'en alla à sa tournée.

. — Ainsi, je te laisse Pâlotte.

— Oui, mère Chiffonneau — répondit Fanny Bambin— ne vous donnez pas la peine de venir la prendre ; je vous la ramènerai ce soir ou je la ferai reconduire par la bonne.

— Allons, c'est convenu ! Je compte bien sur toi. Recommande chaudement ma fille adoptive.

— Nous ne travaillerons pas aujourd'hui — dit Fanny Bambin à Ida, quand la mère Chiffonneau fut partie.

Ida s'en alla, à son tour, fort joyeuse. Elle avait gagné son cachet et avait remplacé la leçon de piano par une séance de cartomancie. Elle m'embrassa de bon cœur, quand elle partit.

— Tu ne m'en veux pas ? —me murmura-t-elle à l'oreille — Tout cela, c'est de la plaisanterie. La plus belle carte, tu l'as : c'est la beauté. Ah ! si j'avais été jolie comme toi !...

Quand elle s'éloigna, je la suivis d'un sympathique regard. Elle était intéressante, cette pauvre fille qui, laide, passait sa vie parmi les plus belles, artiste jusqu'au bout des ongles, était condamnée au contact des plus ignorantes et des plus sottes. Elle n'avait pu vivre jadis des leçons qu'elle donnait, elle vivait très-bien maintenant des leçons qu'elle ne donnait pas. Celle-ci était en compagnie, celle-là avait mal aux nerfs, cette troisième s'était couchée à six heures du matin. Le jeton de présence comptait tout de même, chez ces femmes qui ne comptaient pas.

—

Pendant la demi-journée que je passai chez Fanny Bambin, j'eus le loisir d'étudier ce monde étrange dont j'avais aperçu quelques types passer chez madame Chiffonneau, mais que je n'avais jamais approché dans l'abandon de la vie intime.

Repliée en moi-même, j'observais plus qu'on ne croyait, et comme tous les êtres qui ne sont pas heureux, j'avais acquis une réelle facilité pour comprendre en quelques instants. Ma faculté d'observation était, cette fois, surexcitée par les discours que madame Chiffonneau m'avait tenus la veille. Je voyais bien le luxe, l'appareil extérieur du bonheur, mais le bonheur ! je ne le voyais point...

Fanny Bambin n'était point heureuse, en effet, du moins à ce qu'il me parut. Comme l'avait dit madame Chiffonneau, elle avait *écouté* et s'était fait une sorte de personnalité artificielle qui contrastait avec sa véritable nature. Tendre, rêveuse, un peu indolente, elle avait conquis la réputation d'être implacable, bruyante, violente, et les gens qui ne l'eussent point aimée, pour ses qualités, l'aimaient follement pour ses défauts.

Elle avait vraiment ce qu'il faut pour exciter cet amour qui va jusqu'à la folie. Languissante et assoupie pendant le jour, elle s'animait tout à coup à la clarté du gaz et des bougies. Sa peau, un peu laiteuse, prenait à ces heures-là l'éclat du satin, son visage s'illuminait comme si un rayonnement intérieur le rendait tout à coup transparent. C'était alors un être de lumière, de mouvement et d'entraînement. Les magnétiques étincelles qui jaillissaient de ses yeux faisaient pâlir les feux des diamants qui la couvraient. Elles entouraient tous ceux qu'elles regardaient de chaudes effluves de vitalité et de jeunesse. En réalité, elle ne regardait personne; elle dormait tout de bout; seulement, au lieu de dormir dans l'obscurité et dans le silence, elle aimait à dormir dans la lumière et dans le bruit; n'importe, ceux qui croyaient qu'elle les avait regardés étaient prêts à se ruiner pour elle.

Fanny Bambin avait dit un mot très-vrai à madame Chiffonneau, à propos de Claire : « Elle est si bête, elle me repose ! »

Fatiguée par les gens d'esprit que son talent attirait autour d'elle, elle éprouvait le besoin de trouver à ses côtés une imbécile, qui ne la forçât point à faire effort pour répondre quelque chose à ce qu'elle disait.

Claire présentait avec Fanny Bambin un contraste saisissant.

Sous le harnais de velours et de soie de la cocotte, elle était restée servante. Ses yeux enfoncés, son front bas lui donnaient par instants l'aspect d'une bête fauve. Sa voix rauque semblait incapable de prononcer une parole d'amour. Elle était admirablement bâtie, par exemple; son teint, que nul souci n'avait jamais obscurci, avait gardé une fraîcheur incroyable.

Elle s'était identifiée avec Fanny Bambin. Elle disait : « Nous répétons, nous avons été rappelées hier, nous jouons ce soir. »

Fanny Bambin eût dit à Claire de s'aller jeter à l'eau, que Claire y fût allée sans demander d'explication.

Claire n'avait d'intelligence que pour défendre les intérêts de Fanny Bambin. Comme un chien dévoué, elle aboyait au moindre péril, et le péril, pour elle, c'était l'Amour qui demandait sans donner, la Misère qui suppliait, la Camaraderie qui intercédait pour quelque pauvre artiste malheureuse.

Encore une fois, j'eus le loisir de me rendre compte de cette existence bizarre, car M. Zéphyrin se fit attendre, et, après quelques questions pleines de bienveillance de Fanny Bambin, la conversation tomba assez vite.

Enfin, on annonça M. Zéphyrin.

14.

Je vis entrer le personnage le plus surprenant que j'eusse rencontré de ma vie. J'avais lu, je l'ai dit, quelques contes d'Hoffmann : M. Zéphyrin était tout le portrait d'un des musiciens fantastiques d'Hoffmann ; il me semblait l'avoir vu déjà dans *le Violon de Crémorne*.

Propre, luisant, automatique, ainsi apparaissait M. Zéphyrin. Il remuait en cadence la tête, les bras et les jambes. Jamais je n'ai vu un homme aussi usé, non pas usé dans le sens de cette décomposition produite par la débauche, mais usé en ce sens que tous ses membres semblaient avoir prodigieusement servi. Effectivement, il avait dansé pendant trente-cinq ans, et l'exercice de cette profession avait peut-être contribué à couvrir sa figure et ses mains de cette sorte de parchemin qui remplaçait complétement la peau et sous lequel nul sang ne semblait couler.

Sa conversation était intéressante d'ailleurs, seulement il ramenait tout à l'Art qu'il avait exercé et qu'il professait maintenant comme régisseur de la danse. Si on lui parlait d'une campagne, il citait immédiatement le décor de telle ou telle pièce ; les grandes dates de l'histoire ne revenaient à sa mémoire que lorsqu'ils les rapprochait de la première représentation d'un ballet célèbre ou du spectacle qui était sur l'affiche à cette époque.

Fanny Bambin, qui connaissait sans doute son bonhomme, le laissa parler quelque temps ; elle lui expliqua ensuite le service qu'elle attendait de son inépuisable obligeance et me présenta à lui.

M. Zéphyrin me regarda quelque temps avec des yeux très-vifs, qui, étincelant dans ce visage fané et blanchâtre, produisaient un peu l'effet de deux lanternes dans un vieux mur.

— Très-bien! très-bien! — dit-il en nuançant ces *très-bien*. — Le haut de la figure de Fanny Elssler, les cheveux de la Cerritto, le sourire de la Rosati... Ce que vous me demandez là n'est pas facile... non, n'est pas facile.

— Ma foi — reprit Fanny Bambin — j'avais pensé à en parler au duc, mais comme justement vous m'aviez priée vous-même de lui parler pour ce que vous savez...

— Réservez-vous! réservez-vous! mon enfant, je vous en prie. Dire qu'une chose n'est point facile, ce n'est point dire qu'elle soit impossible. Le pas des Cachemyres, n'était point facile et cependant il a été dansé... La bataille de Marengo non plus n'était pas facile à gagner.

— C'est que la mère de cette enfant est un peu pressée...

— Eh bien! mademoiselle, veuillez vous présenter demain, vers deux heures, à l'Opéra, avec ma-dâ-me vo-tre mè-re. Vous demanderez le régisseur de la danse. L'affaire sera dans le sac... Je vais me mettre en campagne immédiatement. C'était du reste la grande force de Napoléon de ne jamais laisser écouler une minute entre la conception et l'exécution.

— Encore une fois vous êtes inépuisable de complaisance, M. Zéphyrin — dit Fanny Bambin.

— On fait ce qu'on peut — répondit M. Zéphyrin, en prenant congé et jetant un coup d'œil en arrière pour mesurer l'espace, avant de décrire trois merveilleuses révérences : une pour Fanny Bambin, une pour Claire et une pour moi.

— Vous ne m'oublierez pas auprès du duc — recommanda-t-il sur le seuil de la porte.

— Oh! soyez tranquille — répondit Fanny Bambin.

— Ce cher duc! il doit être bien vieux... Était-il enthousiaste le soir du pas des Cachemyres !... il était alors avec la petite... comment donc ?... la petite Julia, parbleu ! de la méthode, mais pas de *ballon*... Vous lui direz, à ce cher duc, que c'est une prérogative légitime que je revendique, que c'est mon droit, enfin... mon droit que je défends. Ah ! des gens comme lui doivent soutenir les prérogatives des autres, car ils savent ce qu'il leur en a coûté d'abandonner les leurs, en 89... Vestris avait prévu tout ce qui est rarivé ; il disait à mon père... Je vous raconterai cela un autre jour... — Et, profitant comme un maître incomparable, d'un espace imperceptible laissé entre la porte et lui, il parvint à décrire trois révérences bien supérieures aux premières et qui donnaient l'impression d'une longue marche à reculons, exécutée sur place.

— Te voilà artiste comme moi, ma petite camarade — me dit Fanny Bambin avec un son de voix très-doux et comme si elle eût pressenti toutes les tristesses qui m'attendaient.

J'avais envie de me précipiter à son cou, de m'épancher sur son sein, de lui demander conseil. Elle semblait, elle aussi, avoir envie de me dire quelque chose. Que voulez-vous? la vie se passe à dire la parole qui ne doit pas être dite et à étouffer celle qui devrait être dite.

Claire était là, d'ailleurs, avec sa mauvaise figure, ne perdant pas Fanny Bambin de vue une minute.

— *Nous jouons* ce soir? — demanda-t-elle.

— Oui — répondit Fanny Bambin.

— La bonne va vous reconduire, mademoiselle — fit Claire.

Fanny Bambin me donna des fleurs qu'elle cueillit elle-même dans une jardinière et m'embrassa tendrement.

— J'espère que tu reviendras me voir — me recommanda Fanny Bambin.

— Adieu, mademoiselle — grommela sèchement Claire.

— Adieu! madame.

Une heure après, j'étais de retour chez madame Chiffonneau, à laquelle j'annonçai mon entrevue avec M. Zéphyrin et le rendez-vous qu'il nous avait donné à toutes deux, pour le lendemain.

A l'heure dite, le lendemain, madame Chiffonneau et moi entrions, par la rue Drouot, dans
la cour de l'administration de l'Opéra.

Nous n'eûmes pas à attendre. Dans un groupe
d'employés ou d'artistes, au fond de la cour, était
M. Zéphyrin, qui feignit d'abord ne pas me reconnaître...

Et comme madame Chiffonneau, sur mon in-
dication, allait droit à lui, il se détacha du groupe
et fit quelques pas au-devant de nous.

— Monsieur Zéphyrin? — demanda madame
Chiffonneau, avec son plus gracieux sourire, au
régisseur.

— Donnez-vous la peine de me suivre, mesdames — dit ce dernier, d'un air un peu maus-
sade, après nous avoir adressé un léger salut.

En même temps, il prit par une porte du fond
et nous conduisit à son bureau, un méchant réduit, avec une table, un divan et deux chaises
pour tout mobilier.

Après nous avoir fait signe de nous asseoir,
M. Zéphyrin tira de sa poche une blague, roula
une cigarette qu'il alluma, puis m'examinant
de la tête aux pieds, comme un capitaine de re-
crutement examine l'homme qu'il va enrôler...

— Ainsi donc, mademoiselle — dit-il — vous
êtes bien décidée à entrer à l'Opéra?...

— Monsieur Zéphyrin — répondit pour moi
madame Chiffonneau — c'est son vœu le plus
cher. Depuis que Fanny Bambin, mon amie, l'a
recommandée à vous, cette enfant ne se possède

plus de joie. Enfin, pourvu que tout cela n'aille pas tourner mal...

— Madame Fanny Bambin est une charmante femme à laquelle je tiens essentiellement à être agréable. Bien que cela soit très-difficile, je compte caser mademoiselle. Seulement, mes attributions et mon crédit ne vont pas plus loin que le ballet. Pour figurer dans ce dernier, il faudra prendre quelques leçons auprès d'un de nos maîtres de danse; après cela, je verrai avec le directeur pour l'engagement.

— Oh! monsieur, que de bonté!... Voyez-vous, Pâlotte est un trésor pour moi... et je suis si reconnaissante aux personnes qui s'y intéressent!... Que voulez-vous!... elle a la vocation du théâtre. Il y a bien des écueils à craindre, je le sais, bien des dangers... mais je ne puis la contrarier dans ses goûts. Ne serai-je, d'ailleurs, pas là pour l'encourager à se bien tenir, lui donner des conseils, la surveiller, au besoin?

— Mon Dieu, madame, les dangers pour une jolie fille sont un peu partout les mêmes. Il est vrai que la beauté est mise en évidence, à l'Opéra; mais la beauté en évidence n'est pas toujours la plus exposée. Au reste, ainsi que vous venez de le dire, vous serez là pour aider mademoiselle de vos conseils, lui prêter l'appui de votre expérience.

En parlant ainsi, le régisseur de la danse enveloppait la marchande à la toilette d'un regard

qui voulait clairement dire : « On ne s'expose
pas davantage ici que chez vous. »

Madame Chiffonneau ne prit pas garde au sourire impertinent qui accompagna le regard de
M. Zéphyrin. Pour elle, la grande question était
d'avoir ses entrées à l'Académie de musique, de
pouvoir y nouer de bonnes relations commer-
ciales ou autres, en un mot d'y faire des affaires.
Aussi, est-ce sur un ton résolu et mûrement dé-
libéré qu'elle dit au régisseur :

— Monsieur, nous sommes entièrement à votre
disposition. Nous commencerons pas plus tard
que demain, s'il le faut, à prendre des leçons.

— Le plus tôt ne sera que le mieux, chère madame... Je vais voir si le maître de danse est à sa
classe, afin de vous présenter à lui, dès aujour-
d'hui.

M. Zéphyrin sortit quelques instants et revint
nous apprendre que M. Grimard était absent,
mais qu'il ne tarderait pas à rentrer. Il fut décidé
que nous attendrions.

Pour paraître avoir de l'usage et faire preuve
de bon ton, la marchande à la toilette s'excusa
alors d'abuser d'un temps précieux, en retenant
le régisseur de la danse.

Ce dernier nous assura qu'il n'était pas pressé,
son service ne devant commencer que plus tard.

— Pensez-vous — demanda madame Chiffonneau à M. Zéphyrin — qu'il faille longtemps à
Pâlotte pour être en mesure de faire partie du
corps du ballet ?

— Un mois environ — répondit le régisseur — pourvu qu'elle *travaille bien*. Pour commencer, nous choisirons un ballet facile, celui de l'*Africaine*, par exemple.

— Et les leçons, nous coûteront-elles cher ?

— Soixante francs par mois, environ.

Madame Chiffonneau fit une grimace... Il lui semblait qu'une administration comme l'Opéra est tenue de fournir des maîtres de danse à qui veut prendre des leçons.

— Vous ne devez pas vous le dissimuler, mademoiselle — me dit M. Zéphyrin — c'est un art très-difficile que celui auquel vous vous destinez. Vous perdez à ne pas l'avoir étudié dès l'enfance. Plus jeune on commence, mieux on réussit. Je dois dire cependant que votre tempérament et votre constitution se prêtent à merveille aux exercices que vous allez entreprendre.

— Elle est un peu délicate — fit observer madame Chiffonneau — mais elle ne le cède à personne en souplesse. De plus...

— C'est bon, c'est bon, nous verrons ça — interrompit le régisseur, qui comprenait, en me voyant rougir, jusqu'où iraient peut-être les indiscrétions de la marchande à la toilette.

Presque aussitôt, comme pour me tirer d'embarras, il ajouta :

— Les aptitudes physiques sont indispensables ; encore faut-il une ferme volonté d'arriver. Tout n'est pas roses dans le métier ; l'apprentissage en est pénible. La légèreté des premiers

15

sujets ne s'acquiert qu'en redoublant d'énergie,
d'assiduité. Plusieurs mois ne suffisent pas toujours pour racheter le repos de quelques semaines. Les leçons sont extrêmement fatigantes...
Vous avez peut-être entendu parler de la Taglioni... Après deux heures d'études, elle tombait presque mourante sur le tapis de sa chambre... Le triomphe de la soirée était à ce prix.
De plus, il y a de véritables dangers à courir.
On ne s'assied pas toujours impunément sur des
nuages en carton ; on ne disparaît pas par les
trappes sans risquer de se cogner ; il arrive qu'on
se foule quelquefois le pied en sortant par les
fenêtres.

— Que nous dites-vous là ! — s'écria madame
Chiffonneau. — Pâlotte, ma chérie, si pareil
malheur allait t'arriver !...

— Rassurez-vous, madame ; vous n'en êtes
par encore là... En revanche — poursuivit M. Zéphyrin — l'Académie de musique, depuis qu'elle
existe rue Le Peletier ou ailleurs (on lui compte
plusieurs domiciles), a été la source de bien des
renommées, comme aussi de bien des fortunes.
Une longue série de noms sont inscrits en lettres
d'or sur le grand-livre de nos gloires artisti-
ques. Fut un temps même, c'était le bon temps
de la danse, où les grands seigneurs de la cour
ne dédaignaient pas d'épouser les danseuses.
Parmi celles qui ont eu cette chance, autrefois,
on vous citera mesdemoiselles Rolland, Grognet,
Grandpré, Liancourt, Chonchon, Mazarelli, Lo-

lotte et bien d'autres encore, sans oublier mademoiselle Rem, qui épousa, en secondes noces, le
mari de madame de Pompadour, M. Le Normant
d'Etioles. De là le quatrain suivant, qui fit grand
bruit :

> Pour réparer *miseriam*,
> Que Pompadour laisse à la France,
> Son mari, plein de conscience,
> Vient d'épouser REM *publicam*.

Les danseuses moins favorisées de l'état ci-
vil ne furent pas, elles non plus, malheureuses.
Louis XIV, décidément, avait bien fait d'insti-
tuer l'Académie de musique. Successivement, la
cour et la ville retentirent des noms restés célè-
bres des Lafontaine, des Desmatins, des Pré-
vost, des Camargo, des Sallé, des du Tillet, des
Mariette, des Lyonnais, des Le Duc, des Miré,
des Guimard... Le Régent eut des maîtresses
parmi elles; le reste s'accommoda des comtes
d'Artois, de Clermont, des marquis de Nesle, de
Louvois, des ducs de Lauzun, de Mazarin et autres grands seigneurs qui ne reculaient pas devant la ruine pour satisfaire leur caprice, en
même temps qu'ils auraient mis volontiers le
feu à la maison de la belle pour témoigner leur
jalousie. Et pourtant, la naissance de ces dames
était, comme de nos jours, le plus souvent très-
modeste. La Desmatins avait été laveuse de vaisselle à l'auberge du *Plat-d'Etain*, ce qui ne l'empêcha pas d'être cantatrice de talent, aussi bien

que danseuse. Malheureusement, elle aimait à
bien vivre, et quand elle prit du vinaigre, il était
déjà trop tard pour corriger l'embonpoint. C'est
elle, s'il faut en croire les chroniqueurs, qui se
fit ouvrir le ventre, « *puis extraire* neuf livres
de graisse, *dont elle fit un emploi culinaire.* » Ah!
la beauté, alors, n'y allait pas de main morte. Il
fallait plier quand même devant elle, et les ab-
bayes ainsi que les châteaux étaient souvent
mangés par les *rats*. Les dames de la cour en
crevaient de dépit; mais qu'y faire? Quant aux
petits gentilshommes, aux cadets qui n'avaient
pas le sac, eh bien! on leur permettait de se couper la gorge, et c'était tout. Ainsi périt, pour la
Miré, un pauvre diable, dont on dit :

La mi ré la mi la.

Et quelques entre-chats de ces dames se payaient
parfois 200,000 fr. On prenait les théâtres d'assaut; on offrait, le lendemain de certaines représentations, des carrosses en porcelaine traînés
par quatre chevaux, ce qui faisait dire aux amis
de madame de Valentinois, qui avait un semblable équipage :

> Belle Valentinois, laisse sous la remise
> Ce carrosse fragile avec raison vanté,
> La vertu d'opéra doit, en toute entreprise,
> L'emporter en fragilité.

Et la Le Duc, mesdames, vous n'avez pas entendu parler de la Le Duc?... En voilà une fa-

meuse, qui avait fait du chemin ! Sa fortune fut
si rapide, qu'une camarade jalouse disait à son
sujet : « Elle n'entend rien à son bonheur. Au
métier que nous faisons, il est bien plus agréable
de faire sa fortune sou à sou que tout d'un
coup. » La Guimard imita la Le Duc, et marcha
rondement dans le chemin de la faveur. Pourtant,
on la surnommait le *Squelette des grâces*, et So-
phie Arnould s'étonnait que ce *ver à soie* restât
si maigre, après avoir rongé les feuilles des bénéfices que le prince de Soubise lui avait servies.

Au récit de toutes ces splendeurs, madame
Chiffonneau n'avait pu se contenir. Elle s'était
levée et, le regard enflammé, elle se tenait en
face de M. Zéphyrin, épelant tour à tour, avec un
mouvement de lèvres comique, les différents
noms qu'elle entendait prononcer.

— Qu'est-ce que je te disais ! — répétait-elle de
temps en temps en se tournant vers moi.

— Quels beaux commencements elle eut, cette
Académie de musique ! — poursuivit le régisseur — et quel éclat fut le sien pendant plus d'un
siècle ! Les danseuses de l'Opéra avaient tout
Paris à leurs pieds. Elles faisaient la pluie et le
beau temps. On les retrouvait pêle-mêle avec les
plus illustres dames, dans ces bals masqués où
l'on vit, une nuit, un comte d'Artois arracher
le masque qui couvrait le visage d'une duchesse
de Bourbon; où la reine Marie-Antoinette, elle-
même, ne dédaigna pas de paraître déguisée en

15.

boulangère, pour rivaliser de beauté avec les
dames de la ville et de la cour!

— Dieu! que cela devait être joli! — exclama
madame Chiffonneau.

— Sans compter — ajouta M. Zéphyrin — que
les fêtes particulières se succédaient sans relâche
avec les marquis aux jabots de dentelle et les
fils de famille, gardes du corps ou capitaines,
tous amoureux, querelleurs, joueurs, buveurs et,
somme toute, les meilleurs garçons de la terre.
Le champagne coulait à flots parmi ces beaux
viveurs à talons rouges et ces belles dames dont
la peinture a reproduit le visage épanoui par
le rire, la fine taille bien cambrée, les pieds
mignons, chaussés si gentiment! Tudieu!
comme on vidait les verres à la prospérité
des danseuses de l'Opéra; comme on renversait
les tables pour soutenir le mérite de l'une d'entre
elles; comme on se battait galamment, la nuit,
sous un réverbère, rien que pour une fleur tombée du corsage, pour un bout de ruban pris à la
dérobée, pour un billet doux infidèle que trahis-
saient l'ambre et l'iris! Il n'y avait ni jour ni nuit
dans ce monde élégant, paré, qu'attendaient sans
cesse des nuées de laquais, de beaux carrosses
aux chevaux piaffant et de somptueuses retraites,
nids d'amour capitonnés, au fond desquelles le
dîner était toujours prêt, et le bon vin toujours
tiré!...

— Ah! quel bon temps c'était! — s'écria madame Chiffonneau. — Quel bon temps, dis Pâ-

lotte?... Des dîners!... Monsieur Zéphyrin, comment avez-vous fait pour retenir tout cela?... Quel esprit est le vôtre!... Cher monsieur... permettez-moi de vous serrer la main.

— Le peuple, il est vrai — épilogua M. Zéphyrin, en recevant la politesse de la marchande à la toilette — le peuple n'était pas alors très-heureux; mais les danseuses ne dégrisaient pas. Aujourd'hui, il n'en est pas tout à fait de même. L'habit noir s'est substitué à l'habit brodé; la gaieté a disparu... et, si la finance exerce un protectorat relatif, c'est sur un ton prétentieux qui ne nous va pas. Au reste, le chant a pris le dessus sur la danse, en sorte que l'étoile du ballet a considérablement pâli. Malgré cela, le sort de nos danseuses est encore assez enviable pour se recommander à la jeune génération. Notre siècle a vu fleurir un essaim de jolies femmes dont....

Allait suivre quelque énumération dans laquelle auraient figuré certainement les noms des Mercandotti, Aubry, Duvernay, Taglioni, Leroux, Elssler, Grisi, Cerrito, Rosati, Ferraris, Livry, Richard, Fonta , Fioretti, Boschetti, si la porte entr'ouverte n'avait livré passage à un petit homme, maigre, jaune et ridé.

— Voilà Grimard... — dit M. Zépyhrin — en s'interrompant.

— Moi-même — chantonna Grimard. — Tu m'as demandé?

— Je te présente une demoiselle, qui, dès de-

main, prendra des leçons pour suivre le ballet, à
la prochaine reprise de l'*Africaine*.

Le professeur de danse salua comme qui fait
une pirouette.

— C'est avec le plus grand plaisir, mademoiselle, que je vous enseignerai les éléments qui
font de la danse le premier de tous les arts. Nous
commencerons par vous apprendre à vous *tourner*, à vous *casser*.... Il faudra ensuite étudier as-
sidûment les assemblés, les jetés, les balancés,
les ronds de jambes, les fouettés, les cabrioles,
les pirouettes sur le cou-de-pied, le saut de basque, le pas de bourrée et, enfin, les entrechats à
quatre, à six et huit. Suivant que votre talent se
révèlera, nous verrons, plus tard, comment
il conviendra de terminer votre éducation.
La danse se divise en deux branches : le *bal-
lonné*, qui est la légèreté combinée avec la grâce,
et le *tacqueté*, qui consiste dans la vivacité, la légèreté, c'est-à-dire les petits temps sur les poin-
tes. Ces deux écoles différentes remontent, la
première à Taglioni, la seconde à Fanny Elssler.
Nous verrons à laquelle il conviendra que vous
vous consacriez particulièrement.

En parlant ainsi, M. Grimard trépignait devant
nous, faisant lui-même les exercices auxquels
j'étais appelée à me livrer, afin de m'en donner
préalablement une idée.

Madame Chiffonneau, qui avait toujours eu
un faible pour les artistes, était dans l'admiration. Les récits de M. Zéphyrin, le trémousse-

ment de M. Grimard, les senteurs elles-mêmes de carton peint, arrivant jusqu'à nous, tout cela contribuait à l'exalter davantage !

— Tu vois, Pâlotte — me dit-elle, sur un ton solennel — tu vois, comme ces messieurs sont aimables, intelligents et instruits ! C'est une grande chance que tu as eue de pouvoir les approcher, et nous devons, pour cela, bien de la reconnaissance à Fanny Bambin. Dire que j'ai fait sa fortune, à cette chère Fanny !... Tu verras, il en sera de même de toi....

—

Une pièce assez étroite, avec des banquettes le long des murs, un plancher poussiéreux, un aspect triste, tel est le petit foyer des chœurs où M. Grimard tenait sa classe.

Quelques jeunes filles prennent leur leçon. Leur costume est très-simple, presque primitif. Il consiste en un étroit corsage qui laisse les épaules et les bras nus. A la taille, pend un jupon en mousseline qui descend jusqu'aux genoux. Un large caleçon tient lieu de crinoline.

J'avais, depuis quelques jours, beaucoup entendu parler des danseuses, de leurs attraits, de leurs grâces, de leurs succès ; quand il me fut donné, pour la première fois, de voir leur tenue de travail, j'avoue que mon enthousiasme baissa de plusieurs crans. Les exercices que faisaient ces futures étoiles de la danse n'étaient d'ailleurs pas faits pour favoriser beaucoup les avantages

physiques. Ces derniers, il faut le dire aussi, laissaient beaucoup à désirer; le jour, en même
temps, était loin de les seconder. M. Grimard
avait beau recommander un sourire convenu,
un tour de bras voluptueux, je ne voyais, le
plus souvent, que grimaces bien laides. Mais
aussi c'était un vrai supplice qu'on avait à subir,
On emprisonnait d'abord les pieds de l'élève
dans une boîte a rainures. Là, talon contre talon,
il fallait tenir les pieds en dehors sur une même
ligne parallèle, le plus longtemps possible. C'est
ce que M. Grimard appelait se *tourner*. Il s'agissait ensuite de poser son pied sur une barre
qu'on saisissait avec la main opposée; c'était ce
qu'on entendait par se *casser*. Quand on s'était
livrée à ce jeu pendant plusieurs heures, on se
sentait absolument moulue, brisée. Inutile de
dire que les contorsions avaient marbré le visage, contracté les traits, injecté les yeux; en
sorte qu'on n'était pas belle du tout. La poitrine,
les bras ruisselaient de sueur, et la courte jupe,
le corsage aussi bien que les caleçons offraient
une perspective attristée, peu digne d'entretenir
les brillantes illusions.

. . . .

La première fois que je me livrai aux mains
de notre bourreau, M. Grimard, j'étais rouge
comme une cerise et le cœur me battait bien
fort. Etre ainsi si peu vêtue, sous les regards
tournés vers vous, n'est pas fait pour enhardir,

surtout lorsqu'il s'agit de commettre une foule de gaucheries plus plaisantes les unes que les autres. J'entendais les éclats de rires de mes compagnes, pendant que je devenais bleue à me tordre comme le voulait le professeur, c'est-à-dire talon contre talon, sans bouger, sans sourciller, le sourire sur les lèvres. J'éprouvais des tiraillements dans les jambes, une grande lassitude dans les reins. Cela, joint à la confusion causée par mon déshabillé, m'aurait certainement fait pleurer, si la crainte d'être doublement ridicule ne m'eût retenue.

— Nous y arriverons — disait M. Grimard — Vous verrez, ce n'est pas aussi difficile que vous pourriez le croire. Vous avez un petit jarret qui a du nerf; c'est ce qu'il faut. Avant longtemps, nous aurons de l'acier à la place.

En attendant, quand je quittais mon corsage trempé de sueur, pour reprendre ma robe, il me semblait que mon corps était de plomb. Mes jambes devenaient roides comme des pieux; j'étais toute endolorie.

Et j'entendais mes camarades plus avancées que moi qui, en grignotant un maigre morceau de pain pour déjeuner, disaient entre elles.

— As-tu vu cette petite *sucrée*, qui a peur de se casser les reins, chaque fois qu'elle se *tourne*.

— Elle pose pour la demoiselle et ne sait pas seulement ce que danser veut dire.

— Elle s'imaginait peut-être qu'on allait la

coucher dans un hamac et lui faire fumer des cigarettes turques.

— Vous n'y êtes pas, elle espérait représenter
les odalisques qui rêvent au bord d'un lac bleu.

— Elle a prié M. Zéphyrin de l'engager pour
figurer les anges ; elle doit s'appeler Céleste.

— Céleste qui ?

— Céleste tout court, parbleu ! Moi je me contente bien du nom de Nini.

— Moi, je m'appelle Lucie Raisin.

— Oh ! toi, tu es une aristocrate. Je te vois,
d'ici à quelques années, commandant des cartes
sur lesquelles on lira : « Lucie Raisin... de Corinthe. »

— Pourquoi pas ?... et il ne sera pas donné à
tout le monde d'y aller.

———

Durant quelques jours, j'eus toutes les peines
du monde à me plier aux exigences d'un rapide
apprentissage. Les sarcasmes de mes camarades
de classe achevaient de me rebuter. Mais madame Chiffonneau n'avait pas renoncé aux
splendeurs que M. Zéphyrin avait fait luire à ses
yeux.

— Allons, va — me disait-elle — et surtout
contente bien M. Grimard. C'est un grand artiste, M. Grimard ; il fera de toi une célébrité.
Tous les journaux citeront ton nom... on van-
tera ton agilité... Puis, nous serons riches à mil-

lion ; nous aurons un huit-ressorts ; on nous verra, chaque soir, autour du lac.

Et moi je passais les manches de mon water-prooff, ne croyant pas un mot de ce que disait la marchande à la toilette. Je m'en allais ensuite à l'Opéra, où j'arrivais les pieds humides, les souliers pleins de boue.

A la porte de la classe, non moins crottées que moi, étaient déjà mesdemoiselles Lucie Raisin, Nini, ainsi que les autres élèves. Dès qu'on m'apercevait, c'était un feu roulant de quolibets sur ma timidité qu'on allait jusqu'à prendre pour de la modestie.

Comme la plus grande, la plus sèche, Lucie Raisin était féroce à mon égard ; elle ne m'épargnait aucune humiliation. Tellement que M. Grimard finit par lui dire :

— Mademoiselle Raisin...

— De Corinthe... — interjeta Nini.

— Je parle sérieusement — glapit M. Grimard avec un *balancé* qui exprimait la colère — j'exige donc qu'on m'écoute de même... Mademoiselle Raisin, vous laisserez Pâlotte tranquille ou je vous chasserai de chez moi. On dirait que vous lui en voulez de ce qu'elle est plus jolie que vous ..

Des remontrances de cette nature n'étaient pas faites pour me réconcilier avec les élèves de M. Grimard. Les hostilités redoublaient chaque fois qu'une occasion s'offrait à ces demoiselles.

J'imaginai alors, pour me venger, de ne plus

16

perdre un mot des recommandations du professeur. Je me roidis contre la fatigue, afin de faire
des progrès rapides.

— Continuez comme cela... — me disait parfois, avec un *rond de jambe* gracieux, M. Grimard
— je réponds de votre avenir.

— Son avenir... — disait Lucie Raisin, qui
écoutait sournoisement tout ce qui se disait. —
Dis donc, Nini, le père Grimard promet à Pâlotte un mobilier en palissandre, des bottines qui
monteront jusqu'aux genoux, des gants qui
iront jusqu'au coude. Comment trouves-tu ce
vieux singe?

— Il ferait bien mieux — ripostait mademoiselle Nini — de se maquiller un peu moins et de
ne pas tant faire le joli cœur. En voilà encore un
qui ne vaut pas cher, ce vieux Grimard. Si on
l'écoutait... J'ai failli, un jour, lui donner une
claque. C'est bien assez que son état lui per-
mette mille indiscrétions...

M. Zéphyrin, ayant appris mes progrès, m'encourageait, chaque fois que je le rencontrais.

— Allons — disait-il — la reprise de l'*Africaine* approche; j'aime à croire que vous serez
prête. C'est un peu dur, n'est-ce pas, les commencements?... On s'y habitue tout de même...
A propos, en attendant d'être engagée, aime-
riez-vous à assister aux représentations?

J'avouai que j'en avais le plus grand désir,
n'ayant jamais mis les pieds dans la salle.

— Que ne me le faisiez-vous savoir ! — dit
M. Zéphyrin.

En même temps, il me donna un bon pour
deux places dans les avant-scènes de cinquièmes,
vulgairement appelées les *fours*.

Vite, je regagnai la maison, et fis part à madame Chiffonneau de ma bonne fortune.

Enfin ! voilà que ça commence — soupira la
marchande à la toilette. — Quand je te disais
qu'une jeune fille gentille comme tu l'es doit
fatalement réussir à l'Opéra ! N'en a pas qui veut
de ces billets... Ils nous ouvrent une loge de service ; c'est dire qu'on te considère comme faisant
partie de la troupe.

—

Ouf ! l'y voilà... C'est madame Chiffonneau
qui vient de prendre la première place, celle du
coin, dans la loge encore vide. Elle respire
bruyamment une fois, deux fois, trois fois...
Enfin, les poumons sont dans leur assiette, absolument comme si la bonne dame n'avait pas
gravi cinq étages, salué toutes les ouvreuses, en
présentant le billet de faveur, et édifié tout le
personnel par la bonne tenue d'une mère de famille conduisant sa fille au spectacle. Désormais,
elle est accoudée rayonnante sur le bord de la
loge ; ses yeux écarquillés promettent de ne rien
perdre des incidents de la soirée.

. . . .

Au-dessous de nous, la salle s'ouvrait comme

un gouffre rayonnant de dorures, étincelant de
lumières. On entendait un long murmure qui
montait du parterre, gagnait les galeries et se
répandait sous les voûtes peuplées de cariatides,
avec un bruit monotone et continu. En haut, en
bas, c'était une fourmillière humaine, dans les
flancs de laquelle il était impossible, à l'œil nu,
de saisir une ressemblance, de rencontrer un
regard. Et le bruit grandissait à mesure que le
public augmentait en nombre, à mesure que se
remplissaient les loges et les galeries. Il y eut
bientôt comme un long frémissement à l'orchestre. Les instruments, dans un dialogue rapide,
étouffé, échangèrent une sorte de mot d'ordre,
puis un signal retentit... On fit silence ; l'ouverture commença.

Cette soirée passa bien rapidement pour moi.
Elle fut une sorte d'éblouissement qui dura plusieurs heures et me tint sous le charme. Je ne
songeai plus à madame Chiffonneau, qui poussait à côté de moi les exclamations les plus gro-
tesques. J'étais tout entière à mon admiration,
et quand le rideau, en tombant, me cachait les
beaux seigneurs dont les voix harmonieuses
m'avaient fait tressaillir, je tombais comme en
extase en présence du luxe inouï qui établissait,
dans la salle, un flux et reflux de pierreries, d'or,
de soie, de dentelles. A travers ma lorgnette,
d'une loge à l'autre, j'apercevais les femmes livrant des batailles de roses et de camélias, auxquelles les hommes assistaient attentifs et pleins

d'admiration. Que j'étais heureuse de vivre en ce moment !

Dès ce jour, il me prit une fièvre de spectacle dont je ne fus plus maîtresse. Je me recommandai à M. Zéphyrin pour chaque représentation ; chaque fois j'eus des billets. Madame Chiffonneau partageait d'autant plus mon fanatisme pour l'Opéra, qu'elle avait trouvé le moyen de faire la connaissance des danseuses qui venaient dans la loge. C'étaient pour la plupart, ce que je devais être moi-même, de pauvres petits *rats* attendant leur tour de ballet, mais la marchande à la toilette n'était pas de celles qui dédaignent les légers bénéfices. Elle portait désormais son sac avec elle et, entre deux cavatines, elle trouvait parfois le moyen d'écouler tantôt une bague, tantôt un collier de perles fausses, tantôt un éventail, tantôt un flacon de parfumerie hygiénique. Ces petits marchés se faisaient sans bruit, un peu en arrière de moi, pendant que montait vers nous, de l'hémicycle retentissant, le chant passionné de Raoul, dans les *Huguenots :*

> Oui, tu l'as dit, oui, tu m'aimes...

ou bien la romance de Léopold, dans la *Juive :*

> Loin de son amie,
> Vivre sans plaisir,
> Ne compter la vie
> Que par des soupirs ..

ou bien encore la plainte d'Alice, dans *Robert le Diable :*

16.

> Quoi ! ton cœur se dégage
> Des serments les plus doux !...

Au reste, qu'elle eût entendu ou n'eût pas entendu, madame Chiffonneau ne ménageait pas
son enthousiasme. Elle applaudissait toujours
avec transport, à tel point qu'elle aurait été en
droit de dire, en quittant la salle : « Je ne dois
rien à l'administration ; j'ai largement payé ma
place. »

. . . .

Comme on le voit, les soirées que je passais à
l'Opéra ne ressemblaient pas aux heures em-
ployées, dans la journée, à suivre les préceptes
de M. Grimard, en compagnie de mesdemoiselles Lucie Raisin et Nini. Les ballets déjà
m'avaient réconciliée avec la danse, au point de
me faire prendre mon mal en patience. L'aspect
féerique que présentait la scène, quand s'abat-
tait sur elle la nuée frétillante des danseuses,
ranimait sensiblement mon ardeur. Il n'était pas
jusqu'à mes deux ennemies intimes qui ne me
parussent alors moins laides et moins méchantes.
Il me semblait même que, vues avec le maillot,
leurs jambes étaient moins grêles ; leur poitrine,
avec un corsage plus avantageux que celui de
la classe, pouvait encore faire illusion. Toutes
ces remarques piquèrent mon amour-propre,
au point que mon plus grand désir fut celui de
débuter.

—

Supposez que tout ce que votre imagination a inventé de plus beau, de plus magnifique, ait été mis à la portée de vos yeux. C'est un pays enchanté où les arbres, les châteaux, l'horizon revêtent des teintes vives qui charment vos regards, les éblouissent. Sur cette scène où une lumière chaude, pénétrante, subtile, rend pour ainsi dire les objets transparents, ont surgi tout à coup des personnages parés comme vous voudriez l'être vous-même, pour exprimer des sentiments qui sont les vôtres, échanger des idées qui sont les vôtres, céder à des entraînements, à des passions qui sont les vôtres...

Supposez encore qu'on vienne vous dire : — « Ce pays que vous trouvez si beau, cette scène qui vous paraît si riante, sont ouverts devant vous. Demain, si tel est votre bon plaisir, vous porterez vos pas, afin d'admirer de près ce qui vous a tant séduit de loin. » — Votre satisfaction serait vive certainement et, saisissant l'occasion ainsi offerte, vous vous empresseriez, le lendemain, de vous rendre sur les lieux qui causaient la veille votre ravissement.

Mais quels seraient votre désappointement, votre stupeur, si, vous approchant des arbres, des fleurs, des plantes, des maisons, des fontaines, des statues, vous reconnaissiez que tout cela n'est qu'un amas de carton et de toiles peintes, apparaissant informe de près, et n'offrant au contact qu'une poussière fétide !

Désappointement et stupeur, telle est l'impression que me fit, durant le jour, la scène de
l'Opéra, lors de la répétition du ballet dont j'allais faire partie. Certes, je ne m'attendais pas
à trouver là de véritables villes, de véritables
cathédrales, de véritables montagnes... Ce à
quoi je ne m'attendais pas non plus, c'est que
tout cet appareil eût un aspect aussi sinistre,
aussi lugubre. Je me croyais dans un immense
tombeau, et toutes ces toiles pendantes me faisaient mal à voir.

La salle, que je connaissais si brillante, était à
peu près comme la scène elle-même. On apercevait une forêt de bras de fauteuils se perdant
dans l'obscurité ; sur les galeries, au-devant des
loges, étaient de grandes toiles grises destinées
à protéger les dorures ; plus haut, dans la région du lustre, qu'on avait remonté dans sa cage,
passaient et repassaient, à la suite les unes des
autres, quelques chauves-souris, chassées des
coulisses par l'arrivée des danseurs.

Ces derniers ne ressemblaient pas non plus à
l'image qu'on s'en fait, quand on ne les a pas vus
comme moi. Les danseuses, sous leurs costumes
lamés or et argent, étaient, pour la plupart, livides. Les maillots de certaines faisaient d'affreuses grimaces, et les têtes mal coiffées, sans
couronnes, hurlaient avec le décolleté des épaules. Les premiers sujets s'asseyaient languissam-
ment sur une chaise en paille, en attendant le
tour, et, quand leur tour était passé, ils repri-

naient leur place en épongeant la sueur qui leur
coulait du front.

La répétition terminée, nous étions toutes
horribles à voir. La poussière que nous avions
soulevée se collait à nos tempes, sur nos bras,
estompant la peau de noir, à mesure que la couche s'épaississait.

Nous rentrâmes ainsi dans les loges commu-
nes, où l'on se déshabillait pêle-mêle, les unes
n'en pouvant plus, les autres trouvant encore la
force de se faire des niches entre elles, de se
pousser en quittant le maillot...

Quand je rentrai, madame Chiffonneau, qui
m'attendait avec impatience, m'accabla de questions.

— T'es-tu bien tirée d'affaire ?

— Oui. M. Grimard m'a fait compliment, ainsi
que M. Zéphyrin.

— Etait-ce joli ?

— Non, pas beaucoup.

— Y avait-il des personnes étrangères ?

— Non. Je n'ai vu que les metteurs en scène,
les maîtres de danse, le régisseur et les musiciens.

— J'aurais bien voulu pouvoir t'accompagner.
Il y a longtemps que j'ai envie d'assister à une
répétition de l'Opéra. Enfin, je suis toujours
contente de ce que M. Zéphyrin t'a fait compliment... Sais-tu que cela peut te conduire
très-loin d'être entrée au corps de ballet. Ah ! si
j'étais jeune, moi aussi j'aurais bientôt fait d'em-

brasser la profession de danseuse. Et comme je gigotterais avec le Grimard, jusqu'à ce qu'il ait fait de moi un bon sujet...

En même temps, madame Chiffonneau joignait le geste à la parole et se démenait comme une possédée.

— Ah! les entrechats —reprit-elle, un peu essoufflée — c'est la clef de voûte de l'édifice social; c'est le mot de passe qui vous fait grande de petite que vous étiez, qui change votre pauvreté en richesse, qui vous met une couronne d'or au front et vous grise avec le vin d'Espagne de la félicité. Arrive à faire les entrechats comme les dames dont te parlait M. Zéphyrin, et tu verras ce que nous deviendrons toutes les deux. Nous traiterons de pair avec les ministres, les généraux, les notaires et les banquiers. Nous aurons une cour composée d'agents de change, de journalistes, de médecins et d'avocats. Nous ferons faire notre portrait à la plume, au pinceau, au crayon, comme il nous plaira. Et quand notre vogue sera bien assise, nous manderons le premier sculpteur de Paris qui fera notre buste en bronze, en marbre, en zing et en chocolat. Ah! Pâlotte, ma chérie, quel bonheur sera le nôtre, le jour où d'un seul coup de pied en l'air tu feras pâlir les quinquets de la rampe et le lustre de l'Opéra!

—

Voilà le grand jour arrivé!... Reprise de l'*Africaine*.

Dès six heures, madame Chiffonneau a pris son sac et ma conduite à l'Opéra. J'attends, dans la loge de la concierge, l'heure à laquelle je devrai m'habiller.

J'entends un grand frôlement de soie...

Une dame enveloppée de fourrures, la tête couverte d'un châle de dentelle, glisse dans l'étroit couloir. C'est Sélika.

Suit une cameriste portant des cartons à la main et un coffret sous le bras.

Presque aussitôt entrent, à la suite, des hommes maussades ou indifférents; les uns fument, les autres causent trivialement entre eux. Ce sont les choristes, les futurs compagnons de Vasco de Gama, qui est déjà dans sa loge.

Viennent, en même temps, les choristes femmes, la plupart vieilles, édentées. Elles ont les vêtements mouillés, les bottines couvertes de boue jusqu'à la cheville.

Tout s'engouffre dans le vaste bâtiment. On entend le bruit sourd des pas, dans les escaliers; les fenêtres du haut s'éclairent.

Quelques danseuses paraissent enfin ; elles ne sont pas pressées. Les plus jolies lisent des lettres que leur distribue la concierge. Quelques bouquets ont été apportés.

Un éclat de rire. C'est Lucie Raisin qui a fait quelque espièglerie. Elle entre en mangeant des marrons.

— Est-ce que vous êtes dans notre loge? — me demande-t-elle.

Sur ma réponse affirmative, mademoiselle Lucie témoigne une grande mauvaise humeur.

— Nous étions dix — dit-elle — et nous étions déjà trop. Comment ferons-nous maintenant ?

On monte toutes ensemble.

Mademoiselle Lucie, qui a passé la première, éteint des becs de gaz.

A peine dans la loge, on se met à l'aise. Le coiffeur et l'habilleuse commencent leur besogne. On ne prend pas garde au coiffeur.

Et pendant que, dans la salle, retentit le magnifique chœur des évêques, au-dessus on cause de la pluie et du beau temps, on rit de la misère des autres, sans songer à la sienne.

— J'ai lu dans un roman, aujourd'hui — dit Lucie Raisin — que les danseuses, sous la Restauration, étaient recherchées par les pairs de France, les hauts fonctionnaires, une foule de gens enfin qui savent se mettre à la portée des désirs et des besoins d'une femme. Quand est-ce que c'était la Restauration ?

Ici, le coiffeur donne un renseignement.

— Il faut croire que tout est crânement changé — soupire Lucie Raisin.

Pendant que sa camarade parle ainsi, mademoiselle Nini fait ses petites recommandations à l'habilleuse...

Au reste, les unes comme les autres jouent assez prestement de la patte de lièvre, pour étendre le blanc, le sécher, ajouter une couche de rouge, faire les cils et allonger les sourcils.

— Bon, voilà quelque chose qui craque — dit celle-ci — vite une épingle.

— Il manque bien un nœud ici — dit celle-là — mais qui s'en apercevra ?

Bientôt la petite troupe est prête. On ajuste une dernière fois les plis avec les mains, puis au premier signal de l'*avertisseur*, tout le monde dégringole les escaliers.

. . . .

Nous sommes dans les coulisses. Il y a un grand va-et-vient d'acteurs, d'actrices, d'hommes du monde décorés, tendus comme des arcs dans leur habit noir. On n'entend parler que soupers, que champagne, et bien des petites filles qui ont dîné avec une tranche de cervelas se posent en clientes assidues de la Maison Dorée ou du Café Anglais. A part, dans les coins, on cause aussi politique, mais un portant dérange toujours ces entretiens. On ne va pas dans les coulisses de l'Opéra, quand il s'agit de faire de l'opposition aux ministres ou de convertir une droite.

Le ballet ou plutôt la parade commence. Je ne suis pas trop intimidée. Les têtes ondulent au-devant de moi et les lorgnettes se dirigent vers la scène, comme autant d'objectifs. Un moment, je me trouve à côté de Lucie Raisin. En un tour de main, elle trouve le moyen de me pincer jusqu'au vif.

Le ballet est terminé, l'encombrement recommence dans les coulisses. Sélika passe au milieu

de nous, en costume de reine sauvage... Plusieurs
messieurs décorés lui font escorte jusqu'à sa
loge. En remontant, nous apercevons un des
premiers sujets de la danse, dans sa loge tapissée
de mousseline peinte. Rangées sur des étagères
en bois des îles, sont des porcelaines du Japon,
des cristaux de Venise et de Bohême.

En même temps, nous entendons, au-dessous
de nous, la cameriste de Sélika qui donne des
ordres à un domestique, concernant le souper.

— Nom d'un rat!.. — murmure Lucie Raisin
— c'est moi qui ferais honneur à sa table, si elle
m'invitait.

. . . .

En quelques minutes, nous avons refait notre
toilette de ville, puis nous abandonnons notre
loge à l'habilleuse qui range les costumes.

Madame Chiffonneau m'attend dans les coulisses. Il y a toute une galerie de têtes comme la
sienne, le long du mur. Ce sont les mères des
figurantes ou des danseuses. On dirait un musée.
Elles regardent passer avec une modestie feinte
les messieurs à rubans...

Madame Chiffonneau m'embrasse avec effusion et nous sortons.

Un magnifique coupé à deux chevaux attend
Sélika à la porte.

Lucie Raisin, qui est sortie en même temps
que nous, se glisse à la portière, pour voir de
près les coussins en satin grenat. Un cheval qui
piaffe la couvre de boue...

— Bon, me voilà propre! — dit la danseuse en se regardant — encore si je n'avais pas une heure de chemin à faire pour rentrer chez moi...

. . . .

— Ecoute — me dit madame Chiffonneau, quand nous fûmes seules — jai vu un ambassadeur; il m'a saluée.

Elle disait cela sérieusement, la marchande à la toilette. Rien n'a jamais pu la désillusionner à l'endroit de son ambassadeur, que j'ai toujours soupçonné être un machiniste.

Tel fut mon premier pas sur la scène de l'Opéra, tels furent les suivants. Madame Chiffonneau avait beau refaire à mon profit comme au sien le conte de *Mille et une Nuits*, ma vie d'artiste semblait vouée à la monotonie et au découragement.

— —

— Ta fortune est faite! — me cria un jour madame Chiffonneau, quand je revins de la classe de danse. — Tu peux annoncer à ces belles mijaurées qui font leurs esbrouffes devant toi que tu te moques d'elles, entends-tu bien? que tu te moques d'elles à pied, à cheval et en huit-ressorts, comme tu en auras demain si tu veux... Et d'abord, mon trésor, reprends haleine! Tu as chaud, que veux-tu boire? Un peu de curaçao peut-être? Pas de celui qu'on vend au détail. Je vais en envoyer chercher une cruche; en cruche il est meil-

leur, il vient directement de Hollande. Laisse-
moi ôter ces bottines à ces pauvres petits pieds
mignons....

— D'abord, reprenez haleine vous-même, vous
êtes toute suffoquée....

— Suffoquée... oui! peut-être un peu... Il y a
de quoi! Voilà l'histoire. J'étais là, comme cela,
à raccommoder, quand il est entré ici un homme,
je dis un homme, j'ai tort, un monsieur. Je ne
peux pas te dire son nom. S'il mourait, il y aurait trois mille hommes sous les armes, pour lui
rendre les honneurs dus à son rang. Et doux avec
cela!... Figure-toi qu'il m'a demandé ce que
j'étais en train de raccommoder... Tout ce que je
dis c'est des paroles inutiles; tu vas ce soir dîner
chez lui, dans son hôtel; il veut causer avec toi!
Il veut te servir de père, cet homme! qu'est-ce
que tu veux que je dise de plus?

Puis, sans me laisser le temps de respirer,
Madame Chiffonneau s'empara de moi et passa
deux heures à m'habiller et à me deshabiller.

La valenciennes, les chantilly, les guipures
rares étaient sorties des tiroirs. Elle me mettait
des robes et me les ôtait.

— Comme cela t'irait bien! — exclamait-elle.
— Mais non! — se reprenait-elle — il adore la
simplicité! Veux-tu ces boucles d'oreilles? Eh!
folle que je suis, il t'en donnera de bien plus
belles....

Ainsi elle allait dans son magasin, mettant tout
sens dessus dessous, tandis que je m'émerveillais

des belles choses que cachaient des monceaux de chiffons, et que dans ce désordre j'apercevais tout à coup des billets de banque dissimulés sous les meubles et que le remue-ménage faisait émerger de la poussière.

Madame Chiffonneau prit un fiacre à quelques pas de la maison et la voiture roula d'abord à travers des quartiers bruyants, puis, presque sans transition, entra dans des rues silencieuses, dans des rues sans mouvement, que bordaient des hôtels majestueux.

Madame Chiffonneau ne disait plus rien et semblait épuisée d'avoir tant parlé.

— Ton avenir est entre tes mains — répétait-elle seulement de temps en temps.

Le fiacre s'arrêta devant une grande porte cochère. Madame Chiffonneau sonna, une petite porte s'ouvrit dans la grande.

— Monsieur Pierre ? — demanda madame Chiffonneau au concierge.

Le concierge appuya sur un timbre. Une sonnerie retentit. Monsieur Pierre, c'était lui sans doute, s'avança sous la forme d'un valet superbe, aux mollets énormes, aux favoris noir d'ébène.

— Nous... je... — murmura madame Chiffonneau, en décrivant une large révérence.

— C'est très-bien... — fit M. Pierre en m'enveloppant d'un regard insolent d'abord, profondément respectueux ensuite. Que mademoiselle aie la bonté de me suivre....

— Adieu! chère petite — soupira presque

17.

honteusement madame Chiffonneau, impres-
sionnée par l'aspect de cette imposante demeure.

— Et pourquoi ne venez-vous pas avec nous?
—interrogeai-je, hésitante et n'osant pas entrer.

M. Pierre eut un sourire.

— Non! non! mon enfant. Les vieilles gens,
cela gêne toujours — répondit madame Chiffonneau à voix basse. — Je reviendrai te prendre.

Son geste me faisait *chut!* comme si elle avait
eu peur d'affirmer sa présence dans cet hôtel.

— Adieu — répéta-t-elle, et elle se glissa plutôt qu'elle ne marcha vers la porte.

J'entendis le bruit de la porte qui se fermait
et le roulement du fiacre qui s'ébranlait.

— Par ici, mademoiselle — fit de nouveau
M. Pierre.

Je gravis les degrés d'un escalier, je franchis
un vaste vestibule et je me trouvai dans un petit
salon.

— Que mademoiselle prenne patience une seconde, on va lui apporter une lampe.

Le valet revint, posa une lampe sur le coin
d'une table et se retira.

—

D'abord, écrasée par l'aspect de cette demeure
princière, je me remis et me pris à regarder autour de moi.

Ce n'était plus le luxe criard de Pauline Turlot
ou de Fanny Bambin, c'était un ensemble har-

monieux et noble, qui vous saisissait malgré
vous.

Les moindres meubles du petit salon où j'é-
tais avaient un cachet de confortable et en même
temps de distinction. Ce tapis épais, ces fauteuils
où l'on enfonçait, cette table de mosaïque, ces
coupes d'agate enchâssées dans l'or, ces bustes
de bronze sur leur piédestal de porphyre, ces tableaux magnifiques, tout cela ne ressemblait pas
à tout ce que j'avais vu déjà.

Une grande portière de velours fermait ce salon, et la fantaisie me vint de soulever cette portière. Alors, un immense salon m'apparut. De
hautes tapisseries attachées aux murs figuraient
des Héros et des Amours, des batailles et des scènes joyeuses. Dans l'ombre à peu près complète
qui régnait dans cette pièce, les personnages se
détachaient terribles ou souriants, tragiques ou
gracieux. Sur les fauteuils blancs à baguettes do-
rées, on voyait s'agiter, roses ou bleus, des ber-
gers ou des bergères qui semblaient vous souhai-
ter la bienvenue, et puis aussi des animaux, des
fleurs et des arabesques...

Je m'y repris à deux fois pour traverser ce
grand salon, où des portraits de chevaliers farou-
ches, de magistrats sévères, de femmes charmantes, en des costumes qui ressemblaient un
peu aux costumes de carnaval de madame Chiffonneau, avaient l'air de me contempler fixement. Mais une fenêtre m'attirait, donnant encore passage à un jour crépusculaire qui expirait

sur le tapis aux rosaces éclatantes, tout noir aux
extrémités.

J'allai jusqu'à cette fenêtre et, immobile, je
demeurai longtemps à regarder le jardin, un
jardin assez étendu avec un grand mur couvert
de lierre. Au milieu était un bassin; au fond,
un bouquet d'arbres dont un vent de bise agitait
les rameaux. On les entendait bruire, ces arbres; mais, à part leur murmure symphonique,
on n'entendait rien dans la rue déserte, rien
qu'une cloche qui retentissait tantôt à droite,
tantôt à gauche, tantôt rapprochée et tantôt lointaine et qui, sans doute, annonçait le dîner aux
hôtes du voisinage...

J'étais là comme perdue dans une sorte de rêverie et de bien-être, quand une voix retentit à
mon oreille.

— Où donc est-elle? — disait cette voix.

Un peu confuse d'être sortie de l'endroit où
l'on m'avait recommandé d'attendre, je me retournai et j'aperçus celui qui, à n'en pas douter,
était le maître de cette maison.

C'était un vieillard, plus sympathique d'aspect,
à coup sûr, que bien des jeunes gens. Il se dégageait de toute sa personne un je ne sais quoi de
bienveillant et d'imposant qui charmait et qui in-
timidait à la fois. Dans ses yeux bleus, ombragés
d'épais sourcils, brillait la flamme de l'intelligence; sa bouche, aux contours finement dessi-
nés, aux lèvres un peu charnues, exprimait la
bonté. On sentait d'instinct que celui-là était de

ceux qui commandent aux hommes, de ceux qui,
dans les conseils d'un prince ou dans les assem-
blées souveraines, prononcent des paroles toujours écoutées.

— Comme c'est beau ici ! — lui dis-je naïvement, comme pour excuser ma curiosité.

— Tu trouves, petite ! mais c'est bien froid
par le temps qu'il fait déjà. Viens par là, nous
serons mieux pour causer.

Il écarta une tapisserie et nous nous trouvâ-
mes dans une petite pièce toute différente de
celles que j'avais vues. Un feu clair pétillait
dans l'âtre. Sur une nappe éclatante de blan-
cheur, deux couverts étaient mis; des fleurs ad-
mirables étalaient toute leur splendeur à la clarté
des flambeaux, multipliant leurs facettes lumineuses sur le cristal des verres et luttant avec les
belles flammes qui dansaient dans le foyer.

— Allons ! mettez-vous à votre aise ! la belle
enfant — me dit d'une voix douce le vieillard, et
lui-même enleva le chapeau qui me couvrait,
non sans plonger la main dans les tresses épaisses
de mes cheveux; il défit mon manteau un peu
maladroitement, au point de déranger ma robe.

Intimidée de voir un homme comme celui-là
s'occuper de ces détails avec moi, je ne disais
rien, j'osais à peine m'asseoir sur le bon fauteuil
moelleux qui s'enfonçait sous moi. Il était si affectueux, si gracieux, si élégant même dans ses
moindres mouvements, ce beau vieillard, que je
ne savais même le remercier.

— Allons, à table ! — fit presque joyeusement
mon hôte.

Un valet apporta silencieusement le dîner.

— Merci, monsieur ! — lui dis-je à un moment, et, à un mouvement imperceptible, je
m'aperçus que j'avais dit une bêtise.

J'eus, une minute, sur les lèvres le mot de
garçon, mais je me mordis la langue au bon moment.

Et, en fait, il ressemblait peu au garçon
bruyant qui causait avec nous au restaurant, ce
domestique silencieux qu'on n'entendait point
entrer et qui enlevait les plats sans que retentît
une fois le plus léger bruit.

Son service, d'ailleurs, était fort simple. Il ne
faisait qu'entrer et sortir.

Mon hôte me servait, me faisait manger; avec
quelle grâce, quelle paternelle et courtoise insis-
tance ! je ne saurais vraiment l'exprimer.

Tout d'abord, j'étais distraite par la décoration originale de la pièce. Des bronzes baroques,
des monstres difformes, des animaux fantastiques, des dessins bizarres, des vases comme je
n'en avais jamais vu, ornaient cette pièce, et,
rangés sur des étagères, se pressaient le long
des murs.

Je questionnai, et, en quelques mots pittores-
ques, mon hôte m'apprit l'histoire de ces pays
lointains et les mœurs singulières de leurs habitants.

— Ainsi, vous avez vu cela? — lui demandai-je.

— Oui, j'ai vu cela — me répondit-il avec un
sourire.

— Est-ce vrai qu'il faut se mettre à genoux
pour paraître devant les souverains de ces en-
droits-là ?

— Non! mon enfant! non! On ne se met à
genoux que pour demander à une jolie petite
fille, comme toi, la permission de l'embrasser.

Et, brusquement, il se mit à genoux devant
moi et m'embrassa.

J'étais ennuyée qu'il eût fait cela. Je l'écoutais
avec tant d'intérêt! il parlait si bien! et je le
comprenais si bien! cela m'intéressait tant,
toutes ces belles aventures qu'il contait simple-
ment et gentiment en me mettant une aile de
perdreau sur mon assiette et en remplissant
mon verre.

— Ah! j'aurais bien aimé être instruite, moi
aussi — lui dis-je — et, tout doucement, j'en
arrivai à lui raconter ma vie. L'attention qu'il
me prêtait me touchait.

— Pauvre petite! — murmura-t-il.

Le domestique apporta le dessert.

— C'est bien, Auguste. Je n'ai plus besoin de
vous. Je vous appellerai pour le café.

En même temps que le dessert, Auguste avait
apporté un grand sceau d'argent que je ne pouvais m'empêcher d'admirer tant les sculptures
curieuses qui se détachaient sur ce fond blanc

avaient de relief et d'éclat. Mon hôte prit une
carafe dans ce sceau et remplit d'abord la coupe
qui était devant moi. Il remplit sa coupe ensuite
et, l'approchant de la mienne :

— Nous allons boire à notre santé, fit-il. Dans
mon pays on s'embrasse en ce cas — ajouta-t-il
— et, m'enlaçant de ses bras, il me couvrit d'ardentes caresses.

Cette fois, le charme était rompu, j'avais
compris.

Je le repoussai.

Il se précipita vers moi de nouveau.

— Allons, *Pâlotte*, pas de bêtises...

— N'avancez pas.....

— Petite folle ! comme tu es jolie ! comme je
t'aime ! Ah ! j'ai vingt ans ! tiens ! je suis
jeune.....

Il avait eu comme un cri guttural, en pronon-
çant ce mot : Je suis jeune.

Et quand il l'eut crié ainsi, ce mot : *Je suis
jeune*, un phénomène étrange se produisit. Il
m'apparut tout à coup vieux. Son visage calme
et bienveillant s'était brusquement contracté.
La passion déchaînée donnait à cette physionomie un aspect sinistre. Fatigué des efforts
qu'il venait de faire, il se prit à tousser... C'était
Giacomo moins la force...

Ce souvenir de Giacomo me revint, et, mettant un fauteuil entre le vieillard et moi, je
m'appuyai sur le dossier de ce fauteuil et, regar-

dant mon hôte en face, je lui dis le plus doucement que je pus :

— C'est donc cela la vie ? Le Mal partout.
Vous vous indigniez tout à l'heure, quand je
vous parlais de Giacomo, mais cet homme est
un bandit qui marche dans l'opprobre et qu'escorte le mépris de chacun. Comment se fait-il
que vous, dont je ne sais pas le nom, mais qui
êtes certainement un homme qu'environne le
respect de tous, comment se fait-il que vous
agissiez comme Giacomo ? Vous êtes si heureux !

Une ombre passa sur son front.

Sans doute ma figure peignait tristement la
désillusion profonde qui remplissait mon âme.

— Mets-toi là — dit-il — et causons..... Je
ne te toucherai pas — ajouta-t-il, comme pour
répondre à une inquiétude vague de ma part.

Il avait dit cela de sa voix naturelle, de sa
voix harmonieuse du commencement. Je n'eus
pas une minute de défiance et je m'assis à côté
de lui.

Ainsi, grande sotte, tu t'imagines — me dit-il
presque paternellement — que je suis heureux
parce que j'habite cette belle maison ? Quel âge
as-tu ?

— Seize ans.

— Eh bien ! donne-moi tes seize ans et je te
donnerai la maison, les meubles, les chevaux et
les domestiques avec. Si tu savais comme j'ai
froid ici.... Il n'y a que la jeunesse qui me ré-

18

chauffe ! Sais-tu que j'ai été étudiant..... Tu
aimes peut-être un étudiant ?

— Non, monsieur, c'est un artiste !

Il sourit involontairement de la naïveté de ma
réponse.

— Et comment est-il ton artiste ?

— C'est un grand qui chante toujours.

— Eh bien, pour être encore étudiant dans ma
chambre à vingt francs par mois, pour ressem-
bler à ce grand qui chante toujours, ah ! vois-tu,
ma petite fille, je.....

Puis un accès de toux le reprit.

— Allons, voyons — supplia-t-il — aie pitié
de moi !

Il m'embrassait les genoux, il couvrait mes
cheveux de caresses.

Le souvenir de Giacomo me poursuivait :

— Non ! criais-je. — Non !

— C'en est trop ! Qui t'a appris cette comé-
die ?

Cette fois, brutal, congestionné, horrible à
voir, il me mit ses deux bras autour du cou.

D'un bond, je m'arrachai à son étreinte.
J'allai à la fenêtre. Je tirai les rideaux en les dé-
chirant. Je fis sauter l'espagnolette.

— Je vais crier ! — dis-je.

J'étais là, immobile devant le ciel qui m'apparaissait tout noir, et tout à coup il me sembla
entendre une voix, familière à mes oreilles, qui
entonnait à pleins poumons un refrain bien
connu de moi !

> Un peu de chrôme à la palette.
> Ohé ! rapin ! Ohé ! rapin !...

Etais-je folle ? étais-je grise ? Mais non, cette chanson, il n'y avait qu'un homme à Paris pour la chanter ainsi.

— Est-ce fini ? — demanda le vieillard d'une voix rauque, et il me tirait par ma robe.

> Ohé ! rapin ! Ohé ! rapin !

hurlait le passant qui déjà s'éloignait.

— Au secours ! à moi ! — criai-je d'une voix sonore.

A ce cri, le vieillard répondit par un effroyable juron.

— Pas de scandale ici, va-t-en ! fille du dia-ble ! — vociféra-t-il.

— Par où ?

— Par ici...

Je m'élançai dans cette direction, puis tout à coup je me trouvai dans l'obscurité.

J'étais revenue dans l'immense salon de tout à l'heure, et ces grandes figures m'é-pouvantaient, cette fois. Je me cognais à des meubles ; puis, machinalement, je m'affaissais sur des canapés. Je me heurtai à un objet que je ne voyais pas, une statuette ou une lampe sans doute, et elle tomba avec fracas. Un bou-ton de porte se trouva sous ma main qui tâton-nait, je le tournai, je m'engageai dans une espèce de corridor, je descendis quelques marches et

tout à coup, dans une sorte de salle basse éclairée au gaz, je me trouvai devant des domestiques festinant joyeusement. Je fermai la porte
rapidement, en ouvris une autre et gagnai les
escaliers. J'étais haletante, mon cœur battait à
rompre ma poitrine; la peur me donnait des
éblouissements et des vertiges.

Toute la maison commençait à s'agiter...

— Ouvrez donc la porte! ouvrez donc! —
criait d'une voix de tonnerre le vieillard, qui
s'était avancé, à ma suite, jusqu'en haut de l'escalier.

La porte cochère s'ouvrit.

Je me précipitai dehors.

—

Le peintre avait entendu mon cri de détresse;
je me jetai dans ses bras.

— Et de deux! — s'écria-t-il en me reconnaissant. — J'arrive encore assez tôt... Pauvre Pâlotte!... Le tour est de madame Chiffonneau,
cette fois-ci; j'en jurerais...

Appuyée sur Canette, je restai quelques instants sans répondre.

— Oh! cette femme! — murmura le peintre.

— Elle m'a conduite ici... ce soir... — lui dis-je
— puis m'a laissée... Un grand monsieur à cheveux blancs...

— Je devine le reste — poursuivit Canette. —
Ne m'en raconte pas davantage... Vieille histoire, celle-là... quoique toujours nouvelle! Mais

tu trembles... C'est le froid qui te saisit... Tiens, voilà mon manteau... il te donnera l'air d'un homme... Crâne idée que j'ai eue de venir dans ce quartier!... J'ai voulu danser au Pré-aux-Clercs, les femmes y étaient affreuses...Je croyais avoir perdu mon temps, et je te retrouve...

En parlant ainsi, le peintre m'avait envelop-pée dans une sorte de mac-farlane qu'il portait. Je relevai un des pans sur mon visage, et nous nous mîmes en route.

— Je ne te ramène pas chez madame Chif-fonneau, cela va sans dire — dit Canette. — Pre-nons par le Pont-Neuf, et droit à Montmartre!... C'est là que j'ai planté ma tente, en attendant d'avoir un hôtel aux Champs-Elysées.

Sans répondre, je me pressai contre le jeune homme, et nous marchâmes silencieux, lui la tête haute, les cheveux au vent, moi, toute fris-sonnante, le visage enfoui jusqu'aux yeux, dans les plis du manteau, que retenaient mes deux mains.

Nous traversâmes ainsi les Halles, aux abords desquelles affluaient les voitures des maraîchers. On déchargeait des légumes sur les trottoirs... Çà et là, étendus sur la dure, quelques forts at-tendaient, en dormant, leur tour de travail. Des deux côtés, à travers le grillage, on apercevait au loin le marché désert; en face, se dressait toute noire l'église Saint-Eustache, sa tour mas-sive, ses clochers découpés dans l'espace...

Un peu plus loin, la scène changea tout à

18.

coup. Les lumières éclatantes du boulevard suc-
cédèrent aux ténèbres de la rue Montmartre. Les
cafés nous apparurent resplendissants et la façade
du restaurant Vachette, constellée de cabinets
en liesse, évoqua dans l'esprit de mon compagnon les images joyeuses de festins convoités.

Puis nous rentrâmes dans l'obscurité du faubourg, ce *vomitorium* des boulevards, dans les
fanges duquel stationnaient les filles et les
voyous, avant de se disperser dans les bouges.
Les pâtisseries seules étaient ouvertes et re-
gorgeaient de consommateurs. On voyait, à travers les devantures, les gestes de ces derniers.
Chaque fois que la porte s'ouvrait, on entendait
des huées ou des éclats de rires que les voix
éraillées des femmes rendaient sinistres. On
mangeait peu, mais on buvait encore, pour se
quereller ensuite... Et les cochers stationnaient
dans le ruisseau, guettant la course de l'ivrogne,
spéculant sur le pourboire de l'homme qui ne
compte plus.

Canette avait fait quelques provisions et pressait maintenant le pas pour arriver plus vite.
C'est bien haut Montmartre, et la route, la nuit,
me paraissait plus longue. Nous suivions des
rues montantes, mal pavées, glissantes... J'é-
prouvais une grande fatigue qui engourdissait
mes membres et ralentissait ma marche.

— Nous y sommes presque — disait alors Canette de sa grosse voix.

En même temps, il doublait le pas et m'entraînait, sans force et sans résistance, à sa suite. Enfin, nous arrivâmes à une maison de construction irrégulière, au flanc de laquelle était une porte basse, dont le peintre, à différentes reprises, fit retentir le marteau.

La porte s'ouvrit et le peintre pénétra le premier dans l'allée humide, du fond de laquelle arrivait jusqu'à moi une odeur nauséabonde, indéfinissable.

Les allumettes, le long du mur, ne pouvaient prendre. Je me cramponnai donc au paletot de Canette et montai ainsi, le talonnant à chaque pas, jusqu'à la chambre, où je me trouvai, sans savoir par où j'étais venue.

Une bougie oblique dans un chandelier boiteux éclaira bientôt la scène. Un lit, une table, deux chaises, un chevalet, une grande malle composaient tout le mobilier. Çà et là, collées contre le mur, des gravures du *Journal illustré* tenaient lieu de tableaux. Pour toute garniture de cheminée, des bouteilles vides, des bouts de cigares et deux pinceaux se battant en duel sur une palette ensevelie dans la poussière. Joignez à cela quelques loques formant trophée au-dessus du lit et parmi lesquelles je distinguai le pourpoint, cher à madame Chiffonneau, de don César de Bazan.

Pendant que mon attention était fixée sur ce déguisement qui me rappelait une triste date, en même temps que ma première rencontre avec

Canette, un formidable craquement se fit entendre auprès de moi.

Je me retournai brusquement et aperçus le peintre qui éventrait sa malle a coups de pied. Il recueillait avec sollicitude chaque débris, qu'il jetait ensuite en travers des chenets. Au bout d'un instant, un monceau de bois blanc nous promit une douce chaleur.

— A toi l'honneur ! — dit Canette avec une emphase comique. — Puisse la flamme qui va consumer ce bûcher, te peindre le sentiment dont mon cœur déborde pour toi. Là comme là, il te revient de mettre le feu.

Il ne me fut pas difficile de satisfaire l'étrange désir du peintre. Un flot de fumée précéda la flamme, qui brilla bientôt dans l'âtre, lécha les planches, les mordit au vif et, pénétrant au plus profond, jaillit avec un ronflement, pendant que la chambre s'emplissait de clarté.

Canette avait déjà couvert la table de comestibles. Il me fit asseoir en face de lui... Mais je n'avais pas faim. La chaleur du foyer, en me rendant le bien-être, m'avait plongée dans cette sorte d'alanguissement qui devance le sommeil. Bientôt mes paupières s'appesantirent et ma tête, inclinant à droite et à gauche, coupa court à la joviale conversation que tenait mon hôte. Une fois encore, j'entendis son éclat de rire familier, j'entrevis ses dents blanches, et ce fut tout... Je sentis seulement qu'une main délicate me tirait ma chaussure, faisait glisser ma robe le long de mon corps... puis, deux bras vigoureux m'enlevèrent de ma chaise et me déposèrent sur le lit dont les couvertures furent ramenées avec un soin paternel.

Je restai quelques heures dans un état voisin de l'anéantissement. Insensiblement, après, mon sommeil devint léger; il me semblait qu'une volonté supérieure me rappelait au sentiment de la vie. Un fluide pénétrant s'épanchait sur ma couche et ranimait en moi le souvenir. Dans ce demi-sommeil, mes yeux entr'ouverts erraient dans le vide, cherchant un point d'attraction vers lequel je me sentais portée... Tout à coup la tête de Canette m'apparut au chevet du lit... Le peintre était là, veillant et souriant, son regard fixé sur moi. Sa mâle beauté avait, en ce moment, un reflet de tendresse qui m'émut profondément... Il rougissait d'avoir été surpris dans sa contemplation... Je lui tendis la main, l'attirai à moi et nos lèvres se rencontrèrent dans un baiser...

—

— C'est une vie nouvelle qui commence pour nous — me dit Canette le lendemain, quand nous eûmes déjeuné. — Que veux-tu ! le hasard fait parfois bien les choses... Un peu de gêne à deux est toujours supportable; le travail doit être plus facile. Les pinceaux et moi allons être amis, désormais. C'est un grand art que le mien, ma chère Pâlotte !... un art qui donne tout ou rien : la fortune ou la misère. Tu seras ma Muse... tu

m'inspireras... Avec toi, je le sens, la conception
du beau me sera facile... Au reste, je commen-
cerai par peindre ton portrait... Tu auras ta
place marquée à l'Exposition... On fera cercle
autour de toi, on t'admirera, pendant que je
t'aimerai bien. Puis, l'or viendra plein nos poches... C'est fâcheux, mais il faut de ce métal...
Je ne sais pas ce que le monde en pense... Pour
moi, je m'en passerais très-bien si personne n'en
demandait.

— Et votre voyage en Amérique? — demandai-je à Canette, non sans une légère émotion.

— Laisse faire, va; je ne suis pas encore
parti...

Je le questionnai encore. Je lui avais entendu
dire, chez madame Chiffonneau, qu'il était à la
recherche d'une femme de la rue Blanche...

Canette m'apprit, en riant bien fort, que
cette dame remplissait au théâtre de *Lima*
l'emploi de jeune première, emploi qui ne lui
allait pas très-bien, vu son âge et une timidité
négative, sur laquelle toute illusion était impossible.

— Ce que c'est que les femmes, cependant! —
murmura le peintre après ces explications. —
Un homme oublie au bout de huit jours... La
bourgeoise s'efface aussi rapidement de sa mobile mémoire que la beauté du quartier Bréda.
La femme, au contraire, note tout, retient tout...
Un nom est prononcé, il se grave... Et quand
vous l'avez oublié vous-même, on vous le rap-

pelle avec date à l'appui; encore un peu, le jour,
l'heure, la minute, la seconde seraient désignés.

En effet, je n'avais pas oublié cette femme,
dont Canette se disait épris; j'avoue cependant
que sa pensée était un bien modeste sujet de
préoccupation, comparé à ceux que j'avais
déjà.

Mais le soleil était beau ce jour-là, nos cœurs
étaient en fête et la chanson du peintre me donnait envie de danser. Il fut convenu que nous
enterrerions la vie de garçon le soir même. Il y
avait bal masqué un peu partout, car le carnaval
touchait à sa fin. Il entra donc aussitôt dans nos
projets d'aller au Châtelet; la fantaisie y avait
ses coudées plus franches qu'à l'Opéra...

—

Aller au Châtelet, avec Canette... quel bonheur! Et le costume.... Ah! il fallait un costume,
le plus simple du monde, sans doute, encore en
fallait-il un. Canette voulait se déguiser aussi...
il aimait la draperie et l'excentrique, ce grand
garçon élevé dans le rire et l'insouciance.

Il pesa, tour à tour, toutes les chances de crédit qu'il avait auprès des costumiers. Nulle part
il ne pouvait espérer trouver des conditions
meilleures que chez madame Chiffonneau....

—Au moins—dit le peintre en se décidant
— elle me connaît. Je lui ai gardé son *don César
de Bazan,* c'est vrai; mais n'a-t-elle pas profité
du vêtement que je lui ai laissé? Allons, j'aurai
recours encore une fois à elle... je ne suis pas,

d'ailleurs, fâché de savoir ce qu'elle pense sur ta
disparition.... Faut-il la renseigner ? — ajouta-
t-il d'un air câlin.

— C'est inutile — lui dis-je.

Deux heures après, Canette était de retour,
apportant deux costumes: un simple pierrot pour
lui, un page Henri III pour moi. Il me fit aussitôt
revêtir le justaucorps et les culottes à bouffettes.
Il ajusta lui-même la toque dans mes cheveux,
qu'il crêpait à sa manière, en les roulant sur ses
doigts ou bien en les ramenant à pleine main
sur mes tempes, afin de donner à ma physionomie un caractère plus mutin.

— Et la mère Chiffonneau? — demandai-je,
après avoir terminé cette toilette d'un nouveau
genre.

— C'est elle qui ferait une jolie tête — me dit
l'artiste — si elle te voyait. Tu ne t'imagines
pas ce qu'est cette femme, aujourd'hui. J'ai cru
qu'elle allait me battre.

— Vous voilà! — m'a-t-elle dit. — La belle
visite! En vérité, il faut que vous soyez bien
osé... Me rapportez-vous mon *don César*, au
moins?... Oh! je n'y compte plus, allez; il est
remplacé, et *Robert-Houdin* aussi, que vous
aviez mis hors d'état... En voilà des clients!...
La gueuserie les ronge; ce n'est bon qu'à faire
des dupes... Encore si vous m'apportiez de l'argent... mais je jurerais que vous n'avez pas le
sou... Et il ose se présenter ici!... Qu'osez-vous
encore attendre de moi?...

Je m'étais assis en face de la marchande à
la toilette, à cheval sur une chaise, et ne répon-
dais rien à ses questions, pas plus qu'à ses injures.

— Vous voulez un déguisement sans doute,
tout ce qu'il y a de plus beau, de plus huppé....
Un peintre, cela joue au gentilhomme... il faut
du *rupin* à tout prix... mais, quand il s'agit de
payer... Ah! bien oui... Vous me prenez donc
pour une folle?...

— Madame Chiffonneau — lui ai-je dit — je ne
vous prends pas pour une folle, soyez-en convaincue. J'avais absolument besoin de deux costumes et j'ai tout naturellement songé à vous les
demander. Ne suis-je pas votre client? Ne som-
mes-nous pas en compte?...

— Deux déguisements! il lui faut deux déguise-
sements.... Pourquoi ne me demandez-vous pas
tout de suite de costumer à *l'œil* la cour de Sar-
danapale?... Vous avez donc perdu toute pu-
deur? Après m'avoir flibusté mon plus beau costume, il vient m'en demander deux autres....

— Madame Chiffonneau, je ne vous ai rien flibusté. Les circonstances ne m'ont pas permis
de vous rapporter le *don César*, voilà tout... Ne
vous avais-je pas laissé mes vêtements en ga-
rantie?... Vous les avez vendus, cela va sans
dire; je ne vous en veux pas. Avouez cependant
que je ne suis pas aussi coupable que vous voulez
bien le dire.

— Certainement que je les ai vendus vos vê-

19

tements... des guenilles !... Pensez-vous que j'aie
fait grand profit, ce jour-là?... Mon *don César*
était tout neuf.

— Oh! il était tout neuf; ceci est une autre
question. Dans tous les cas, il est à vous et je
vous le rendrai. Seulement il me faut deux déguisements; il me les faut, entendez-vous, car
j'ai retrouvé cette jeune femme du quartier
Bréda pour laquelle je vous ai avoué, un jour,
ma tendresse.

— Il faut bien que quelques-unes se retrouvent, quand il s'en perd tant !

— A propos, vous ne m'avez pas donné des
nouvelles de mademoiselle Pâlotte... Est-elle toujours jolie ?...

En m'entendant prononcer ton nom, la marchande à la toilette s'est changée en louve; elle
écumait.

— Pâlotte!...— s'est-elle écriée— que vous importe Pâlotte!... Que me fait à moi si elle est
laide ou jolie!... En voilà encore une qui avance
bien mes affaires.... et les siennes... Dévouez-
vous, après cela... rompez la moitié de votre
pain pour le donner aux autres... mettez-vous
en quatre... Il vaudrait mieux réchauffer des
serpents dans son sein... J'ai ramassé cette petite
fille dans la boue... je l'ai élevée, soignée, dor-
lotée... savez-vous ce que j'en retire?... mais il
est inutile que vous le sachiez... cela ne vous
regarde pas... Elle s'en est allée seulement... je
ne l'ai pas revue, cette Pâlotte, depuis hier...

'Non, des êtres semblables n'ont ni cœur ni entrailles... Et vous me demandez si elle est encore jolie!

— Cela est bien mal de la part de mademoiselle Pâlotte. Si je la rencontre, je lui ferai sentir tout ce que son ingratitude....

— Oui, monsieur Canette; cherchez à la voir, vous la rencontrerez certainement. Dites-lui qu'il n'est pas permis de se conduire comme elle l'a fait avec sa mère d'adoption, car je suis sa mère d'adoption. Je vous en serai bien reconnaissante, je vous assure... Aussi fâchée qu'on soit, il reste toujours là quelque chose....

En parlant ainsi, madame Chiffonneau a mis la main sur sa poitrine à l'endroit du cœur. Cette pantomime m'a fait bondir... je ne sais ce qui m'a retenu, mais j'ai failli éclater... Dieu sait si j'eusse été tendre... Enfin, j'ai dissimulé... cela m'a été bien difficile... Aussi, j'avais hâte d'en finir avec l'ogresse. L'espoir qu'avait cette dernière que je pourrais lui être utile pour te retrouver, m'a merveilleusement servi. J'ai choisi les costumes que j'ai voulu; mais encore a-t-il fallu laisser quelque argent. La Chiffonneau s'est montrée impitoyable à cet endroit.

—

Après m'avoir raconté son entretien avec la marchande à la toilette, le peintre revêtit son déguisement et essaya un pas sur l'effet duquel il comptait le plus....

Au bout de quelques instants, nous dégrin-
golions l'escalier, puis la rue, puis le quartier.
Canette prit une voiture pour parcourir le boulevard.

Quand le soir fut venu, nous dînâmes chez un
marchand de vin, avec des masques, pour remonter ensuite en voiture et recommencer notre
promenade.

Les trottoirs étaient encombrés de promeneurs
qui nous regardaient passer.

Les gamins avaient envahi la chaussée et nous
faisaient escorte.

Debout sur le siége, le peintre haranguait les
curieux, échangeait avec eux les propos les plus
burlesques ou les plus grivois, suivant qu'on
émoustillait sa verve, qu'on encourageait sa fa-
conde par des applaudissements.

Je suis Pierrot, c'est vrai — criait Canette —
Mais, tout Pierrot que je suis, je vaux mieux
qu'Arlequin... Eh! vous, le petit monsieur aux
culottes à carreaux!... c'est d'Arlequin que je
parle... Et je vaux mieux que Colombine aussi...
Entendez-vous, la petite dame à chignon?... Ohé!
la petite dame!... connaîtriez-vous par hasard...
Tiens! je vous remets.... c'est vous qui êtes de
mon village... On vous vit brune, vous êtes
blonde... donnez-moi donc l'adresse de votre
coiffeur... Et toi, mon gros bonhomme, quel
commerce fais-tu? Vends-tu de la cannelle... j'en
achète à crédit... Tu te fâches? Mais je suis Canette, mon vieux.... Canette le noctambule, le

grand artiste, un pamphilomane de tout ce qui se boit... Et hu!... tu ne paies rien? Au revoir Paillasse... je te quitte... Pierrot te dit : Zut!...

—

Quelques heures après nous étions au Châtelet. Jamais pareil spectacle ne s'était offert à ma vue. Je restai d'abord interdite. Puis, je distinguai une foule compacte, grouillante, dont les têtes ondulaient au loin. Tous les âges, toutes les histoires, tous les costumes, toutes les drôleries étaient là pêle-mêle dans un arc-en-ciel de couleurs. Jupons, maillots, tuniques brodées, manteaux à paillettes se croisaient, s'entrecroisaient. Et j'apercevais, en même temps, comme une mosaïque de croissants noirs sur tous les visages; ou bien c'étaient des images monstrueuses du rire, de la douleur, de la bêtise humaine sous toutes ses faces; ou bien encore des casques gigantesques parodiant tout ce qui existe et donnant à l'impossible un aspect ainsi que des formes empruntées à l'insensé. Et d'âcres parfums me prenaient à la tête, dans cette atmosphère brûlante où la fumée, la poussière, envahissant les voûtes, planaient, comme une nuée, au-dessus des girandoles de lumières, parmi les fresques pâlissantes qui symbolisent l'art.

Tout à coup, une musique, que dominait la voix stridente des trompettes, imprima à la masse une sorte de mouvement frénétique qui, en s'accélérant, embrassa, comme dans un tourbillon, la salle entière, pour ne laisser plus voir

19.

qu'une forêt de bras, de jambes, des poitrines haletantes, des corps convulsionnés, des gibbosités de toute sorte, une mêlée effroyable enfin, semblable à une bataille, à une tempête furieuse, à un ouragan plein d'éclairs, de coups de tonnerre et de mugissements.

— Viens! — me dit mon compagnon — et il se jeta avec moi dans le cyclone humain, qui nous étreignit, nous riva à sa chaîne immense, nous contint dans le flot désordonné.

Le délire qui s'empara alors du peintre devait bien vite attirer sur lui l'attention. Le quadrille dans lequel il se livra à l'épilepsie d'une véritable danse macabre ne cessa d'être entouré par une foule compacte d'admirateurs.

Son succès grisa Canette... Comme je n'avais cessé d'être sa danseuse, il ne voulut pas que le lustre s'éteignît sans qu'un nouveau triomphe gravât dans ma mémoire le souvenir d'une nuit de folie, qui devait être la dernière.

Il m'éleva dans ses bras, au-dessus de sa tête, me mit à cheval sur ses épaules et parcourut la salle en criant : « Saluez, c'est la reine ! »

Le public, qui connaissait Canette de longue date, se prêta de bonne grâce à la plaisanterie. On me fit une ovation qui eut un écho dans les loges; en quelques minutes, je fus couverte de bouquets.

—

Bientôt les portes du théâtre se refermèrent sur nous. L'aube naissante colorait au loin le

ciel, du côté de la Seine. Le rayonnement des
becs de gaz s'éteignait insensiblement dans le
brouillard du matin.

Le Paris de jour était déjà dans la rue, quand
le Paris de nuit fit irruption. Dans le voisinage,
les portes, les devantures s'ouvraient avec fracas
et l'avant-garde d'un peuple laborieux suivait
la route du chantier.

Le flot montant, le flot descendant passaient,
l'un à côté de l'autre, sans se rencontrer, sans se
confondre. Par là, le travailleur; par là, le
noceur... L'un, calme, reposé; l'autre, chan-
celant, livide. L'un, bien dispos, robuste, sous
la vareuse ou le paletot; l'autre, indigestionné,
frileux, sous le manteau de soie ou la tunique de
velours.

Et le trottoir émaillé apparaissait ainsi, dans
la pénombre, sous l'aspect mouvant du vrai et la
fantasmagorie attardée du plaisir. Parfois, un
titi aviné, voulant hâter sa course, se laissait
choir dans la chaussée, comme une masse
inerte... Aussitôt, l'ouvrier, souriant, remettait
sur pied le fantoche, puis, immobile, suivait son
protégé des yeux, redoutant pour lui de nouveaux vertiges... A quelques pas plus loin, impassibles, les balayeurs, avec un geste automatique, accomplissaient stoïquement la tâche qui
les voue au ruisseau.

Et, à mesure que la vie uniforme reprenait
son cours monotone, la mascarade bruyante
s'égrenait dans toutes les directions, s'effaçait à

l'angle obscur des carrefours, fuyant la lumière ennemie du faux, paillettes et clinquant, perle fausse et stras. Pierrettes, débardeurs, clodoches, avaient pour la plupart disparu, tandis que les derniers traînards hélaient les premières voitures pour regagner un gîte qui leur semblait fuir devant eux.

En ce moment, Canette et moi arrivions au square des Innocents, qu'encadrent de vieux pignons et dont la fontaine ressemble à la guérite d'un garde municipal en vedette. Au fond, à travers les marronniers chenus, on apercevait une maison flamboyante, sur le vitrage de laquelle, comme dans une lanterne magique, se mouvaient les ombres bizarres d'un va-et-vient tumultueux.

— C'est ici qu'on soupe ! — dit le peintre. — Et, me prenant par la main, il alla à la maison, traversa la salle du rez-de-chaussée, gravit les escaliers par où montaient et descendaient des garçons effarés... puis, ouvrant une porte toute grande :

— La reine ! messieurs — cria-t-il.

Un grand hurrah retentit dans le salon où nous pénétrâmes ainsi que dans les cabinets voisins... Aussitôt, on s'empressa autour de moi... Dix bras me servirent de pavois et je passai de nouveau, en souveraine, au milieu de la troupe folle et hurlante des amis de Canette.

FIN DE LA DEUXIÈME PARTIE.

TROISIÈME PARTIE

—

L'humble chambre que Canette décorait du nom d'appartement était située, je l'ai dit, tout en haut de Montmartre.

Un petit jardin, commun à toute la maison, étalait quelques plantes rachitiques, quelques arbres fruitiers mal soignés qui essayaient de se cramponner à un mur de plâtre tombant en miettes, et qui de sa poussière blanche poudrait à blanc les quelques fleurs obstinées à pousser sans qu'on en prît soin.

Les locataires de la maison n'abusaient point du jardin.

On n'avait point réparé l'immeuble depuis de

longues années, et ceux qui consentaient à l'habiter avaient bien autre chose à faire que de
s'occuper d'horticulture. Les gens paisibles crai-
gnaient les mauvaises rencontres dans ces pa-
rages éloignés et hésitaient à louer là.

Ces mauvaises rencontres n'existaient pas,
bien entendu, pour Canette, que tous connaissaient par son nom, depuis le boutiquier jusqu'au rôdeur nocture, et qui n'avait qu'à se
montrer pour mettre le *holà* dans les disputes du
lundi.

Nous fûmes presque heureux quelque temps.

L'Américain, fasciné par la verve irrésistible
de Canette, avait consenti à payer encore
mille francs, versés d'avance, une copie de
cette fameuse *étude* de femme qui était devenue une allégorie de l'Amérique, moyennant
le remplacement de quelques accessoires par
des emblèmes représentant l'Industrie.

Ces mille francs servirent en partie à Canette
à compléter ce qu'il appelait ses adieux au
Passé.

Je ne sais ce qu'il avait à lui dire à ce Passé,
mais il n'en avait jamais fini, de lui dire, adieu.
Il m'emmenait à la campagne pour assister à ces
adieux, il descendait avec moi vers Paris pour
prononcer encore en quelque restaurant le suprême et solennel adieu.

Cet homme qui n'avait peur de rien, n'avait
peur que d'une chose : le Travail. Le travail
l'épouvantait bien autrement que le plus fa-

touche des créanciers. Il aimait mieux rêver sa
vie que de la vivre. Il s'animait jusqu'à l'élo-
quence quand il parlait peinture, et devenait
tout à coup glacé quand il s'agissait d'en faire.
A peine installé devant un chevalet, il s'éteignait, il s'ennuyait, il prétextait qu'il lui manquait quelque chose et s'en allait jusqu'à l'autre
bout de Paris pour le chercher.

— Comme tu es resté longtemps? — lui disais-je doucement dans les premiers jours.

— Que veux-tu? — répondait-il — j'ai rencontré un tel, et puis un tel, et encore un tel...

Et c'était vrai. Il rencontrait tout le monde. Il
avait le genre humain pour ami, mais un genre
humain particulier, qui lui prenait son temps
et qui ne lui donnait rien en échange ou qui
lui offrait des rafraîchissements qui, à force de le
rafraîchir, finissaient par le brûler.

Il était banal, je fus vite forcée de le reconnaître. Il aimait tout le monde, ce qui est la
même chose que de n'aimer personne. Il tendait
à chacun une main également sympathique et
du même bonjour joyeux saluait un marchand
de tableaux, un *gavroche* avec lequel il avait fait
route une nuit, un millionnaire s'il en eût
connu...

Cette banalité fut ma première désillusion.
Mon cœur, ulcéré par les misères de ma triste
vie, débordait d'affection. Mon âme n'eût désiré
que se donner, encore fallait-il qu'on le lui de-
mandât. Canette ne me demandait rien. Canette

rentrait, je lui sautais au cou, il m'embrassait
bien tendrement, mais sans doute comme il
eût embrassé toute autre. Il était gai quand il y
avait de l'argent, un peu morose quand il n'y en
avait pas. Je ne lui vis jamais dire ni faire une
méchanceté ; jamais non plus, quoique je l'at-
tendisse toujours, je n'entendis sortir de sa
bouche cette parole qui, indissolublement, lie
deux êtres l'un à l'autre.

—

Nous vivions ainsi, côte à côte ; moi, comprenant que je m'étais trompée, navrée que l'A-
mour tînt si peu ses promesses ; lui, ne s'aperce-
vant de rien, toujours riant, toujours parlant,
toujours content.

Nous avions cependant d'heureux moments.

Ce pauvre jardin poussait comme par enchantement, dès qu'on daignait prendre la peine de
l'arroser, et, le soir, nous nous asseyions là, lui
fumant, moi cousant, tandis que les grands
bruits de la ville nous arrivaient à peine comme
un murmure imperceptible.

— Comme on est bien ici — murmurai-je...

— Tu trouves ? On dirait qu'on est mort.

Le bruit, en effet, était nécessaire à Canette.
Il fallait qu'il se sentît vivre.

Bruit de cabaret, bruit de foule, bruit de fête
publique, tout lui était égal, pourvu qu'il entendît parler, et surtout pourvu qu'on l'entendît
parler. Je ne sais quelle attraction nous avait

réunis, car au fond jamais deux natures ne furent plus dissemblables que les nôtres.

Je voyais cela sans lui en vouloir, car il avait des côtés charmants. Il ne comptait jamais, bien entendu, pas plus avec lui qu'avec les autres. Il mettait l'argent dans un tiroir et me disait :

— Prends à mesure.

Hélas ! si peut qu'on prît, l'argent s'en allait.

L'Américain avait encore avancé quelques petites sommes.

Tenace et logique comme tous ceux de sa race, il ne pouvait admettre qu'un homme qui pérorait si bien sur les questions d'Art fût incapable de rien produire. Il attendait toujours, puis, un beau matin, il partit.

— C'est malheureux — soupira Canette. — Cet Américain restera comme la plus belle trouvaille de ma vie. Il n'y a plus que moi à Paris pour dénicher un Américain.

L'Américain parti, la misère arriva, misère âpre, sombre, horrible. Il fallait s'en aller mendier le crédit un peu partout, prendre chez le boulanger un pain qu'on vous donnait presque par pitié.

Canette, les trois quarts du temps, restait couché.

— La fortune vient en dormant — alléguait-il en guise d'excuse.

— Secouez-le ! — m'avait dit l'Américain en me glissant dans la main les dernières pièces

20

d'or qui fussent entrées à la maison. — Secouez-
le ! il est un peu mou...

Je me souvins du conseil et je secouai Canette.

Il descendit sur Paris, battit tous les quartiers
de la capitale, rencontra des compatriotes et leur
emprunta un peu d'argent.

— J'ai une idée ! — fit-il en étalant sur la table
de bois blanc quelques friandises, un pâté qu'il
avait pris chez Julien et une bouteille de champagne au casque argenté.

— Voyons l'idée — interrogeai-je pendant
qu'il remplissait du vin mousseux une tasse ébré-
chée et un grand verre peint de couleurs voyan-
tes, que nous avions gagné à une fête de banlieue.

— A ta santé ! — dit-il — à l'Avenir ! Tu connais
Durand, n'est-ce pas ? celui qui m'a reconduit
l'autre soir jusqu'ici en causant et qui a couché
dans l'atelier ? Durand affirme une chose très-
juste et que, du reste, tous ceux qui se sont oc-
cupés de sciences transcendantes sont unanimes
à reconnaître. Chaque être naît sous l'influence
d'un nombre pair ou impair. Quand il marche
dans le sens contraire à ce nombre, il est cons-
tamment malheureux. Ainsi, je suis né un jour
impair, et les numéros pairs ne me réussissent
pas. Depuis que je suis ici, le guignon me poursuit. Quand j'ai trouvé mon Américain, j'habi-
tais une maison à numéro impair.

— Et la conclusion ? — dis-je.

— La conclusion est qu'il faut déménager.
Durand nous offre une chambre à Montrouge;
allons-y...

— Et les dettes du quartier ? — répliquai-je.

— Les dettes, nous les laissons momentané-
ment de côté, et quand nous reviendrons un jour
en voiture à quatre chevaux les payer, avec des
intérêts fabuleux, les créanciers ne nous en vou-
dront pas. Tu ne te doutes pas de ce que c'est
que Durand. Il a des idées à remuer des millions...

Canette alla louer une charrette à bras, bien
suffisante pour contenir notre modeste mobilier,
et, avant que l'aube fût levée, nous partions, lui
traînant la charrette, moi marchant à ses côtés.

C'était l'automne. De grands nuages grisâtres
couraient à l'horizon. Une impression de froid
précoce et de mélancolie intense vous enveloppait, en cette longue traversée dans ce Paris,
qui s'éveillait à peine.

Canette, lui, chantait le grand air de la *Muette
de Portici*, un air qui, affirmait-il, était de circonstance, puisque nous déménagions à la
Muette.

Sur ma route, je croisai quelques-uns de ces
pauvres petits *pifferari* qui, jetés dans la rue,
comme moi jadis, à la pointe du jour, attendaient,
en soufflant dans leurs doigts, que la Charité fût
levée.

Et le souvenir d'un passé si triste, auquel suc-
cédait un présent si amer, me faisait monter les

larmes aux yeux. Canette chantait toujours son grand air.

—

La maison où nous allions habiter rue Médéah ressemblait un peu à la nôtre. Elle était, par exemple, aussi bruyante que la nôtre était silencieuse. Je compris, en entendant tout le remue-ménage qui, dès le matin, animait le quartier, que Canette eût éprouvé le désir de venir habiter là.

Montrouge est le quartier des enfants. Il y en a partout, charmants, avec des têtes bouclées comme des petits anges, ou des cheveux en broussailles comme des petits démons. Ils vivent dans la rue, sous les voitures, comme de jeunes lazzarones, pêle-mêle, montrant le derrière à tout venant sans la moindre honte, se fourrant le doigt dans le nez, à la barbe des passants qui les regardent, et l'été allant tous ensemble faire de grandes parties nautiques sous les fontaines. Ils connaissaient déjà tous Canette par son nom, les marchands de vin le tutoyaient déjà, et notre arrivée fut un véritable débarquement en pays ami.

La chambre que Durand s'était réservée, en nous cédant la plus belle du logis, offrait un spectacle inouï dans sa saisissante simplicité. Un grabat, deux chaises de paille, une table de bois blanc, de vieux livres, des peaux de serpents pendues au mur et, voltigeant au-dessus des tê-

tes, des orfraies, des hiboux, vivant familièrement avec une couleuvre.

La chambre était à l'unisson du personnage
bizarre qui l'habitait.

C'était un singulier type que ce M. Durand.
Doux comme un enfant, sobre et chaste, ne dormant jamais, prodigieusement instruit, obsédé
par une idée fixe : *le surnaturel*.

Dans le quartier, on chuchotait vaguement
que Durand était un nom que notre hôte avait
pris, mais qui n'était pas le sien ; qu'il était
comte, qu'il avait été prodigieusement riche et
qu'il avait passé par des aventures incroyables.

Il prétendait avoir produit jadis des phénomènes merveilleux, avoir vu des choses que nul regard humain n'avait sondées. Et, véritablement,
à contempler ce visage ascétique, cette figure
étrange et ces yeux d'un éclat inouï, on n'avait
pas envie de rire de ce qu'il disait. Quand on avait
causé deux heures avec lui, on admettait presque qu'un coin du voile qui nous cache l'autre
monde se fût ouvert devant cet être qui n'avait
aucun des vices de l'homme.

Tout en lui était extraordinaire. Il disparaissait parfois des semaines entières.

Où allait-il ? on n'en savait rien.

Il avait rencontré deux oreilles complaisantes
et il avait suivi ces oreilles à l'extrémité de Paris ; il avait couché sur un canapé, sur un fauteuil, pour être plus sûr de retrouver ces oreilles
le lendemain, et quand il avait bien catéchisé, il

20.

revenait tout naturellement, comme s'il avait été faire une course au bout de la rue.

Le rêve de cet homme qui vivait très-bien avec dix sous par jour et qui encore, les trois quarts du temps, trouvait le moyen de les partager avec le premier pauvre qu'il rencontrait, le rêve de cet homme était d'avoir de l'or.

L'or qu'il rêvait, ce n'était pas la pièce de vingt francs ou le billet de mille francs, c'était l'or par monceaux.

Cet or, il savait où il était; il ne s'agissait que de l'aller chercher.

Il prétendait que dans le monde rien ne se perd, que tout se transmet; que lui, par exemple, était le descendant de quelque alchimiste foudroyé dans son laboratoire au moment de découvrir la pierre philosophale, et que moi je descendais en droite ligne d'une de ces sybilles qui prédisaient l'avenir à Delphes ou à Cumes. Nous étions nés tous les deux avec un *don*, ce *don* il s'agissait de le mettre en œuvre : c'est pour cela que le hasard nous avait réunis et qu'à première vue il s'était pris d'une irrésistible sympathie pour moi.

Avec lui et deux ou trois amis qu'il amenait, nous passions parfois des nuits entières véritablement affolantes et charmantes. Canette prenait de l'absinthe, sous prétexte de s'inspirer pour le lendemain; Durand buvait de temps en temps un verre d'eau, et à perte de vue nous entraînait dans tous les domaines vertigineux

qu'habitait l'esprit de ce monomane enthousiaste.

— Admettriez-vous — nous disait-il — que des
peuples aussi civilisés que nous, plus artistes,
plus fins, plus sceptiques par certains côtés, que
des peuples qui construisaient des monuments
incomparables, qui produisaient des œuvres d'art
merveilleuses, admettriez-vous que ces peuples
aient cru à des tours grossiers de saltimbanques?
Non ! Si la magie est partout dans l'antiquité, si
le monde a cru sans cesse, a vécu sans cesse du
surnaturel, c'est que ce surnaturel existe réelle-
ment. Les sociétés, en se perfectionnant, dimi-
nuent la part de cet élément, mais il existe encore, il anime certains individus privilégiés. Du
reste, les temps sont proches, et j'ai la certitude
qu'en échange d'une existence toute d'abnéga-
tion et de travail, l'Avenir me réserve quelque
magnifique découverte.

Nous l'écoutions, car toute conviction profonde
porte en soi une sorte de magnétisme. Et puis,
ceux qui étaient là étaient prédisposés à croire,
ils avaient cette nature d'intelligence qui, mal
organisée pour la vie réelle, a besoin d'être convaincue qu'il y a quelque chose en dehors.

Quant à Canette, il voyait avec un plaisir infini mes longues conversations avec Durand. Cela
m'occupait, et pendant ce temps je ne lui deman-
dais pas compte de l'emploi de son temps.

Le pauvre garçon avait le machiavélisme des
gens doux.

Il employait à ne pas travailler une incroyable activité.

Il organisait soigneusement son incurable paresse.

Moi absorbée par les longs discours de Durand, par les expériences que nous faisions ensemble, il avait tout le loisir de s'en aller traîner le quartier, flâner, prendre une absinthe avec l'un, un vermouth avec l'autre, jouer un *gloria* avec un troisième.

Je sentais que c'était fini et je ne lui reprochais rien. Il toussait déjà le matin, il avait les pommettes rouges, et il n'était point malaisé de deviner que la phthisie minait ce corps d'athlète.

— Laissez-le faire — disait Durand — c'est une organisation incomplète. Quand nous serons riches, nous lui donnerons tout ce qu'il veut et tout ce qu'il mérite aussi, car c'est bien rare un homme qui a vécu dix ans à Paris et qui n'a pas une goutte de fiel.

— Et quand serons-nous riches ?

— Quand nous aurons réussi...

— Et quand aurons-nous réussi ?

— Quand le moment sera venu...

En attendant, ce pauvre Durand se mettait en quatre pour apporter un peu d'argent. Il avait étudié la médecine jadis et c'était, paraît-il, un répétiteur incomparable. En six semaines, il se chargeait de faire passer un examen au plus ignare des étudiants. Sur la table d'un café, il faisait des démonstrations, il professait l'anato-

mie dans le Luxembourg et, pour peu qu'on l'en
eût prié, il eût donné ses répétitions au milieu
des quadrilles, à la Closerie des Lilas. Aussi était-il
fort recherché, et plus d'un médecin, devenu
illustre plus tard, était venu le prendre en voiture pour qu'il consentît à vivre avec lui, pendant la quinzaine qui précédait l'examen.

—

— Devine à qui j'ai arraché vingt francs ? —
me demanda un jour Canette.

— A qui donc ?

— A Giacomo — me répondit Canette.

Je le regardais. Il vit sans doute l'expression
de dégoût qui se peignait sur ma figure.

— Quand je dis arraché — ajouta-t-il — je
veux dire qu'il me les devait et que je suis par-
venu à me les faire rendre.

Mais le coup était porté et je compris que mon
pauvre Canette était sur la pente où l'on ne s'arrête point.

Sans doute Canette avait donné notre adresse
à Giacomo, qui l'avait donnée à madame Chiffonneau. Celle-ci, en effet, fit un jour irruption, rue
de Médéah.

— Je t'apporte ton chien, méchante enfant
que j'ai tant pleurée. Tiens, le voilà, ce pauvre
Pèro. Un prince russe m'en a offert vingt-cinq
louis, mais j'ai refusé ; j'ai dit : non ! il n'est pas
à moi, il est à *Pâlotte*. Je ne te mens pas ; tu le
verras, si tu viens chez moi, ce prince russe...

Ah ! il est bien bon, il aime bien la jeunesse. Il faut, comme cela, qu'il y ait de bonnes âmes au monde pour vous consoler des ingratitudes. Ce Canette m'a-t-il assez menti ! Quel intrigant ! Enfin, je n'ai que ce que je mérite... J'étais avertie; après le tour du *don César*, un homme est capable de tout...

Pendant que madame Chiffonneau s'épanchait en ce flux de paroles, *Péro* me couvrait de caresses, et les caresses de l'animal me faisaient un peu oublier la présence de la femme.

— Comme te voilà faite ! — soupira madame Chiffonneau en tâtant la robe de toile qui me couvrait incomplétement. — Je ne puis pourtant pas te laisser comme cela. Viens chez moi, tu choisiras quelque chose à ta taille.

Je lui répondis sèchement que je n'avais besoin de rien et que je ne voulais pas aller chez elle, où je pressentais quelque nouvelle infamie.

— Ça ne fait rien ! ça ne fait rien ! — répliquat-elle — j'ai ton affaire. Je vois la chose d'ici. Dame, tu sais, ce n'est pas très-neuf, mais je t'apporterai de la garniture... Ah ! pauvre petite ! comme tu as manqué ton avenir !

Cette conversation me pesait et je m'efforçais d'y mettre un terme, quand Canette, qui rentrait, dit bonjour à madame Chiffonneau, comme si rien ne s'était passé, et n'eut de cesse qu'il ne lui eût fait accepter quelque chose, qu'il lui laissa payer.

La mère Chiffonneau tenait à ses idées. Elle

revint avec la fameuse robe, que je consentis à
lui laisser déposer, par fatigue, tandis qu'elle
répétait toujours : — « Ah! pauvre petite!
comme tu as manqué ton avenir! »

———

Les expériences avec cet illuminé de Durand
étaient presque une consolation pour moi.

Je ne puis dire si j'étais *lucide*, mais il est
certain qu'il m'endormait complétement.

Au bout de quelques minutes de passes magnétiques, je me sentais quitter la terre et entrer
dans des régions d'apaisement profond.

Que se passait-il pendant ces instants où la
vie était comme suspendue en moi ? Je n'en sais
rien, mais le moment où la réalité disparaissait
pour moi était d'un charme ineffable. On aurait dit
que la chaîne qui m'attachait à la terre se bri-
sait tout à coup et qu'un vaisseau m'emportait
vers la pleine mer, au milieu des brises, dans un
silence harmonieux. Si la mort est ainsi, elle est
douce et doit être bénie ; elle est meilleure que
cette vie de lutte, d'angoisses et de désillu-
sions.

———

— Les temps sont venus — m'annonça un beau
jour Durand, transfiguré et le front rayonnant
du soleil des terres promises.

J'étais tout oreilles.

— Voyez-vous, ma chère enfant, l'Or n'est
point le métal vulgaire qui sert seulement à satisfaire les passions et à assouvir les convoitises.

C'est le métal sacré aussi, et c'est pour cela que
les Alchimistes avaient deviné d'instinct qu'un
peu de sang devait rentrer dans l'alambic où ils
s'efforçaient de dégager, des métaux en fusion,
le métal pur, le métal idéal et matériel en même
temps. Pour réussir les grands desseins auxquels
j'ai voué ma vie, il nous faut de l'Or; cherchons-
le... Votre esprit, troublé par tant de milieux tra-
versés, n'est pas encore assez épuré pour voir
l'Avenir face à face; il est assez lucide pour découvrir d'instinct des réalités cachées. Ce soir,
nous partirons pour chercher cet or qui journel-
lement se perd dans Paris, et qui nous aidera à
commencer notre grande œuvre.

. . . .

Il m'endormit quand minuit sonna, et nous
allâmes trois nuits de suite battre le pavé de
Paris, moi plongée dans cet état vague où l'on a
à peine conscience des objets extérieurs, lui attentif à mes moindres gestes, guidant mes pas et
me conduisant à travers les rues silencieuses et
désertes comme il eût fait d'une aveugle.

Parfois la marche me réveillait et, brusquement, je me crispais à son bras avec un cri sourd,
regardant, hébétée, quelque place qu'éclairait le
gaz, quelque maison que l'on construisait à la
lumière électrique, quelque porche d'un hôtel
illuminé pour un bal.

Il me calmait doucement en exécutant sur
mon bras quelques passes magnétiques et nous
epartions.

Sans rien discerner, j'avais la notion que quelqu'un passait à côté de moi; sans distinguer aucune parole, je percevais tout à coup quelque bruit. C'était une dispute de chiffonniers, les pas d'une ronde, les cris bachiques d'une bande joyeuse qui sortait de souper....

— Voyez-vous quelque chose? — me demandait de temps en temps Durand.

— Je ne vois rien....

— Cherchez....

De l'Or, parbleu! il y en avait partout.

Cette voiture qui passait, rapide, avec le bruit particulier aux voitures de maître, et ramenait quelque grande dame d'une soirée, contenait de l'or et des diamants pour faire de l'or.

Ce palais, qu'entouraient, dès trois heures du matin, les multitudes empressées à prendre part à un emprunt nouveau, en regorgeait, d'or.

Cette maison, où retentissait un orchestre de fête, en était pleine, d'or.

. . . .

Mais ce n'était pas cet Or-là que nous cherchions. Vers la fin de la troisième nuit, mon pied heurta un objet de petite dimension qui rendit un son métallique.

Durand se baissa vivement, ramassa l'objet.

— J'ai trouvé! — s'écria-t-il. — L'avenir est à moi!

Une voiture passait.

Il l'appela.

21

Nous y montâmes et nous rentrâmes au logis.

— Brisée de fatigue, je me jetai sur mon lit et tombai dans une prostration dont nul sommeil, quelque profond qu'il soit, ne peut donner l'idée.

Quand je m'éveillai, il faisait grand jour. Durand était près de mon lit.

— Eh bien ! — dit-il — voici une belle nuit et l'expérience est décisive. Ouvrez cette bourse et regardez ! Je n'ai pas voulu regarder avant vous, mais je suis sûr qu'elle est pleine de pièces d'or....

Je pris la bourse qu'il me tendait.

C'était une petite bourse de perles et de soie, sur laquelle était gravé en lettres tracées au fil d'argent le nom d'*Alice*.

En pressant sur le ressort, je fis tomber sur la table un soixantaine de petites pièces neuves et brillantes au soleil.

Durand en prit une avidement et son visage se décomposa , tant fut vive l'impression de désillusion qui s'y peignit.

Un éclat de rire strident s'échappa de mes lèvres.

Ces pièces d'or étaient des centimes.

Sans doute quelque petite fille avait réuni pièce à pièce cette collection de centimes neufs et pleurait peut-être le trésor qu'elle avait perdu à l'heure même où nous étions prêts à pleurer de l'avoir trouvé.

—

Durand resta trois jours sans ouvrir la bouche.

—Allons, il faut se remettre au travail — fit-il au bout de trois jours.

Nos expériences recommencèrent.

— A quoi pensiez-vous dans nos nuits de recherches — me demanda-t-il un matin. — Quelque pensée de luxe ne vous guidait-elle pas?...

— Ma foi — répondis-je — je ne pensais à rien...

— C'est que, voyez-vous, je l'ai possédée un instant cette puissance de créer l'Or, et elle m'a été brusquement enlevée du jour où une velléité de satisfaction matérielle m'a détourné de l'idée sainte de la Science pure... J'ai réfléchi beaucoup à notre aventure. Les effluves qui se dégagent encore d'une ville comme Paris endormi détournent le courant et troublent la lucidité. Et puis, cet Or trouvé appartient à quelqu'un. Ah! j'ai une idée! mais, hélas! les moyens d'exécution me manquent encore.

L'idée de Durand, je ne tardai pas à la connaître. Il s'agissait de se transporter dans la forêt de Bondy, d'y découvrir, par la seconde vue, les cachettes que les bandes de brigands qui avaient infesté jadis cette forêt n'avaient pas manqué d'y pratiquer et de s'emparer de ces richesses qui, maintenant, n'appartenaient plus à personne.

Pour réussir, il fallait que je fusse vêtue de

vêtements blancs qui n'eussent point encore été portés, que j'eusse sur les épaules un de ces corbeaux centenaires qui dans leur longue existence ont vu tant de scènes de meurtres et parcouru tant de champs de bataille, et qu'enfin je fusse armée, pour frapper le sol, d'une baguette d'or. Il fallait enfin que, sur un trépied d'airain, on fît brûler quelques plantes que Durand seul connaissait.

Pour cette mise en scène, l'argent était nécessaire. Quelqu'un se chargea de le fournir.

Ce quelqu'un fut madame Chiffonneau.

Elle avait entendu un jour une de nos conversations avec Durand; les monceaux d'or avaient lui à ses yeux.

La cupidité, la superstition, l'avarice, s'étaient livrées un effroyable combat dans cette âme.

— Combien vous faut-il pour réussir votre grande expérience? — demanda-t-elle un jour à Durand.

— Mille francs...

— Les voilà! — Elle tira de sa poche un chiffon de papier graisseux et le remit à Durand, qui le prit tout naturellement et sans même dire : merci !

———

. . . .

Ciel! quelle forêt profonde et obscure! Un prince! des costumes étranges! du sang versé! C'est trop lointain. Je n'y comprends rien...

Tiens ! voici des marchands qui reviennent d'une foire, de la foire du Landy, disent-ils.

Ils ont dans leur bourse de cuir des monnaies que je ne connais pas. Celui-ci pense à sa femme, il veut rebrousser chemin...

Il a raison...

Sa mule a dressé les oreilles...

Les autres le raillent...

Ils continuent leur route...

Arrêtez ! ne voyez-vous pas, là-bas, derrière ces hêtres...

Ah ! les malheureux, on leur saute à la gorge. Le sang coule encore...

On fouille les cadavres...

Et ce grand coffre, où le mènent-ils ? Là-bas, sous de hautes broussailles, au plus épais de la forêt.

Il y est encore, ce coffre.

Deux hommes, deux spectres, assis dessus, le gardent.

— Qui donc êtes-vous ?

— Les assassins condamnés à garder ces richesses maudites jusqu'au jour où l'on prononcera la parole qui doit nous délivrer et remettre ces richesses à la lumière...

— Cette parole, quelle est-elle ?

— Dites-là ! nous ne la savons point.

. . . .

Ah ! mon Dieu ! du sang partout. Que de meurtres, que d'horreurs ! que de combats !

Celui-ci se débat, on l'emmène, on l'achève...

21.

celui-là pleure et demande pardon, il promet une rançon digne d'un roi si on veut lui laisser la vie.

Quels jours affreux ! quelles nuits terribles !

J'aperçois des ombres qui passent et des fosses creusées à la hâte, et dans lesquelles on jette des corps à demi vivants.

. . . .

La pauvre fille ! comment est-elle venue ici ? Elle est là, dans ce souterrain, criant après sa mère, tandis qu'à la lueur des torches ces bandits se livrent à l'orgie.....

Que de trésors dans ce souterrain ! que de diamants dans ces coffrets ! que de pierres précieuses illuminent de leur éclat ces cavernes obscures !...

. . . .

Mais ces diamants, plus brillants que les autres, sont les diamants d'une reine... Je la vois. Elle est dans un palais. Mais pourquoi est-elle habillée en bergère ? Elle pleure, elle est dans une prison, elle raccommode ses vêtements, elle est plus reine qu'elle ne l'était tout à l'heure. Elle monte sur une charrette ; les multitudes s'empressent sur son passage. Elle gravit un escalier de bois sur une grande place, elle dit quelque chose à un homme. J'écoute. — Pardon ! *monsieur le bourreau !* — Ah ! oui, c'est une reine ! ce sont bien les diamants d'une reine...

Mais nul ne les garde, ces diamants ; ils n'ont point été volés, alors, puisque les criminels sont condamnés pour l'éternité à garder leurs richesses mal acquises.

Celui qui a déposé cette cassette dans cette fondrière, je le cherche en vain.

Je le vois... Il s'est battu toute la journée ; il est là, dans un champ où il y a des plantes à fleur d'or, des genêts ; on le pousse près d'un mur, des fusils sont braqués sur lui ; il agite son chapeau à plumes en souriant, il crie : *Vive le roi !* et il retombe.....

. . . .

Quel bruit de chevaux !

Une grande voiture passe...

C'est la malle-poste !

Les chevaux s'abattent.

Le postillon est frappé à mort...

Des gens en blouse enlèvent les sacs d'argent et s'enfuient à travers les taillis, tandis que les gendarmes attardés accourent ventre à terre, mais trop tard.....

Voilà bien les sacs d'argent, sous ce chêne, où l'on avait fait une croix.

Trois hommes en blouse bleue sont là, près de ces sacs, dont un seul a été éventré.

Ces hommes portent au cou une cicatrice rouge ; ils ont été pris, jugés et exécutés sans vouloir révéler le coin de forêt qui leur avait servi de recéleur.

. . . .

Un convoi passe, escorté de soldats que je ne connais pas...

Ce sont des Prussiens, je les reconnais maintenant.

Pif! paf!

La fusillade retentit...

Dissimulés derrière de grands arbres, accroupis dans les clairières, des hommes se sont élancés.

L'officier est tué d'un coup de pistolet.

Les soldats tombent, sans savoir d'où viennent les coups qui les frappent.

Vive l'empereur! crient les assaillants, en enterrant, sous ce monticule où poussent ces muguets, l'or pris sur l'ennemi. Ceux-là sont des soldats, et ce trésor est sans gardiens.....

. . . .

Une sueur froide inondait mon corps. Je grelottais. Mes dents claquaient. Quand la forêt m'apparut, je crus être sous l'influence d'un rêve. Je ne distinguai rien d'abord. Les masses noires du feuillage me faisaient l'effet d'un rideau qui interceptait la lumière du jour. Sur le gazon où j'étais étendue, je cherchais machinalement mon oreiller pour me recoucher dessus et reprendre mon songe interrompu.

Pâle, anxieux, navré, Durand fut le premier qui m'adressa la parole :

— Ainsi, vous n'avez rien vu?

— Mais si, j'ai tout vu... Des trésors, des souterrains, des meurtriers qui gardaient les richesses de leurs victimes...

— Et tu n'as rien dit?

Je ne répondis rien, car je commençais à comprendre sans me souvenir de rien de précis. Je

me rappelai vaguement notre départ, des cé-
rémonies étranges, mais, dans l'état de fatigue
qui m'accablait, j'étais incapable de lier deux
idées de suite. A peine pouvais-je distinguer, sans
être sûre encore de ne point rêver, Canette qui
toussait et madame Chiffonneau qui grommelait.

— Cela ne se passera pas comme cela — murmurait à voix basse madame Chiffonneau.

— Nous aurions mieux fait d'aller chez Ba-
rette — disait Canette entre deux accès de toux.

Désespéré et calme, Durand ramassa deux ou
trois objets qui traînaient sur le gazon et nous
rejoignîmes la voiture qui, sans doute, nous avait
amenés, puisqu'elle nous attendait sur la route
d'Allemagne, à la lisière du bois.

—

— Ainsi vous avez *vu?* — me demanda anxieu-
sement Durand, le lendemain matin.

— Oui, j'ai vu, je vous l'ai dit, des souterrains,
des trésors, des spectres qui gardaient ces trésors...

— Et vous n'avez rien dit?

— Ou vous n'avez rien entendu. Je me sou-
viens d'avoir parlé. Une force terrible paralysait
ma langue, mais il me semble avoir parlé...

— Oh! ce sont de redoutables problèmes!
Mais nous approchons.

— Oui, je vous conseille d'approcher, Man-
drin! Et mes mille francs? Voulez-vous que je
vous dise ce que vous êtes? vous êtes fou, ar-
chi-fou, fou dangereux, fou à lier!... Pauvre mal-

heureuse que je suis ! Mille francs ! Mais je mets
dix ans à les gagner ! Ah ! monsieur l'escroc, le
tour est bien joué !... A votre âge, plutôt que de
vivre d'un honnête métier. Vrai ! les parents
qui vous ont éduqué ont bien dépensé leur argent !

Ainsi vociférait, menaçait, insultait, raillait,
hurlait, tempêtait, objurguait, interrogeait madame Chiffonneau, qui était entrée avec la sou-
daineté d'un ouragan.

Elle brandissait son éternel parapluie avec la
fougue des grands jours.

Elle écumait, et nulle force humaine ne semblait capable de l'arrêter.

— Fou ! fou ! fou ! — répétait-elle avec le bruit
d'un chat qui menace un chien.

Ce mot avait le privilége de troubler ce malheureux Durand. Sa raison avait peine à ne pas
trébucher dans les sphères extravagantes où il se
plaisait, et quand on lui montrait l'abîme dans
lequel un secret instinct lui disait peut-être qu'il
tomberait, il avait peur de rouler dedans, et sa
figure décomposée trahissait les angoisses de
son âme.

— Je suis fou, n'est-ce pas ? — demanda-t-il à
madame Chiffonneau, en se campant devant elle
et en la regardant fixement...

— Il demande s'il est fou ! — exclama madame
Chiffonneau.—Fou dangereux ! fou à lier !—con-
tinua-t-elle en recommençant sa litanie d'imprécations.

—Eh ! bien, oui, je suis fou ! — s'écria Durand
d'une voix tonnante. — Qui se trompe est fou !
Je suis un fou et un malhonnête homme, n'est-ce
pas ? Adieu !

Il s'enfuit éperdu, sans chapeau. Le mot de
fou le poursuivait sans doute et l'affolait comme
un lambeau d'étoffe rouge affole le taureau.

Epuisée par les fatigues de la dernière nuit,
j'étais incapable de prononcer une parole et
même de m'interposer.

Je gisais, à peu près morte, sur un canapé à
moitié brisé, tandis que madame Chiffonneau,
qui de la rage en était arrivée aux pleurs, s'accusait d'être plus folle encore que Durand et, au
milieu de ses torrents de larmes, répétait de minute en minute: « Mille francs ! mille francs ! »

— Si nous prenions quelque chose, demanda
Canette, qui entrait.

—Ah ! les gredins, ils m'ont bien assez pris !—
cria madame Chiffonneau.

—

Durand ne reparut plus.

Qu'était-il devenu ?

Nul n'en savait rien.

Tant de tristesses m'étreignaient au cœur, que
j'avais à peine le temps d'y penser.

La misère avait recommencé plus âpre mille
fois qu'elle ne l'avait été.

La maladie de Canette faisait des progrès
effrayants.

Il ne retrouvait plus une ombre de vie, une apparence de force, qu'en abusant des excitants, et, le lendemain, il retombait plus inerte et plus faible.

Nous ne mangions pas, mais il buvait toujours.

C'est un des phénomènes de la vie de Paris, qu'on y peut mourir de faim, et que quiconque le veut peut se griser à peu près chaque jour.

Les tournées du matin, les rencontres de la journée, les crédits ouverts partout et jamais fermés, parce que l'ivrogne qui n'est plus un client devient une enseigne, et que voir boire fait boire, telles sont les sources, moins pures que les sources d'eau claire, les sources alcooliques où s'abreuvait Canette. Puis Canette tomba tout à fait. A l'hôpital, où il se présenta un jour, on n'en voulut pas. « Vous n'êtes pas assez malade, » lui dit-on. On n'aime point ces maladies chroniques dans les hôpitaux.

— Il faudrait Nice ou les îles d'Yères — maxima un médecin qui vint par hasard, parce qu'il montait dans la maison et qu'il s'était trompé d'étage...

Ah! les jours que j'ai vécus, en ce mois-là, me compteront sur ma part d'enfer. Plus tard, j'ai vu, dans les livres, la phthisie poétique qui s'éteint doucement entre deux sourires, entre des draps de fine batiste, sur des oreillers bordés de valenciennes. La vraie phthisie, sans feu, sans soins, sans pain, qui la peindra?

Que faire ?

Ma pauvre tête brûlait en vain.

Etre modèle ? Quand on apercevait mes traits creusés et ma figure décharnée, les plus endurcis riaient, les moins méchants me glissaient dans la main le prix de la première séance et me disaient : « Inutile de vous déranger. »

Etre figurante sur quelque scène de banlieue ? Il fallait au moins aller jusque-là, et mes pieds passaient à travers les morceaux d'étoffe qui avaient représenté des bottines d'été.

Les seuls qui apportassent dans cette maison de quoi écarter au moins, sinon la Faim qui torture, du moins la Faim qui tue, étaient Giacomo et la mère Chiffonneau.

— Ah ! j'en ai assez de cette existence. Un de ces jours vous me trouverez morte — m'écriai-je, un matin que j'étais plus désespérée que de coutume.

— Tu ne ferais pas cela ! — exclama madame Chiffonneau. — Tu es une honnête fille, au fond. Y songes-tu, malheureuse enfant, y songes-tu ? Dix mille francs au moins pour ton éducation, mille francs de robes que tu me dois depuis que tu es dans cette mauvaise voie, mille francs dont ce misérable Durand m'a dépouillée et dont tu es responsable, mille francs au moins que je t'ai prêtés en pièces de cinq francs !... Ah ! tu ne ferais pas perdre tout cela à une malheureuse femme qui a eu confiance en toi !

22

. . . .

Canette était couché sur son lit, toussant, cra-
chant, gémissant.

— Ah! qui me délivrera de cette existence?
— murmurait-il entre deux quintes de toux. —
A boire! absinthe panachée!

Il était nuit. Et il faisait clair dans cette chambre maudite. La neige, sur laquelle se reflétait
un bec de gaz voisin, avait des réverbérations
étranges. Ce jour polaire et blanchâtre, accouplé
à cette nuit glaciale, ajoutait je ne sais quoi de
lugubre à l'horreur de notre situation. Un grand
silence régnait partout. *Clic! clac!* faisait le pas
de quelque passant qui courait, les sabots sonores de quelque commère du voisinage qui revenait de chercher le souper de son homme et
de ses enfants.

Et, par bouffées, me montaient au cerveau les
pensées les plus désespérées; et la pensée d'être
ainsi seule avec un moribond dans ce désert
de deux millions d'hommes qu'on nomme Paris
me tordait le cœur comme s'il eût été pris dans
un étau. Comment cela se produisait-il? je n'en
sais rien. Mais tout à coup, par une réminiscence
subite, m'apparaissait quelque souvenir insignifiant de ma vie : notre entrée dans un théâtre,
après un dîner chez Maire, avec madame Chiffonneau, le jour de la mort de Pauline Turlot.

— A boire ! — cria Canette, et il essayait de
chantonner encore sa chanson favorite ;

Un peu de chrôme à la palette!
Obé! rapin! Obé! rapin!

— Je descends — dis-je.

Où vais-je aller? fut ma première pensée.

Quand j'eus descendu quelques marches, une autre pensée me vint. Je me rappelai que j'avais laissé allumé le petit réchaud de charbon.

Je remontai, et puis, tout à coup, je m'arrêtai.

L'idée du danger avait comme subitement éveillé une monstrueuse tentation. Ce que je pensais, je ne saurais point vous l'exprimer.

Mes idées allaient plus vite que ces rapides flocons de neige qui s'accumulaient dans la rue.

Ainsi, si je n'avais pas songé à cela, il serait mort. Mort, il serait délivré de cette vie d'effroyables privations! Cela ne vaudrait-il pas mieux? Ce que le hasard eût fait, ne puis-je le faire? En ai-je le droit? Qui le saurait? C'est donc mal, que j'ai peur qu'on le sache? et cependant, ce mal ne serait-il pas un bien?

J'écris cela maintenant, mais mes pensées s'agitaient, bouillonnaient, se heurtaient mille fois plus vite que je ne l'exprime, sur la marche de cet escalier où j'hésitais, regardant fixement tomber la neige par un carreau qui donnait sur la cour.

Une tentation, tout à coup, me vint, plus terrible que les autres. Elle me terrassa en quelque sorte. Je rentrai, je m'assurai que nul air ne venait par la fenêtre, je soufflai le charbon, et comme je m'aperçus qu'il y avait une petite ouverture, je pris un morceau de papier, un peu de colle et je le bouchai...

— Adieu ! — dis-je en embrassant Canette, et je m'enfuis.

Comment avais-je pu montrer tant de sang-froid ? Je n'en sais rien. Je marchais comme une folle devant moi, ayant le vague instinct que plus je m'éloignais, plus je laissais à la Mort le temps de terminer son œuvre. Je voyais des maisons, des rues désertes, des chemins, j'apercevais la campagne qui commençait, j'entendais le bruit strident d'un chemin de fer, je croisais des hommes et des femmes. Tout cela filait devant moi comme une hallucinante vision. Il me semblait que c'était moi qui étais morte et que mon âme vaguait ainsi sans souffrances à travers des lieux inconnus...

Quand je revins, Canette expirait.

Pèro gisait mort au pied du lit.

Les voisins, entendant un gémissement plus fort que les autres, avertis par les hurlements du chien, avaient enfoncé la porte et péroraient sur l'événement.

Le commissaire de police était venu, accompagné d'un médecin, et, dans l'état du malade, n'avait pas même supposé un suicide : c'était un accident.

Des malheureux qui meurent ainsi à Paris, cela arrive à chaque instant. Hélas ! il en reste toujours assez.

Les commentaires n'en continuaient pas
moins.

— Vous ne voulez jamais m'écouter; vous
voyez bien que j'ai raison : il ne faut jamais
fermer complétement — disait l'un.

— *Atchit! atchit!* — éternuait un autre, dans
cette chambre que des mains empressées avaient
ouverte à tous les vents.

Giacomo, sans doute entré avec la foule, fumait sa pipe dans un coin.

Les voisins se dispersèrent les uns après les
autres. Que voulez-vous? Tous ces travailleurs
avaient besoin de souper et de dormir après
souper ! La vie des pauvres, rivée à la chaîne du
travail, ne peut se dépenser en regrets superflus
et en sentimentalités improductives.

Un vieil ouvrier était resté et, dans un coin,
paraissait en active conversation avec sa femme.

— Vois-tu, femme, c'est dans l'Evangile : Il
faut faire à autrui ce que vous voudriez qu'on
vous fît...

La femme, convaincue, lui passa quelque
chose.

— Tenez, mon enfant, prenez toujours cela —
me dit l'ouvrier en me glissant deux pièces de
cinq francs dans la main. — C'est bien peu! mais
par l'hiver qu'il fait... avec cinq enfants...

— Merci ! père Benoît ! grand merci ! mais je
vous assure...

Giacomo quitta sa pipe une seconde et intervint.

22

— Madame n'a besoin de rien — dit-il — madame est ma parente, et dans notre famille nous nous soutenons...

Involontairement, j'étais touchée. Je me reprochais d'avoir méconnu Giacomo.

— Tiens, petite, voilà deux cents francs — me dit-il quand tout le monde fut parti, cela parera aux premiers frais.

Je n'osais accepter les billets qu'il me tendait.

— Prends donc — insista-t-il — d'autant plus que tu peux me rendre un service en échange. Je suis un peu gêné en ce moment, et un petit billet ferait bien mon affaire... Tiens, voici un petit effet de vingt mille francs ; signe-le et mets : *Approuvé l'écriture*.

— Mais je ne sais — dis-je, sentant un piége.
— Plus tard...

— Qu'est-ce que cela te fait ? dans la situation...

— Dans un pareil moment... y pensez-vous ?

— Ah ! oui ! Pauvre Canette ! quel malheur ! Alors, il s'est suicidé ?

— Comment ' — m'écriai-je effarée...

— Et ceci, ce morceau de papier fraîchement collé ? Si les *curieux* s'en mêlaient, ils en tireraient des conclusions à perte de vue.

Il me regardait fixement.

— Signes-tu ? — interrogea-t-il presque menaçant.

Je signai.

— Au moins, vous me laisserez seule ?

— Soit ! Bonne nuit.

Il s'en alla.

—

J'étais seule avec le cadavre de Canette, et l'idée de ce tête-à-tête funèbre, au lieu d'une pensée d'horreur, m'inspirait plutôt je ne sais quelle amère volupté.

Il était calme, presque souriant, les traits avaient repris leur sérénité.

Ma promenade affolée à travers la neige m'apparaissait comme un cauchemar.

J'avais à peine la conscience de ce qui s'était passé.

J'écris ces pages dans un moment où l'on ne songe point à mentir. Eh bien ! je le confesse, d'abord, je n'éprouvai nul remords. Le sentiment qui dominait était celui-ci : Il ne souffre plus !... Cette horrible existence est finie, cette existence sans issue humaine a trouvé une issue dans la Mort...

Puis, quand tomba l'exaltation fiévreuse qui m'animait, l'idée que j'étais là auprès d'un homme que j'avais assassiné me saisit et me fit froid. J'aurais voulu ne pas voir ce lit, et ce lit m'attirait invinciblement.

Il était toujours là paisible, prenant des teintes de marbre.

J'eus un grand mouvement de courage et, résolûment, j'allai l'embrasser.

— Mon pauvre Canette, me pardonnes-tu ?

Et, tombant à genoux, je pris sa main qui pendait hors du lit et je restai là immobile.

Une lueur blanchâtre rayait à peine l'horizon.

Cette maison de travailleurs s'agitait déjà. On montait et on descendait...

En s'en allant à l'ouvrage, quelqu'un frappa timidement à la porte.

— Allons ! allons ! du courage ! — dit le père Benoît. — J'ai prévenu la femme. Elle ira faire les courses. En attendant, venez prendre une tasse de café...

Comme je ne bougeais pas, il me l'apporta lui-même.

Les heures s'écoulèrent—les heures s'écoulent toujours ! — Le secrétaire du commissaire de police revint constater qu'il n'y avait pas lieu à dresser procès-verbal. Presque en même temps, le médecin constatait rapidement le décès.

Sur leurs pas, arrivait madame Chiffonneau, tenant un paquet.

— Tiens, pauvre petite ! voilà une robe. Je te connais, tu ne voudrais pas aller au cimetière sans être en deuil. Ah ! tu peux regarder, c'est tout ce qu'il y a de beau... Qu'est-ce que tu veux ! tu me rembourseras cela avec le reste... J'ai eu confiance pour des milliers de francs... quelques centaines de francs de plus ou de moins... C'est ce que je disais à ce prince russe, tu sais... celui dont je t'ai parlé... Ah ! il est bien bon, bien compatissant...

Machinalement, je pris la robe.

— Tiens, voilà des bottines aussi... Je pense à
tout... Qu'est-ce que tu veux ! tu me rembourseras cela avec le reste. Allons, voyons, ne t'abandonne pas... As-tu mangé ? Tiens, voilà un pou-
let que j'ai pris, en passant, chez le rôtisseur à
côté de chez toi.

Je fis signe que je n'avais pas faim.

— Tu as tort. Il faut se soutenir. Moi qui suis
partie de bonne heure, j'ai l'estomac dans les
talons.

Et, joignant l'exemple au précepte, madame
Chiffonneau se mit en devoir d'attaquer le pou-
let, qu'elle dévora presque tout entier après
avoir, au préalable, été chercher un litre.

Elle se crut obligée de chercher *Pèro* pour lui
offrir les os. Hélas ! *Pèro* n'était plus là. Pauvre
Pèro ! que de deuils déjà dans sa vie de chien,
avant de finir si tragiquement !

—

A trois heures, les employés des pompes funè-
bres avaient fait leur office et nous partions, madame Chiffonneau et moi, pour aller accompagner Canette à sa dernière demeure.

Je n'avais pas voulu du fiacre que madame
Chiffonneau s'obstinait à prendre pour épargner
sa robe, prétextait-elle, c'est-à-dire la mienne.

Et, sous la neige, nous allâmes ainsi de la maison à l'église et de l'église au cimetière. Je ne
voyais rien, je n'entendais rien, je ne sentais
rien. Les arbres du cimetière, les mausolées su-

perbes, les tombeaux surmontés de statues me
produisaient la même impression que les passants que j'avais coudoyés la veille, à la même
heure...

Quand tout fut fini, je demeurai hébétée, les
pieds dans la neige, attendant.

— Allons, voyons, ne t'abandonne pas! Il faut
se secouer dans ces moments-là. Viens dîner
avec moi.

Quand nous eûmes fait quelques pas hors des
voies mélancoliques qui avoisinent le cimetière,
je me trouvai tout à coup dans une rue bruyante,
lumineuse, animée. Partout des lanternes allu-
mées, des becs de gaz qui annonçaient des cafés,
à chaque maison des marchands de vins où se
pressait la foule, des marchands de gâteaux à
tous les coins, des affiches de théâtres et des affiches de bals se faisant vis-à-vis... La neige, à
force d'être piétinée, avait disparu là pour faire
place à une bouillie noire que remuaient cons-
tamment des hommes, des femmes en toilette
plus élégante que celle des ouvrières ordinaires,
des enfants qui criaient et qui regardaient déjà
avec jalousie les gens qui entraient ou qui sortaient de tous ces établissements de plaisir.

— Comment s'appelle cette rue? — demandai-je machinalement à madame Chiffonneau.

— La rue de la Gaieté! Un drôle de nom,
n'est-ce pas, à côté d'un cimetière? Que veux-tu!
c'est pour prouver que dans la vie la joie est à

ôté des larmes et qu'il ne faut pas se laisser aller à la tristesse. Allons, viens !

Elle entra triomphante dans un des innombrables établissements qui pullulaient dans la rue et commanda à dîner.

Je voulais me lever à peine assise, et puis tout à coup la chaleur, qui contrastait avec le froid du dehors et qui mettait aux vitres comme une buée, me détendit les nerfs. J'écoutai ce grand bruit confus qui venait de l'extérieur, je prêtai l'oreille aux fredons joyeux du bal voisin dont l'orchestre venait de se mettre en mouvement.

— Comme ce pauvre Canette serait bien ici ! — pensai-je, en songeant au malheureux, qui passait sa première nuit de l'autre côté du mur, en quelque sorte, et qui sans doute avait si froid tandis que moi j'avais si chaud.

D'abondantes larmes me vinrent aux yeux.

— Pleure ! pleure ! mon enfant ! — murmurait madame Chiffonneau qui commençait à s'attendrir. — Pleure ! cela soulage... Le café bien chaud, n'est-ce pas, garçon ?

— Oui, madame; soyez tranquille.

— Pauvre petite ! — fit-elle quand, bien repue, un peu rouge, elle eut dégusté son café et défait un peu sa robe. — Pauvre petite ! oui, c'est un bien grand malheur ! mais, comme dit cet autre, souvent il y a un bien dans un mal... Vrai de vrai ! tu perdais ton avenir ! Bah ! nous causerons demain... tu n'as la tête à rien aujourd'hui. Je ne te laisserai pas t'en aller toute seule. Viens

coucher sous le toit de ta seconde mère, de ta véritable mère, j'ose le dire. Garçon ! allez nous
chercher un fiacre, et dites qu'il y aura du pourboire. C'est madame Chiffonneau qui régale...

FIN DE LA TROISIÈME PARTIE.

QUATRIÈME PARTIE

—

Nous sommes dans un somptueux appartement, boulevard Haussmann. Les lustres du
salon sont éclairés et une nombreuse compagnie,
éparpillée sur les siéges en satin bleu, ou grou-
pée devant la cheminée qui flambe, s'entretient
bruyamment en attendant le dîner.

— Madame Fanny Bambin !

L'actrice fait son entrée comme au théâtre.
Longue traîne, corsage décolleté, chevelure ru-
tilante, touffue, éparpillée sur le front, à l'endroit
où pétillent les étincelles d'une aigrette en dia-
mant, à laquelle les lumières ont souhaité la
bienvenue.

— Bonjour, baronne — dit Fanny à la maîtresse de la maison.

23

— Tu vas bien ? — lui demande cette dernière.

— Pas mal.

— Faut-il te présenter à ces dames ?

— Non, présente-moi les hommes.

— Mais, je ne les connais pas tous... D'abord, le baron est absent; cela t'est bien égal et à moi aussi... Voici mon ami Ledaim; il fait courir et court lui-même... Ce monsieur chauve est Grostêtard... il joue à la Bourse pour tous ceux qui ont de l'argent et assure ne pas perdre... Connais-tu Coquillard ?... Regarde ce type... homme de lettres, assure-t-il... c'est un farceur !... Ne fais pas attention, voilà Fernand... il te chantera une romance ou te récitera des vers... c'est d'un bête !.. Nous n'en finirons pas, chère amie... les voilà tous qui accourent comme des moutons, pour qu'on les nomme. Débrouille-toi comme tu pourras... je n'ai pas assez de mémoire... Sont-ils gentils, hein !.. et pas fiers... N'est-ce pas, Grostêtard, que vous n'êtes pas fier ?..

— Comment donc, baronne... au contraire. Croyez-vous que j'estime pour rien d'être compté au nombre de vos adorateurs ?

— Vous avez trop d'esprit pour un boursier, mon vieux; il faut prendre garde à cela.

Fanny Bambin a adressé un sourire aux hommes qui la saluent... On passe du côté des dames... L'accueil est plus froid : toutes les têtes sont raides.

— Une de mes amies de théâtre — dit la baronne.

Personne ne bouge.

— Quel théâtre ? — demande une dame qui a le visage badigeonné comme une enseigne de magasin. C'est madame de Sainte-Athénaïs, directrice de l'*Escargot sympathique*, un journal de cancans et d'*affaires*. Fanny Bambin s'abonnera avant la fin de la soirée ; cela coûte vingt-cinq francs par an et les menus frais de réclame.

— Eh bien, et du nouveau... personne n'en sait ?.. — demande la baronne, en tournant les talons aux dames.

— Vous avez été très-remarquée au Bois, aujourd'hui, baronne. Il n'y a que vous pour rester jolie en voiture découverte, quand il fait aussi froid.

C'est M. Fernand, le poëte, qui a roucoulé ce madrigal.

— Oh ! le froid et moi nous nous connaissons — répond distraitement la baronne.

— Dites donc, baronne... — hasarde Coquillard — n'êtes-vous pour rien dans le duel dont parlait, ce matin, le *Figaro*, entre le petit vicomte de... je ne sais plus qui et Firmin, l'artiste dramatique ?...

— Absolument pour rien, mon cher Coquillard... A moins, toutefois, que vous ne m'ayez compromise avec eux...

— Moi, vous compromettre !...

— Cela vous serait facile.

— Baronne... ce que vous dites là n'est pas aimable.

— L'honneur d'un homme comme vous ou Firmin, pas plus que le mien, ne vaut un coup d'épée... On ne s'est donc pas battu pour moi.

— Baronne...

— D'ailleurs, si j'avais à me plaindre de quelqu'un, il me semble que je ferais mes affaires moi-même.

— Ah !

— La satisfaction doit être plus complète.

— Vous croyez?...

— Je crois bien que vous êtes un imbécile; pourquoi ne croirais-je pas le reste?

— Moi, un imbécile !...

— Parbleu !

Tout le monde :

— Parbleu !

— Voilà que vous m'accablez, maintenant... Regardez ces vils flatteurs... Ils ne savent même pas de quoi il est question... Est-ce qu'on ne dînera pas bientôt?...

— Dans un instant... Vous avez faim ?

— C'est un mal qui me prend, chaque jour, à pareille heure.

— Moi, j'ai soif.

— Alors, on boira?...

— Certainement...

— Bravo! je retiens madame de Sainte-Athénaïs pour ma voisine de table.

— Que dit Coquillard?—demande, à sa voisine,
la dame badigeonnée, qui est un peu sourde.

— Il dit qu'il veut être placé à côté de vous.

— Ce bon Coquillard!... A propos, cher ami,
vous ne savez pas?... J'ai reçu une lettre de la
princesse Raphaëla, qui me fait compliment de
mon journal.

La baronne :

— Il est sûr que l'*Escargot* est vraiment sympathique.

Tous :

— Oh! oui, il est sympathique!...

— La princesse trouve que sa littérature sent
bon...

— Oh! oui, elle sent bon! — exclame toute la
société.

Ici, madame de Sainte-Athénaïs se rengorge,
les papilles de son nez se dilatent et toute sa personne a un trémoussement de plaisir, semblable
à celui d'une poule qui secoue, avec ses ailes, les
gouttes perlées et brillantes d'une rosée de prin-
temps.

— Madame est servie!...

Vite, l'*Escargot* est oublié et les couples, pêle-
mêle, Grostêtard et la baronne en tête, envahissent la salle à manger, dont on a aperçu, comme
dans une apothéose, par la porte ouverte à deux

23.

battants, la grande lampe et les candélabres dorés, les corbeilles de fruits et de fleurs, l'argenterie au chiffre aristocratique, les cristaux aux mille facettes, le tout faisant saillie sur la nappe éblouissante, aux fins ramages damassés. Joignez à cet aspect l'appareil rayonnant avec lequel le luxe, d'ordinaire, accueille les convives du plaisir, et leur promet souvent beaucoup plus qu'il ne donne.

Hommes et femmes sont rangés en une minute autour de la table qu'envahit insensiblement le désordre des flacons déplacés, des verres qui se rougissent et tintent au moindre choc, des fleurs qu'on éparpille ou que la chaleur effeuille, des domestiques qui appellent les vins, des rires qui crépitent par intervalle d'abord, s'étendent ensuite comme une rumeur et finissent par éclater, à mesure qu'une vapeur ardente se répand, colore les visages, établit une sorte de courant irrésistible, passionné, sous l'influence duquel toutes les voix donnent la note de l'orgie et montent sa gamme hurlante.

— Vive l'*Escargot sympathique!*
— Vive l'*Escargot sympathique!*

Encore un peu, madame de Sainte-Athénaïs éclaterait de joie... Jamais pareille fête ne lui fut donnée. Aussi, c'est décidé, la bonne dame fera une célébrité à toutes les personnes présentes, à commencer par la baronne, qui est une fée. Grostêtard viendra ensuite. On lancera, à cent pieds au-dessus de l'Océan, son fameux che-

...min de fer aérien qui fera la nique aux paque-
bots transatlantiques et les coulera du coup, après
avoir relié l'ancien monde avec le nouveau. Madame de Sainte-Athénaïs se charge de tout. Quant
à Coquillard, c'est un grand génie méconnu. On
lui fera une auréole; on lui trouvera une femme,
belle comme un astre, favorisée d'un sac énorme,
dans les flancs duquel, avec l'apaisement des
appétits en révolte, s'épanouiront les roses de
l'amour. Et Fernand.... Fernand lui-même,
comme aussi les autres hommes et les autres
femmes, auront leur part de butin... Il y en aura
pour tous, des grandeurs. On mettra, s'il le faut,
les Indes à contribution, on desséchera le Gange,
on éventrera jusqu'au plus profond les mines de
Golconde... Mais on sera prince, nabab, bien
plus encore... Non pas comme on l'a été jusqu'à
ce jour, en mort de faim, mais comme on le serait dans une légende des *Mille et une Nuits* nouvelle, plus fantastique que la première, quelque
part où pleuvraient les perles, les diamants, auprès d'un palais de topaze, au bord d'un lac d'é-
meraude et de rubis !

Là-dessus, on se lève. On a bu une dernière
bordée de champagne dont l'effet est celui d'un
coup de fouet donné aux chevaux qui courent la
poste, au fond d'une descente, et tous ces pauvres esprits frappés partent, tourbillonnant, pour
le pays de l'impossible, à la poursuite des chimères roses et des châteaux fantastiques, qu'un
souffle de la réalité renversera comme des cartes,

sans souci des épouvantables déceptions, des dé-
sillusions terribles qui accompagnent presque
toujours de si beaux rêves envolés.

—

Voici le jeu et la danse qui commencent, dans
les salons chauffés à blanc par la température
des lustres et l'exaltation des convives. Les propos grivois partent comme des fusées volantes,
s'entrechoquent ou se croisent, éclaboussent à
droite, à gauche, au mépris souvent de toutes
les convenances. Grostêtard renverse les meubles en sautant, Coquillard verse une cave à
liqueurs dans vingt-cinq petits verres qu'il boit
les uns après les autres, tandis que Fernand,
poëte et musicien, donne le *la* de son sentiment,
à la faveur d'un chant épileptique, évacué avec
un accompagnement de piano, qui rappelle tout
ce que les scieries mécaniques ont de grince-
ments et d'éclats épouvantables.

— Monsieur Ledaim, prêtez-moi cinq louis.

Qu'on ne se retourne pas... c'est madame de
Sainte-Athénaïs. Elle a déjà perdu tout son argent, une forte somme qui pouvait bien s'élever
à six francs vingt-cinq centimes, juste le prix de
trois mois d'abonnement à ce fameux *Escargot*,
qui bouleversera l'univers entier.

Et quand il ne reste plus des cinq louis de M. Ledaim qu'un souvenir amer et quelques propos
aigres échangés avec le banquier qui les a ga-
gnés, madame de Sainte-Athénaïs, à qui il re-

vient d'occuper le premier plan dans l'attention générale, improvise un nouveau mode de distraction qui sera toujours infaillible.

— De l'eau, des sels, des parfums, de l'éther... La directrice de l'*Escargot sympathique* s'est trouvée mal !

— Ah ! mon Dieu, quelle émotion !

On se hâte, on court dans tous les sens, on se heurte...

— Elle était si gaie tout à l'heure ! — Enfin , pourvu qu'elle en revienne. — Si c'était une attaque d'apoplexie !..

Plusieurs personnes se sauvent.

On apporte madame de Sainte-Athénaïs dans la chambre à coucher de la baronne.

— Cela ne sera rien ; elle a donné signe de vie... mais elle a des étouffements... il faut la desserrer.

On ouvre le corsage, on défait les agrafes... Ah ! tout va mieux... Mais une dernière convulsion a détruit l'équilibre de la coiffure qui tourne sur elle-même et s'abat comme un nid de pie, laissant voir la trame d'une perruque béante. Un crâne dénudé s'offre alors aux regards avec quelques mèches blanches ; jugez si la malade a bondi... Dieu ! quel accident ! Et dans la précipitation qu'elle met à ramasser sa chevelure, il faut que la bonne dame dérange encore quelque chose. Elle s'est cogné le menton au bras du fauteuil... Un cri étouffé... Quel guignon ! ces dents blanches, elles aussi ! ce magnifique râtelier qui brillait tout à l'heure d'un éclat véritable... Ce que c'est que de nous !

C'en est trop pour un jour... Madame de Sainte-Athénaïs, qui a fermé les yeux, se renverse dans son fauteuil ; en même temps, le râtelier désarticulé déborde sur ses lèvres et s'y étale, semblable à la carapace déchiquetée d'un crabe.

—

Fuyant le jour, les viveurs s'en sont allés un à un.

On a entendu le roulement des voitures ; puis, le silence s'est rétabli.

Il ne reste plus que la baronne.

Accablée de lassitude, les vêtements en désordre, elle n'a pas eu le courage de se mettre au lit.

Elle est là étendue, dans ce salon naguère tumultueux, sur l'épais tapis de Venise, dont le jour commence à éclairer les dessins éclatants.

Elle dort, sans reposer, de ce sommeil qu'agitent les luttes de l'esprit ou le désordre des sens.

Par intervalle, un frémissement passe dans la masse inerte et la montre vivante.

La dormeuse agite alors son bras, au-dessus de la tête, comme pour chasser une vision obsédante. Ses lèvres balbutient des paroles incohérentes ou bien fredonnent à demi, par saccades, la chanson que chantait autrefois Canette :

Un peu de chrôme à la palette !
Ohé ! rapin ! Ohé ! rapin !
Vive l'amour et la guinguette !. .
Ohé ! la pipe ! Ohé ! le vin !...

Etrange souvenir ! Quel lien, quelle relation y eut-il entre cette femme opulente et le bohême inutile, endormi pour toujours ?

Si, revenant de l'autre monde, il lui était donné d'entendre ainsi la charge qu'il affectionnait le plus, que dirait-il, cet enfant du hasard, cet ami de l'aventure, ce roi de l'insouciance ?...

Don Juan et ses conquêtes lui sembleraient bien peu de chose auprès de sa bonne fortune. De quel air léonin il secouerait ses cheveux, en se jetant aux genoux de cette *Belle-au-Bois-dormant*, pour reprendre de sa grosse voix sonore le refrain qui exprima tant de fois l'enthousiasme de ses amours.

Un peu de chrôme à la palette !
Ohé ! rapin ! Ohé ! rapin !

Mais en reconnaissant ces traits, ce visage, ces formes... quelle explosion serait la sienne ! quelle tempête effroyable de colère et de jurements !

Pâlotte, l'assassine ; Pâlotte, la bohémienne !... Devenue grande dame, baronne ! et cela en dépit de la justice, en dépit du crime, en dépit de tout !...

. . . .

Que ne revint-il !... que n'ai-je pu implorer

son pardon, ou me faire tuer de sa main... Non, il ne m'eût pas tuée... il se serait attendri... Son désir de vengeance serait tombé devant un baiser de moi.

—

Ainsi, cette baronne adulée, malgré son arrogance vis-à-vis des hommes, ses dédains à l'égard des femmes, c'était moi.

La petite Pâlotte de la Bouffetout, de Giacomo, de madame Chiffonneau... quelle transformation !

On pourrait croire, après cela, qu'une fée s'était mêlée de mes affaires, que sa baguette bienfaisante m'avait arrachée à mon obscurité misérable, pour m'ouvrir tout à coup l'espace et l'horizon.

Rien de semblable ne s'était passé.

Si ce pauvre Canette avait découvert le dernier Américain, madame Chiffonneau avait découvert le dernier prince russe. Celui-là avait la passion de l'inconnu et de l'excentrique. Il voulait à tout prix entendre raconter des aventures qui ne se fussent point passées dans le cercle insipide du boulevard. Il m'aimait sans me connaître, puis il m'adora quand il me connut.

Il partit, un jour, ramené par un de ces ordres du Tzar qui ne souffrent point de réplique et qui n'admettent point de retard. Mais son départ n'exerça aucune influence sur ma vie. J'étais *lancée*, comme on dit dans le milieu où j'étais condamnée à m'évoluer.

Un enfant gâté de la fortune, le baron d'Auberoche, jeta sa bourse à mes pieds, en devenant
mon amant. Je pris son or et me parai de son
titre. Ce titre, il est vrai, ne sortait pas de chez
moi. Mais Grostêtard, Ledaim, Coquillard me
l'offraient comme l'encens le plus pur ; je l'accep-
tais de même. On n'a pas été battue, avilie
comme moi, sans trouver de la saveur à certaines
flatteries, aussi mensongères et vides qu'elles
soient.

Ah! ce fut un beau jour, je dois le dire, que
celui où je vis se dresser, à mes yeux, l'échafau-
dage du luxe que j'avais envié! Mon cœur battit
comme il avait bien peu battu et, dans ce rappel
de toutes les convoitises, j'entrevis l'ombre de
Pauline Turlot qui applaudissait à mon triomphe.

Comme il me sembla petit, le monde, en ce
moment! Une reine n'était plus rien pour moi,
tant je me trouvai grande. Eh! quoi, ces objets
précieux, tous ces biens divers étaient donc ma
propriété, ma chose? Et le tout me coûtait seulement quelques moments d'ennui, de solitude,
que je passais avec un homme, cravaté, empesé,
verni, tout flambant neuf... En vérité, cela semblait pour rien !

———

Je ne sais combien de temps je dormis, à l'issue
de la soirée que j'avais donnée. Pour la première
fois, dans mon sommeil, j'avais eu la vision de
Canette. Que m'annonçait ce songe?

24

J'étais un peu effrayée, en me réveillant ; mais le grand jour me rassura aussitôt... Et comme je me ·disposais à gagner ma chambre, par une porte entre-baillée, pénétra jusqu'à moi un homme que je reconnaîtrais entre mille : Giacomo !

Il était vraiment changé, l'Italien. Sa manière obséquieuse de se présenter, aussi bien que sa mise, contrastaient étrangement avec son insolence et son aspect d'autrefois.

Je conviens cependant qu'il ne me parut jamais plus horrible que ce jour-là.

Giacomo était vêtu de noir. De plus, il tenait un chapeau, un vrai chapeau à la main. Enfin, il portait des gants...

Il me serait impossible de rapporter l'effet que firent sur moi ces gants contractés, crochus, ce chapeau à forme grimaçante, cette redingote, abîme de perversité, et ce pantalon rigide, maculé, arrivant à peine à la cheville.

Il me passa des choses effrayantes devant les yeux. Je vis des scorpions, des salamandres, des licornes, des pieuvres... encore un peu, j'aurais entendu bruire les écailles d'un serpent à sonnettes.

— Je dérange madame la baronne ? — demanda Giacomo.

— Je ne sais pas — lui répondis-je — cela se pourrait bien.

— J'aurais cependant désiré parler à madame la baronne.

Et il était poli!... Giacomo.

Cette politesse me donnait le frisson... J'aurais volontiers dit à mon ancien bourreau :

— Parle donc ! misérable... parle comme tu l'as toujours fait... Ote ce masque ; je te reconnais bien.

Mais il avait vu le cadavre de Canette. De plus, cette signature que je lui avais donnée, qu'était-elle devenue ?

Tout m'engageait à me contenir et à ne pas témoigner à cet homme le dégoût qu'il m'inspirait. J'en pris le parti.... Ma volonté soumise n'était-elle pas désormais complice de toutes les hypocrisies?

Je sonnai et demandai de l'absinthe. C'était prendre l'Italien par son côté faible..,

Dès qu'on eut servi, Giacomo déposa son chapeau sur un meuble, tira ses gants, s'installa dans un fauteuil et remplit son verre à demi.

Elevant ensuite ce verre à hauteur des yeux, il contempla, un instant, avec satisfaction la couleur émeraude du liquide.

— Madame la baronne doit avoir d'excellente absinthe... — dit l'Italien en reposant son verre, dans lequel il laissa tomber avec parcimonie, et en interrompant le jet, une certaine quantité d'eau.

Pendant cette cérémonie, j'avais rajusté un peu le désordre de ma toilette et jeté sur mes épaules frissonnantes une sortie de bal qui se trouvait là.

— Madame la baronne a passé la nuit ? — demanda Giacomo.

Sans répondre, je me renversai sur une large causeuse et attendis...

Giacomo comprit qu'il était temps de s'expliquer. Il parut se consulter quelques secondes, feignit d'hésiter un peu et finit par me dire :

— Vu la magnifique situation où se trouve aujourd'hui madame la baronne, j'ai pensé qu'elle ne serait peut-être pas éloignée d'être utile à un homme qui lui a longtemps tenu lieu de père et qui, dans son humble condition, lui a fait tout le bien qu'il a pu...

C'était bien Giacomo qui parlait. Je le regardai fixement... Il ne sourcilla pas.

— Il serait si facile à madame la baronne — poursuivit l'Italien — d'épargner à mes vieux jours la misère, que, plein de confiance dans son grand cœur, je n'ai pas hésité à venir me recommander à elle.

— Qu'attendez-vous de moi ? — lui dis-je sur un ton glacial. — Est-ce de l'argent ?

Giacomo fit le geste d'un homme qui se sent insulté et porta la main à ses gants, qu'il avait déposés à côté du plateau.

— J'avais espéré mieux de madame — reprit-il — et je comptais, qu'à la faveur des services qu'il me serait donné de lui rendre, elle arriverait à la longue à améliorer un sort dont elle connaît les rigueurs.

— Quels services vous serait-il donné de me rendre ?

— Madame la baronne est entourée d'étrangers, et elle n'ignore pas que pour bien organiser un train de maison, nouveau comme le sien, il faut une personne dévouée et s'entendant aux affaires.

— Expliquez-vous.

— Je m'étais donc dit que madame la baronne ne refuserait pas de me prendre pour son intendant et consentirait à se reposer, sauf contrôle, sur moi, du soin de ses intérêts. Elle n'est pas certainement sans connaître tous les ennuis qu'il y a pour une femme à traiter avec des fournisseurs avides, toujours prêts à exagérer les prix, à renchérir sur les notes, à faire enfin...

— Ce que vous feriez vous-même.

— Je ne me dis pas meilleur que les autres. Cependant, grâce à mon expérience, il me serait peut-être facile d'obtenir des conditions plus douces. Au reste, madame la baronne n'a qu'à essayer, et si elle veut bien me fonder de pouvoirs, ne serait-ce que pour huit jours, je suis sûr qu'elle sera convaincue, avant ce délai expiré.

— Vous n'avez plus rien à me demander ? — dis-je à Giacomo, quand il eut cessé de parler.

— Non — me répondit-il en fixant effrontément ses yeux sur les miens.

— Eh bien ! ce que vous sollicitez de moi est impossible. J'ai déjà fait pour madame Chiffon-

neau ce que vous sollicitez pour vous-même. Jusqu'à présent, rien ne m'a autorisée à me plaindre d'elle, en sorte qu'il y aurait injustice de ma
part à lui retirer ma confiance.

Je mentais en parlant ainsi, et s'il m'eût été
possible de me défaire de madame Chiffonneau,
après la mort de Canette, je n'aurais rien négligé
pour cela. Mais j'avais dû me servir d'elle.
D'un autre côté, elle n'avait pas été absolument étrangère à ma bonne fortune, en sorte
que j'en étais réduite à la subir.

Giacomo fit un geste de désappointement, en
apprenant qu'il avait été devancé par la marchande à la toilette.

— Vous ne connaissez donc pas cette femme ?
— me dit-il avec une sorte de pitié.

— Je dois la connaître aussi bien que vous —
répondis-je.

— Enfin, n'en parlons plus, puisque la chose
est impossible.

Giacomo prit son chapeau, ses gants et se dis-
posa à partir.

Je ne perdais pas un de ses mouvements. Il me
semblait qu'il oubliait quelque chose, du moment où il ne me rappelait pas la valeur.

L'Italien devina certainement ma pensée,
mais il n'eut pas l'air d'y prendre garde.

— Madame la baronne voudra bien m'excuser
de mon importunité — dit-il. — Je l'ai peut-être
dérangée. Cependant, le plaisir que j'ai à la revoir est tel, que je sollicite la faveur d'être admis

quelquefois à la saluer. On ne sait pas, d'ailleurs, de qui on peut avoir besoin.

— C'est bien — lui dis-je — laissez-moi.

. . . .

Lui aussi allait avoir le droit de me poursuivre de sa présence, en dépit de la distance qui nous séparait, de la haine qu'il m'avait inspirée. Le passé l'attachait à mes pas et le rivait à une chaîne déjà lourde, comme un boulet de forçat dont il me serait impossible de me débarrasser.

Ah ! si j'avais pu le faire jeter dans la rue et lui fermer pour toujours ma porte !

Au lieu de cela, il était sorti plus insolent, dans son calme bourgeois, que je ne le vis jamais dans ses jours de brutale colère.

Aussi, il me sembla qu'un danger nouveau, plus redoutable que les épreuves déjà traversées, me menaçait, et qu'un mauvais génie se déchaînait contre moi, dans le but de ruiner mon avoir ainsi que mes espérances.

Ces réflexions me plongèrent dans un état d'angoisses qui était une véritable torture. Assaillie par les préoccupations les plus noires, je me laissais aller au découragement et au dégoût de la vie... En ce moment, mon regard indécis rencontra cette bouteille d'absinthe que j'avais fait apporter pour l'Italien.

Il me prit alors une soif d'oubli, à laquelle il me fut impossible de résister... Je remplis un verre et le vidai d'un trait...

—

—Eh ! bien , chère madame , qu'arrive-t-il
donc, et pourquoi cette lettre dans laquelle vous
me recommandez de passer chez vous , le plus
tôt possible, pour affaire importante.

— Je vous demande pardon de vous avoir dérangée, madame la baronne, me dit la directrice
de l'*Escargot sympathique*, mais l'affection que
j'ai pour vous, m'engage, depuis quelques jours,
à vous donner quelques avis importants. Je
voulais aller vous visiter, à ce sujet, seulement
des occupations, dont vous comprenez la gravité, m'ont retenue.

— Parlez, madame, je vous écoute.

Ici, madame de Sainte-Athénaïs toussa, se
retourna dans son fauteuil en damas jaune un
peu brouillardé, allongea dans la direction d'un
foyer étique ses deux jambes hypertrophiées...
finalement, elle me dit :

—Mon excellente enfant, vous avez beaucoup
de cœur et moi j'ai beaucoup de raison. Je vois
très-clair dans votre situation, qui est magnifique
en apparence. Or, cette situation est de celles qui
méritent d'être consolidées. Jeune et jolie comme
vous l'êtes, l'avenir ne saurait vous préoccuper,
bien qu'il ait des écueils. Moi je m'en préoccupe
dans votre intérêt, et voici comment. Vous avez
un protecteur royalement riche, dont la libéra-
lité va jusqu'à la folie. Tout est pour le mieux,
jusqu'à présent; {seulement, il résulte de ren-

seignements qui m'ont été donnés, que le baron
d'Auberoche est aussi inconstant que magnifique... son caprice pour vous peut donc passer
d'autant plus vite que vous êtes peu condescen-
dante vis-à-vis des hommes. Vos dédains en ont
rebuté un assez grand nombre, je le sais. Par
conséquent, en femme qui connaît le monde,
j'ai tenu à vous prévenir à temps. Sachez pro-
fiter des circonstances exceptionnelles dans lesquelles vous vous trouvez. Vous ne vous êtes
encore occupée que du présent ; travaillez désormais à assurer le lendemain. Pour cela, sollicitez le baron, recourez à sa tendresse et ne né-
gligez rien de ce qui mettrait dans vos mains la
part la plus nette de la fortune qu'il gaspille.
Ce que vous ne feriez pas, une autre le ferait.
Bannissez donc tout scrupule et parez à l'événement. Croyez-moi, le cas échéant, vous considé-
rerez avec beaucoup plus de calme la défection
de votre protecteur. Au reste, ce jour-là, nous
aurions un nouvel entretien. Consolider, consolider encore, c'est là ma mission. A cette fin, il
me serait facile de vous montrer, dans le mariage, certains horizons qui ne sont pas à dédai-
gner.

— Me marier, moi !..

— Oui, vous ! Cela n'est pas si difficile. Il ne
faut douter de rien, à notre époque. N'êtes-vous
pas jolie? spirituelle? On ne vous a pas donné
le prix de vertu, je le sais bien, mais on trouverait des femmes moins vertueuses qui se ma-

rient. Soyez sans crainte, allez. Du moment où
vous aurez fait ce que je vous dis, vous n'aurez
qu'à vous en rapporter à moi.

Le discours de madame de Sainte-Athénaïs
m'avait laissée stupéfaite. Je restai quelques minutes ne sachant que répondre et me demandant
si la bonne dame ne se moquait pas de moi. Mais
elle avait parlé sérieusement... Je la voyais à
deux pas rangeant ses papiers sur un guéridon et
n'ayant pas même l'air d'avoir remarqué mon
étonnement.

— Est-ce entendu, chère enfant? — me dit-
elle, comme je me disposais à la quitter.

— Parfaitement, madame — répondis-je.

— Au revoir donc — et elle m'embrassa avec
effusion.

——

Quelques heures après ma visite à la directrice de l'*Escargot*, j'étais aux Italiens, dans une
avant-scène du rez-de-chaussée. Fanny Bambin,
qui était prévenue, me rejoignit.

— Tu as l'air préoccupée — me dit-elle, quand
elle eut pris place, avec un grand tapage de soie
et de jupons.

— Tu trouves?

— Il me semble. Aimes-tu cette musique?
Moi, je ne comprends rien à ce qu'on chante.

— Tu sais que je parle l'italien.

— C'est vrai, je l'avais oublié.

— Verrons-nous le baron?... Je commence à
croire qu'il est invisible, ce monsieur.

— Le voilà, là-bas, à l'orchestre... A-t-il l'air d'un sylphe?

Fanny braqua sa lorgnette et examina attentivement.

— Parfait — dit-elle — c'est un gentleman accompli... tu n'es pas malheureuse.

En ce moment, Mario chantait l'andante plein de jeunesse qui est un des plus beaux motifs de *Rigoletto* :

> E il sol dell'anima
> La vita è amore...

Insensiblement, la voix du duc de Mantoue et celle de Gilda plongèrent mon esprit dans une rêverie qui me fit oublier Fanny et le baron.

Cette pauvre fille du fou, si touchante, si belle, éveillait en moi je ne sais quel sentiment. Je me prenais à envier son sort. N'avait-elle pas connu la tendresse d'un père? Rigoletto était difforme, il est vrai, mais il l'aimait comme je ne l'avais jamais été, comme je ne le serais jamais.

L'amour lui-même de Gilda contrastait étrangement avec mon passé. Les impressions vives, les élans du cœur qu'exprimait si bien la jeune fille ne me rappelaient rien de semblable. J'étais comme une déshéritée, en présence de ces séductions naïves dont se parait une passion aux joies et aux douleurs de laquelle je devais toujours rester étrangère.

A l'entr'acte, le baron vint me saluer. Je le présentai à Fanny.

— Il y a longtemps que j'entends parler de vous — lui dit cette dernière — je suis charmée de vous rencontrer.

Ces paroles me déplurent, mais je n'y ajoutai aucune importance.

Le baron fut moins froid qu'à l'ordinaire; il se permit même quelques agaceries, à mon égard, qui m'étonnèrent.

— Vous la rendez la plus heureuse des femmes — lui dit Fanny.

— Pourrait-il en être autrement? — riposta le baron avec fatuité.

Là-dessus, il nous raconta une histoire de coulisses, qu'il avait apprise, assura-t-il, en nous rejoignant.

Fanny rit aux larmes, un peu pour faire plaisir au baron, un peu pour attirer sur elle l'attention du public.

— N'est-ce pas que c'est drôle? — demanda le baron, en terminant.

— Très-drôle! — exclama Fanny qui, pour rire plus fort, se pencha en avant et découvrit la ligne élégante de ses épaules.

Après la représentation, nous allâmes souper. A table, Fanny chanta l'air qu'elle savait de *Rigoletto*, avec les paroles françaises...

Comme la plume au vent.

Pour ne pas être en reste, le baron entreprit la déclaration du duc de Mantoue à Maddalena :

Figlia dell'amore ,
Schiave son de' vezzi tuoi....

Cette seconde représentation, à laquelle mon
protecteur et mon amie semblaient beaucoup se
complaire, se serait prolongée fort avant dans la
nuit, si je n'avais prétexté un peu de fatigue, et
demandé à me retirer.

Nous sortîmes du restaurant... Le baron me
reconduisit, dans sa voiture, jusqu'à ma porte.
Là, il me quitta pour se rendre au Cercle, où
quelques amis lui avaient donné rendez-vous.

—

— Un homme attend à l'office pour parler à
madame — me dit ma femme de chambre en
prenant mon manteau.

— Un homme, à cette heure-ci !... Que me
veut-il ?

— Une affaire pressante...

J'eus un pressentiment... C'était Giacomo.

— Un homme de mauvaise mine, n'est-ce pas ?
— demandai-je à Rosine.

— Très-mauvaise mine. En apprenant que
madame rentrerait tard, au lieu de s'en aller, il
s'est assis, a sorti de sa poche une pipe, du tabac,
et s'est mis à fumer.

Je me fis déshabiller et passai une robe de
chambre.

— Maintenant, cet homme peut entrer — dis-je
à Rosine.

Celle-ci hésita un instant et sortit.

25

. . . .

Aussitôt, j'allai à une table sur laquelle était un poignard florentin richement ciselé, que je glissai dans la manche de mon vêtement.

Je revins ensuite m'adosser à la cheminée et attendis.

—

Giacomo entra sans qu'aucun bruit de pas ne l'eût annoncé. Il avait glissé jusqu'à moi.

— Madame la baronne me trouvera peut-être indiscret — dit-il — de me présenter chez elle à une heure aussi avancée... cependant, comme le motif qui m'amène est extrêmement sérieux, je n'ai pas craint de manquer aux convenances...

— Je sais que les convenances vous importent peu... Dites-moi l'objet de votre visite.

— J'ai déjà fait part à madame la baronne de la situation précaire dans laquelle je me trouve. Malheureusement, madame la baronne a donné sa confiance à une certaine femme Chiffonneau, la pire des créatures. J'en serais donc réduit à ne savoir comment soutenir la dignité de l'infortune, si n'était la ressource d'une modeste gratification que madame la baronne, autrefois, s'est engagée à me faire.

— Que voulez-vous dire?

— Madame la baronne n'a certainement pas oublié la nuit où, pressentant sa grandeur à venir, elle me souscrivit un billet de vingt mille francs... Madame la baronne se souvenait encore, à cette époque, de la persévérante sollicitude avec laquelle...

— Vous m'aviez tenu lieu de père ; je sais cela.

Tirant un agenda écorné de sa poche, Giacomo prit délicatement une petite feuille de papier oblongue et jaune, au bas de laquelle il me montra du doigt ma signature.

— Que voulez-vous faire de cela ? — lui demandai-je.

— En recouvrer le montant par toutes les voies légales, à moins toutefois que madame la baronne ne préfère se libérer à l'amiable, en versant, dans le plus bref délai, les vingt mille francs qu'elle me doit.

— Cette valeur, que j'ai souscrite dans un moment de trouble, ne m'engage à rien vis-à-vis de vous...

— Madame la baronne s'abuse étrangement. Sa signature n'a pas été arrachée de force. En la donnant, madame la baronne savait bien ce qu'elle faisait.

— Et si je me refusais à payer ?...

— Oh ! madame la baronne ne commettra pas cette faute. La somme est d'ailleurs modique, relativement au service rendu... Madame la baronne aurait-elle oublié le service que je lui rendis... cette nuit où... Canette...

— Assez ! — dis-je à Giacomo sur un ton menaçant et avec un regard terrible.

— Madame la baronne se souvient, maintenant. Je suis donc bien tranquille sur le paiement

de la somme qui m'est due... Au reste, madame
la baronne a toujours eu bon cœur; il est impossible qu'elle soulève des difficultés... Il s'agit d'un
homme qui lui a tant témoigné d'affection,
alors qu'elle s'appelait Pâlotte tout court, ce
qui ne l'empêchait pas d'être aussi belle qu'aujourd'hui.

— Sortez!... Vous reviendrez demain; je ré-
glerai votre affaire... C'est assez de votre présence... laissez-moi.

— Demain?... pourquoi pas tout de suite?
madame la baronne est peut-être gênée... mais
alors je vais lui prouver que Giacomo sait être,
lui aussi, grand seigneur, à ses heures.

En parlant ainsi, l'Italien déploya le billet
qu'il tenait à la main, l'approcha de la flamme
d'une bougie, et, me regardant avec des yeux
enflammés, lubriques...

— Veux-tu? — dit-il.

A cette proposition, dont je comprenais trop
bien le sens, à ce souffle empoisonné par la pipe
et l'eau-de-vie, mon cœur bondit dans ma poitrine, le rouge de la honte me monta au front,
tandis que, armée du poignard, ma main se
dressait frémissante entre Giacomo et moi...

— Sortez! — criai-je — sortez!... ou cette
arme fera justice de votre odieuse obsession...

L'Italien recula de deux pas, remit la valeur
dans sa poche et, prenant son chapeau, il se dirigea vers la porte.

Au moment d'en franchir le seuil, il se retourna...

— A demain — murmura-t-il.

. . . .

——

— Tu me demandes de t'établir le compte
de Victor, celui de Robert, celui de Plumeau,
celui de Samson, en un mot celui de tous tes
fournisseurs... La chose est fort simple. J'ai là
mon livre, sur lequel chaque facture est exacte-
ment relevée avec mention des paiements à-
compte ou pour solde. Les chiffres, c'est des chiffres... je ne connais rien de plus fort que cela,
quand un livre est bien tenu. Oh! nous avons
affaire à des malins, je le sais; mais ce n'est pas
d'aujourd'hui que je les connais. Avec Pauline
Turlot, ils ont fait ce qu'ils ont voulu, et comme
ils ont voulu. Ils trouvèrent même fort joli, lorsqu'elle fut morte, la pauvre enfant, de me faire
perdre, à moi, une partie de ce qui me revenait
dans la succession. Mais les temps sont changés...
j'ai appris depuis à Victor, ainsi qu'à Robert, à se
bien tenir avec moi. Je traite au pair avec eux et,
quand ils me rencontrent, tout comme devant une
dame du faubourg Saint-Germain, ils mettent
chapeau bas...

En parlant ainsi, madame Chiffonneau ressemblait à une pivoine, tant elle était satisfaite de
son savoir-faire et orgueilleuse de la prétendue
considération dont elle jouissait.

25.

Et moi, je l'avais laissée dire sans l'écouter,
songeant d'ailleurs à la scène qui avait eu lieu,
durant la nuit, entre Giacomo et moi. J'étais décidée à payer cet homme et à m'affranchir ainsi
de ses visites. Mais je n'avais pas l'argent nécessaire. Il me fallait donc recourir, encore une fois,
à la générosité du baron. Je devais me rencontrer
avec ce dernier, le soir même. Aussi, pendant que
madame Chiffonneau faisait ses calculs, j'apportais, de mon côté, le soin le plus attentif à ma
toilette. Rien n'était négligé de ce qui pouvait
me rendre plus belle, plus séduisante. Jamais je
n'avais été aussi soucieuse de bien poser une
fleur, de bien nouer un ruban, de bien agrafer
un bijou. Dans toutes ces recherches du luxe,
j'entrevoyais la délivrance d'un horrible sujet de
préoccupations, et mon indifférence ordinaire
faisait place à une fièvre d'ajustement qui eût
ravi madame de Sainte-Athénaïs.

—M'y voilà! — dit enfin madame Chiffonneau,
qui avait soupiré, compté sur ses doigts, regardé
le plafond, pris notes sur notes, posé chiffres sur
chiffres...

— Eh! bien?

— Eh! bien, nous ne devons plus que cinquante mille francs. C'est beaucoup, mais c'est
peu relativement à ce que nous avons payé. Je
ne compte point, bien entendu, quelques billets
de mille francs que tu me devais pour ton éducation. Songe donc, nos frais d'installation ont
été énormes. Cette chambre où nous sommes,

avec le meuble en ébène à torsades et incrusta-
tions, les tentures en satin noir doublé de rose,
les garnitures, les glaces, les bronzes, les porcelaines, cristaux et mille chinoiseries, cette chambre seule nous coûte plus de quarante mille
francs. Mais aussi, c'est douillet, c'est beau, c'est
riche... et de bon goût...

Là-dessus, madame Chiffonneau se livra à une
gymnastique tendant à faire ressortir l'élasticité
moelleuse du fauteuil sur lequel s'épanouissait sa
personne.

Cinquante mille francs à mes fournisseurs, vingt
mille francs à Giacomo, c'était en tout soixante-
dix mille francs que je devais et qu'il allait falloir
payer, une partie de suite, l'autre partie dans un
délai relativement court.

Jamais somme ne me parut plus exorbitante.
En huit mois, j'avais gaspillé deux cent mille
francs, comme si j'avais eu à ma disposition une
mine d'or inépuisable; maintenant, je tremblais
en envisageant une dette de soixante-dix mille
francs. Pourquoi ces doutes, ces appréhensions?
N'étaient-ils pas de mauvais augure? Quelque
malheur affreux ne planait-il pas sur moi?

— Ecoute — dit madame Chiffonneau, qui paraissait réfléchir depuis quelques instants — j'ai
une idée au sujet des cinquante mille francs.
Voilà six mois que nous n'avons rien donné aux
Victor, Plumeau, Samson et compagnie. Ils
vont nous demander de l'argent au premier
jour, nous devons nous y attendre, et cela tous à

la fois... Si nous liquidions d'un coup! A cette fin, tu n'aurais qu'à me souscrire pour cinquante mille francs de valeurs nominatives suivant l'ayant-droit de chacun. Je m'entendrais ensuite avec ces messieurs... En considération de notre bonne volonté, ils nous feraient certainement des conditions raisonnables, allant jusqu'à un ou deux renouvellements. De cette manière, nous jouirions de six à neuf mois d'un repos absolu, qui nous permettrait de convertir les sentiments du baron en chèques confortables, payables à vue sur le Comptoir d'escompte, la Banque de Paris, la Société générale... cela serait sur la Banque de France, que notre reconnaissance resterait la même.

La combinaison proposée par madame Chiffonneau n'était pas sans doute la meilleure, mais elle semblait devoir rendre, pour le moment, ma position moins critique. En gagnant, en effet, six ou neuf mois avec mes fournisseurs, il devenait plus facile de payer Giacomo et de parer à la gêne causée par ce versement. Je me rangeai donc à l'avis de la marchande à la toilette, sans toutefois lui faire connaître le motif de ma détermination.

— Avez-vous tout ce qui est nécessaire? — lui dis-je.

— Je n'ai qu'à envoyer chercher du papier par Rosine et faire les valeurs suivant ce qui revient à chacun. C'est l'affaire de quelques minutes.

Quand Rosine eut apporté ce que la marchande à la toilette lui avait demandé, cette dernière vérifia une dernière fois ses comptes et écrivit. Je signai, à mesure, en me demandant ce qui adviendrait de la dispersion de tout ce papier.

La vue du timbre exerçait sur moi une fâcheuse influence ; elle m'attristait en m'irritant. C'était du papier timbré que m'avait montré Giacomo la nuit précédente. Dans la matinée, un huissier s'était présenté avec la même valeur de vingt mille francs. Sur ma réponse que je n'avais pas encore l'argent, il était sorti pour revenir, quelques heures après, apportant une page d'écriture hiéroglyphique qu'il m'avait laissée : toujours du papier timbré. Maintenant, c'était du papier timbré qui couvrait la table devant madame Chiffonneau , et , à chaque trait de plume, un engagement nouveau laissait planer une menace de plus dans mon esprit. Quand cela s'arrêterait-il ?

La besogne terminée, la marchande à la toilette serra la liasse de valeurs dans le sac qui ne la quittait pas et qu'elle ferma à double tour de clef.

— Ah ! maintenant — dit-elle — fais-moi dîner, car je tiens à peine debout, tant j'ai l'estomac creux. Le travail, bien sûr, me coûtera la vie. On s'use ainsi à toujours ne songer qu'aux autres, sans jamais faire attention à soi-même. Je n'ai pris de la journée qu'une tasse de lait dont mon chat, qui est voleur comme Cartouche, avait lapé la moitié.

— Je ne dois pas dîner ici — répondis-je à madame Chiffonneau — mais Rosine veillera à ce qu'il ne vous manque rien. Seulement, vous ne vous fâcherez pas, si le hasard veut que vous ayez un compagnon de table. Il peut se faire qu'un homme vienne d'un moment à l'autre et comme j'ai certains ménagements à garder vis-à-vis de lui, on le fera dîner avec vous.

— Quel est cet homme ? — demanda madame Chiffonneau.

— C'est Giacomo, l'Italien.

— Giacomo, le saltimbanque ! Le mangeur d'enfants ! En vérité, je ne te comprends pas. Que vient faire ici ce bandit ? Et c'est avec ce gibier de potence que tu veux m'obliger à prendre mon repas !

— Pour une fois, qu'est-ce que cela vous fait... Craignez-vous que Giacomo ne vous manque de respect ?

— Y a-t-il des sergents de ville, au moins, dans le quartier ? Au premier geste de sa part, au moindre mouvement, je te préviens, je crierai au feu ! je lui jetterai les bouteilles à la tête, je...

— Mais non, mais non, vous ne ferez pas cela. Vous tâcherez, au contraire, d'être aimable avec lui, de manière à ce qu'il ne me soupçonne pas d'avoir fui sa présence.

Madame Chiffonneau fit bien encore quelques

objections, mais elle avait faim et il lui tardait de se mettre à table. Elle me quitta donc pour passer dans la salle à manger. Je donnai quelques ordres à Rosine et me disposai à partir.

En ce moment, un coup de sonnette m'avertit que Giacomo, ainsi que je l'avais prévu, venait savoir si l'argent serait versé : vingt mille francs !..

Rosine remplit ponctuellement mes instructions et Giacomo, sans trop se faire prier, alla rejoindre madame Chiffonneau.

. . . .

Alors seulement, j'eus idée des difficultés nouvelles que deux êtres, aussi pervers que l'Italien et la marchande à la toilette, en s'entendant, pouvaient susciter autour de moi.

Je n'avais rendez-vous avec le baron qu'à huit heures ; il en était à peine six. Je profitai du temps qui me restait pour ne pas perdre de vue mes hôtes.

A l'office, était un judas pratiqué dans le but de faciliter le service et ouvrant dans la salle à manger. C'est à ce poste d'observation que je m'installai le plus commodément possible. De là, il m'était aussi facile d'entendre ce qui se disait que si j'avais été moi-même à table.

—

. . . .

Après avoir salué, non sans ironie, l'Italien a pris place en face de madame Chiffonneau.

Celle-ci, qui n'a pas daigné lever les yeux sur Giacomo, se fait un rempart de bouteilles et de plats.

Sans faire attention à cet acte d'hostilité, l'Italien prend son potage.

Pendant cette opération, la marchande à la toilette examine furtivement son commensal... suit un geste de mépris.

Le geste n'a pas échappé à Giacomo. Il s'en venge en avalant deux verres de vin, coup sur coup.

Un pareil oubli des convenances fait bondir madame Chiffonneau, mais elle se contient.

— Madame est de la maison? — demande l'Italien sur un ton gouailleur.

La marchande à la toilette ne répond pas. Giacomo, sans se troubler, attire à lui le plat le plus proche et se sert copieusement.

Les deux convives font assaut de bon appétit.

— Madame désire-t-elle boire?

— Servez-vous; moi je me servirai.

Les deux boivent en même temps avec un air de défi.

— C'est égal, cela n'est pas drôle de dîner ainsi avec une perruche de cette espèce   murmure Giacomo.

Madame Chiffonneau, qui a entendu le mot *perruche*, se redresse comme une couleuvre sur laquelle on a mis le pied.

— Est-ce à moi que vous parlez?

— Je ne parle à personne; je pense tout haut.

— En pensant de la sorte, tâchez au moins d'être poli.

— Pourquoi le serais-je ?

— Parce que... parce que je suis de la maison.

— Ah ! vous êtes de la maison... Eh bien ! moi, je n'en suis pas... C'est peut-être à cause de vous.

— A cause de moi ?

— Cela n'est pas impossible.

— En quoi pourriez-vous être utile ici ?

— Et vous, à quoi servez-vous ?

— Monsieur, vous êtes un insolent !... Je ne comprends pas que la baronne consente à recevoir...

— Doucement, chère madame. J'ai connu la baronne avant vous ; j'ai même plus fait pour elle que vous ne ferez jamais.

— Monsieur, laissons cette discussion ; elle finirait mal. Heureusement, je ne suis pas condamnée à vous rencontrer souvent.

— Qu'en savez-vous ?

— Comment, qu'en savez-vous ? Apprenez, monsieur, qu'il suffirait de quelques repas assaisonnés, comme celui-ci, du dégoût qu'inspire votre présence, pour me faire perdre la vie.

— Détrompez-vous, madame. Vous avez l'âme chevillée dans le corps, et si le dégoût était une maladie... Prendrez-vous du vin ?

— Enfin, monsieur, dites-le tout de suite ; en me contrariant, comme vous le faites, en oubliant

26

tous les égards qui me sont dus, vous avez juré
de me rendre malade ?...

— Vous rendre malade me paraît très-difficile,
vu l'excellente santé dont vous jouissez... Je
n'en veux pour témoin que votre coup de four-
chette. Croyez-vous, d'un autre côté, qu'il me
soit bien agréable de vous entendre dire que je
fais mourir de dégoût...

— De dégoût, ce n'est pas le mot. Mais enfin,
monsieur, je ne vous connais pas, ou, si je vous
connais, c'est sous de très-mauvais rapports...
Je ne suis donc pas rassurée du tout.

— Bon, je vous vois venir. Vous allez me dire
que je suis un mauvais sujet. Ne craignez rien,
excellente madame Chiffonneau ; je n'ai pas
l'âme aussi noire qu'on a bien voulu vous le dire,
et si j'avais été moins bon toute ma vie, vous
me verriez plus riche que je ne suis... Désirez-
vous du vin ?

— C'est donc comme moi, qui ai tant travaillé !
Nuit et jour, monsieur, j'ai été à la peine. On me
connaît par tout Paris. Si vous saviez combien
j'ai eu à vaincre de préjugés !

— Des préjugés !... A qui en parlez-vous ?...
Ah ! je sais ce que c'est, allez !... On juge les
hommes sur la mine, et, de ce qu'ils n'ont pas le
teint d'un jeune premier, on en conclut qu'ils
sont... des pas grand'chose, quoi !

— Et, pendant que je suais sang et eau pour
gagner honnêtement ma vie, à côté de moi,
dans la paresse et la fainéantise, de petites

filles de quatre sous trouvaient le moyen de
se faire des rentes, d'éclabousser le pauvre
monde... Donnez-moi à boire, monsieur Giacomo, s'il vous plaît.

— Que voulez-vous, madame Chiffonneau, il
faut en prendre son parti. Mais quand on y réfléchit bien, le sort paraît vraiment injuste. Ainsi,
moi qui ai élevé la baronne, car enfin je l'ai élevée le premier, en la nourrissant de mon pain...
eh bien ! me voici chez elle comme un étranger. Vous-même, n'aviez-vous pas l'air de trouver incommode ma présence ici ?

— La baronne !... Vous ignorez donc tout le
mal qu'elle m'a donné ? Ah ! si vous l'avez nour-
rie le premier, je vous assure que je suis bien
venue ensuite. Que de tracas, que d'ennuis !...
jusqu'à être soupçonnée par la police !... Telle
que vous me connaissez, j'ai été soupçonnée par
la police, à cause de cette gamine... En retour,
voyez comme elle nous traite... Son dîner est à
peine bon pour des chiens... Il n'y a que ce bourgogne qui se laisse boire volontiers... voulez-
vous m'en verser encore un peu... sans cela je
craindrais d'être empoisonnée.

— Laissez faire ; la baronne ne portera pas
loin son ingratitude... Je connais un homme...

— Que me dites-vous là ?

— Oui, madame Chiffonneau, je connais un
homme qui fera cruellement expier à cette petite
Pâlotte l'oubli de ses bienfaiteurs et son insolente
fortune.

— Monsieur Giacomo, je ne vous comprends pas.

— Ah ! vous avez trouvé surprenant de me voir prendre place, en face de vous, à cette table ! vous en avez même témoigné de l'humeur... Eh bien, je vais vous dire à quel titre j'y suis...

— A quel titre vous y êtes ?

— Madame Chiffonneau, vous voyez en moi le maître de céans. Bien que je n'aie pas fait le menu du repas, c'est moi qui vous traite... Comment me trouvez-vous installé ?

— Comment je vous trouve installé !

— Convenez que j'ai l'air d'un galant gentilhomme et que la destinée méconnut étrangement son devoir le jour où elle fit de moi un pifferaro sordide, n'ayant d'autre perspective que la borne et le ruisseau ?

— Monsieur Giacomo, où voulez-vous en venir ?

— A vous dire ceci : c'est que la baronne est désormais bien peu de chose chez elle, tandis que moi, je suis tout. N'ouvrez pas ainsi de grands yeux ; vous allez me comprendre. Savez-vous ce que c'est qu'un billet de vingt mille francs, qui vous tombe comme une tuile sur la tête et qu'on ne peut pas payer ?

— Oui, je le sais.

— C'est le cas de la baronne. Elle me doit vingt mille francs ; or, elle n'a pas le premier sou de cette somme. Il est possible qu'elle se la procure... En attendant, j'ai fait protester, assi-

gner... Bref, il n'est pas invraisemblable que d'ici
à trois jours on saisisse... Vous voyez bien que
je suis le maître et que je dois être le premier
servi....

— Vingt mille francs ! La baronne vous doit
vingt mille francs ?...

— Mon Dieu, oui... une bagatelle qui était
presque oubliée et dont j'ai retrouvé le titre, par
hasard, dans mes papiers.

— En vérité, je n'en reviens pas !... Monsieur
Giacomo, ce que vous me racontez là est une
plaisanterie...

— Rira bien qui rira le dernier, chère madame. Tenez, voilà l'adresse de l'huissier qui
poursuit.

Madame Chiffonneau lit la carte que l'Italien
lui présente.

— Parfaitement, je le connais.

— C'est un malin, croyez-le. Avec lui la pro-
cédure ne traîne pas... Vingt mille francs... oui,
Pâlotte me doit vingt mille francs sur toutes les
jolies choses qui sont dans la maison, bahuts,
meubles et ustensiles de toute espèce. Or, si je
ne suis pas payé dès demain, aussi vrai que je
m'appelle Giacomo, je ferai tout sauter.

— Comme vous y allez, monsieur Giacomo !..
Mais songez-vous...

— Je ne songe à rien, madame ; je me rappelle,
voilà tout... J'ai beaucoup fait pour Pâlotte ; elle
ne m'a jamais payé de retour. S'il lui a plu d'oublier, il me plaît à moi de me souvenir.

26.

Il se fit un instant de silence. Madame Chiffonneau, visiblement émue par ce qu'elle venait d'apprendre, livrait carrière à ses réflexions. L'Italien, de son côté, décrivait, avec son couteau de table, des zig-zags fantaisistes sur la nappe rougie à l'endroit de son verre.

Tout à coup la marchande à la toilette fit un brusque mouvement...

— Monsieur Giacomo — dit-elle — nous ne sommes pas à notre aise, chez la baronne, pour causer à cœur ouvert de l'affaire qui vous intéresse. Faites-moi l'amitié de m'accompagner au café-concert voisin où m'oblige d'aller la clientèle des chanteuses. En nous plaçant un peu à l'écart, nous reprendrons la question depuis le commencement jusqu'à la fin, et je vous expliquerai comment je la comprends.

— Avec plaisir, chère madame Chiffonneau. Disposez de moi comme vous l'entendrez; j'ai toute ma soirée libre.

— Vous aimez la musique?...

— Je suis Italien...

— Joli pays que l'Italie... **Fra Diavolo** n'en était-il pas ?

— Mais si. L'auriez-vous connu?...

— Non; j'en ai seulement entendu parler.

— A l'Opéra-Comique ?

— Farceur !

— C'était un homme qui ne manquait pas de talent... Son genre a bien vieilli.

— Tout s'use—dit en soupirant madame Chif-

lonneau, qui avait repris religieusement son sac.
— Allons, partons...

———

. . . .

— Auguste, le baron n'est pas encore arrivé ?
— Non, madame.
— Servez-moi à dîner. Un potage d'abord...
je verrai ensuite. Vous m'apporterez la *Vie Parisienne*. .

Il était huit heures et demie et j'avais écrit au
baron de m'attendre à huit heures au Café Anglais... Pourquoi ce retard ? Mon protecteur dî-
nait-il en ville ? Comment ne m'avait-il pas prévenue ?

Je mangeai mon potage avec colère. J'étais
agitée, fiévreuse. La *Vie Parisienne* me déplut ;
j'en déchirai la première page. Je n'avais pas
faim ; mon cœur se serra à la vue des mets qu'on
apportait.

Neuf heures sonnèrent... Personne.
— Auguste, pensez-vous que le baron ne
viendra pas ?
— Madame sait bien qu'il est toujours dans
l'établissement à pareille heure, quand il ne dîne
pas en ville.
— Je lui ai écrit de se trouver ici.
— Il n'aura pas reçu la lettre de madame.

. . . .

J'attendis jusqu'à dix heures... Le baron ne
vint pas.

En quittant le restaurant, je rencontrai Grostêtard sur le trottoir.

— Vous n'avez pas vu le baron?

— Si, si, attendez... Non, c'était avant-hier.
A propos, baronne...

—.Laissez-moi, je suis pressée...

Ma voiture stationnait à deux pas, je m'élançai dedans.

— A Passy! — criai-je au cocher. — Vite.

Le cheval partit comme un trait et ne s'arrêta
qu'à la porte de l'hôtel du baron.

. . . .

Un domestique de la maison, qui était là,
m'ouvrit la portière.

— Votre maître est-il chez lui?

— Non, madame. Monsieur le baron est sorti,
hier au soir ; depuis il n'est pas rentré.

— Remontez jusqu'au bois ; vous ferez le tour
du lac et retournerez à Paris — dis-je à mon
cocher.

. . . .

Quelques minutes après, j'étais dans l'avenue
de la Muette.

Des deux côtés du chemin, les arbres hérissés
de givre ressemblaient à des fantômes.

J'ouvris les portières. L'air me fouetta le visage ; je respirai un peu.

Le ciel et la terre étincelaient. Au loin, à
l'angle des carrefours, stationnaient quelques
fiacres.

Aucun bruit ; le roulement seul de la voiture et le trot rapide du cheval sur la terre gelée.

Le lac était couvert de glace. Des îlots faisaient ombre sur la surface blanche. Les saules appesantis laissaient traîner plus bas leurs rameaux. Des scintillements innombrables couraient sur la rive avec des flots de lumière, tombés de l'espace. Une lune à pic se mirait dans ces splendeurs.

Et le spectacle de la nature était impuissant à calmer mon agitation. L'air n'était pas assez froid pour mes poumons en feu. J'étais exaspérée de tant de calme. Un tumulte effroyable m'eût fait plus de bien... J'avais peur.

L'avenir m'apparaissait menaçant, terrible. J'avais des pressentiments qui me donnaient des sueurs froides. Il me semblait que j'étais entre Giacomo et la marchande à la toilette, comme dans les bras d'un étau... Et le baron qui n'était pas là, qui me fuyait peut-être, pour m'abandonner demain !...

—

A mon retour, je quittai ma robe de ville pour faire une toilette de soirée.

Les fleurs contrastaient étrangement avec mes pensées, mais j'étais belle quand même.

Le froid avait coloré mon visage ; mes yeux brillaient d'un éclat inaccoutumé.

Il y avait bal, ce soir-là, chez une amie de Fanny Bambin. J'étais engagée. Peut-être le baron irait-il... Je voulais être la reine de la fête.

Rosine mit tout son art à ma coiffure. Tous

mes écrins furent ouverts et fouillés. Un dernier
regard dans ma glace me renvoya un bravo. Jamais je ne m'étais sentie si orgueilleuse, si fière
et si furieuse.

Quand on m'annonça dans les salons de la
dame qui donnait le bal, il y eut comme un
murmure d'admiration, parmi les invités.

Grostêtard, Coquillard, Fernand se seraient
prosternés devant moi. J'acceptai avec dédain
tous les hommages.

— Où est Fanny ? — demandai-je.

— Fanny ne viendra pas — me répondit, avec
un sourire méchant, la maîtresse de la maison.

— Fanny ne viendra pas... — murmurai-je.

Évidemment on me cachait quelque chose ;
il avait été question de moi avant mon arrivée.

J'errai dans les salons... Partout les mêmes
hommages, comme aussi les mêmes sourires, les
mêmes chuchotements.

Jamais je n'avais vu les hommes aussi em-
pressés autour de moi.

Un tour de valse que je fis souleva des applaudissements.

— Baronne, vous voulez donc notre damnation éternelle ?... — me dit Grostêtard qui me
suivait pas à pas.

.　.　.　.　.　.　.　.　.　.　.　.　.

Étrange soirée que celle-là ! j'avais la rage au
cœur, et je dansais. Il me fallait payer vingt mille
francs, le lendemain, et je perdais le peu d'ar-

gent qui me restait, avec l'insouciance d'un millionnaire qui engage deux louis.

Et tout était frémissement en moi, à la pensée d'une trahison que j'entrevoyais comme dans un rêve plein de colères et d'emportements.

Où était Fanny Bambin? où était le baron?

Je me sentais mordue au cœur par la haine. Un sang brûlant courait dans mes veines.

Au bout d'une heure, je n'y tins plus. J'allai trouver la maîtresse de la maison.

— Où est Fanny? — lui dis-je.

— Je ne sais pas — répondit-elle avec un nouveau sourire.

— Vous le savez…

— Non, je vous assure.

— Je vous en prie, dites-le-moi.

La dame hésita, un instant.

— Je vous en prie — répétai-je.

— A quoi bon !

— Je me doute de tout.

La dame hésita encore.

— Puisque vous vous doutez de tout… — dit-elle : A l'avenir, ma belle enfant, vous saurez que, chez les femmes, comme à Waterloo, la vieille garde ne se rend pas.

Je n'eus pas le courage de questionner davantage; on ne me perdait pas de vue.

J'essayai vainement de m'étourdir en dansant. Cet exercice et les marques d'admiration ne faisaient qu'exaspérer mon délire nerveux.

Je pris Grostêtard à part.

— Il faut que vous m'appreniez, tout de suite, où est le baron.

Grostêtard hésita à son tour; puis, se ravisant :

— Vous le voulez?

— Oui.

— Vous serez calme et m'aimerez?

— Oui.

— Eh bien! le baron est avec Fanny Bambin, depuis hier au soir. Ils sont je ne sais où... Tout le monde connaît la nouvelle; j'ai cru que vous la saviez aussi.

Je restai impassible.

— Merci — dis-je à Grostêtard.

Ce dernier m'avait pris mon bouquet des mains et en effeuillait les fleurs. Je le lui repris.

— Au revoir.

— Vous partez?

— Dans un instant.

— Faut-il vous reconduire?

— Non, je veux être seule.

— Baronne...

— Adieu.

Et je glissai sous la main qui voulait me retenir, pour passer du salon à l'antichambre.

Je jetai à la hâte mon manteau sur mes épaules et, pressée, haletante, je gagnai ma voiture.

— Chez madame Fanny Bambin ! — criai-je au cocher qui dormait.

. . . .

La femme de chambre de l'actrice m'ouvrit la porte.

— Où est ta maîtresse ? lui demandai-je.

— Madame n'est pas rentrée, depuis hier.

— Tu mens ! je veux m'en assurer moi-même.

Je pénétrai dans l'appartement... Personne n'était entré dans le salon, de la journée.

Le même ordre régnait dans la chambre à coucher ; l'édredon et les oreillers rebondissaient avec une majesté sereine, sous la dentelle et la soie des rideaux.

La femme de chambre, qui m'avait suivie, ouvrait de grands yeux étonnés.

— Où est ta maîtresse ? tu vas le dire.

— Je ne le sais pas.

— Quand rentrera-t-elle ?

— Je ne le sais pas.

— En ce moment, en face de moi, au-dessus d'une chaise longue en satin cerise capitonné, j'aperçus le portrait souriant de Fanny.

Je ne fis qu'un bond jusqu'à lui. Je l'arrachai du mur et, après l'avoir foulé aux pieds, avec une longue épingle que j'avais dans ma coiffure, je lui crevai les yeux.

— Voilà ce que je voulais faire à ta maîtresse en personne, — dis-je à la femme de chambre atterrée.

. . . .

27

—

Il était sept heures du matin et le jour commençait à poindre, quand je rentrai chez moi.

Giacomo m'avait devancée; je le trouvai dans l'antichambre.

— Venez — lui dis-je.

Il me suivit dans l'obscurité jusqu'à ma chambre.

J'excitai le feu prêt à s'éteindre et allumai les flambeaux.

Giacomo se tenait debout devant moi, le chapeau sur la tête.

Je lui indiquai un fauteuil.

Je passai un instant dans mon cabinet de toilette, fis sauter les agrafes de mon corsage, quittai mes jupons et ma robe de bal.

Tout d'une poussée, j'écartai le harnais de mon opulente misère et, jetant sur mon corps un peignoir de batiste, j'allai à l'Italien.

— Tu as voulu que je sois à toi — lui dis-je. — Je ne t'ai pas cédé. Tu veux t'emparer de ce que j'ai. Eh bien ! je te donnerai tout, moi et ce que j'ai, si tu m'obéis.

Je surpris un éclair dans le regard de Giacomo.

— Tu vois ce poignard... Prends-le... et, soit à Paris, soit ailleurs, tu eu frapperas le baron d'Auberoche, mon amant. A ce prix, je serai à toi, corps et biens.

Giacomo attira à lui le poignard, le tourna et le retourna dans ses mains, comme s'il l'eût es-

timé, puis, le remettant à sa place, il me regarda
avec une expression de diabolique ironie.

— Vous me prenez pour un assassin ?... —
dit-il.

— Qu'êtes-vous donc?

— Croyez-vous que l'espoir de vous posséder
serait assez fort pour me faire commettre un
crime qui me coûterait peut-être la vie? Tout le
monde n'a pas la chance que vous avez eue. La
Cour d'assises rend parfois des arrêts qui ne sont
pas tendres. Il ne faut pas jouer avec elle, le couteau à la main.

— Vous ne voulez pas?

— Ah! de ce que je vous avais montré un
billet de vingt mille francs, en proposant de le
brûler, vous vous étiez imaginé que Giacomo,
pour un oui, se laisserait conduire à la bouche-
rie ! Détrompez-vous, belle dame. D'abord, il y
a des moments où l'on est fou; ensuite, j'espère
pour moi que je n'eusse pas brûlé la valeur. Ce
que l'homme promet aux femmes, il ne le tient
pas toujours... Quel bénéfice, d'ailleurs, aurais-je à tuer le baron ?

— Cet appartement, mes bijoux, mon or vous
reviendraient.

— Votre or !... Je serais payé, si vous en aviez.
Quant au reste, il est possible que je me trompe,
mais je ne suis pas loin d'en être propriétaire.
Vous voyez donc que la vie du baron d'Auberoche m'importe peu, tandis que la mienne est
plus que jamais précieuse.

— Croyez-vous que pour vingt mille francs je me laisserai mettre à la porte de chez moi ?

— Oh ! vingt mille francs !... En ce qui me concerne, c'est bien le chiffre. Mais n'avez-vous pas encore souscrit pour cinquante mille francs de valeurs à divers fournisseurs ?

— C'est madame Chiffonneau qui a ces valeurs.

— Madame Chiffonneau est une honnête femme ; elle a dû remettre les titres aux créanciers. Comme il y a péril en la demeure, d'ici à trois jours, selon toute probabilité, les cinquante mille francs seront exigibles.

— Comment ! madame Chiffonneau aurait...

— Madame Chiffonneau a ses intérêts à sauvegarder, tout comme les autres. Les négociations qu'elle a faites pour votre compte, croyez-vous qu'elle les ai faites pour rien ? Que deviendraient ses commissions, si tout ce mobilier était dispersé par la vente après saisie ?

— Quelle infamie !

— Madame Chiffonneau a parfaitement agi. C'est une femme fort intelligente et très-dévouée à ses clients. Elle gagne à être connue.

— N'en avez-vous pas dit vous-même tout le mal possible ?

— C'est un tort que je me propose de racheter. Et, à ce sujet, madame la baronne veut-elle me permettre de lui faire part de mon prochain mariage avec madame Chiffonneau ?

— Un mariage !... vous !...

— Je ne vous demande pas votre avis, l'affaire est décidée. Je suis sûr, à l'avance, du bonheur qui m'attend.

Là-dessus, l'Italien me regarda insolemment.

— Ainsi, vous n'êtes pas en mesure de me payer ? — dit-il.

Sur un signe négatif de ma part, il ajouta :

— Vous avez été assignée pour aujourd'hui et le jugement sera rendu ce soir. Après cela, nous verrons.

Giacomo sortit lentement, sans saluer, après avoir fait, du regard, un rapide inventaire des meubles de ma chambre.

—

— Je te jure que tu auras tes vingt mille francs demain matin... Mon mois a été très-mauvais, c'est aujourd'hui la liquidation, n'importe !... je tiens à te prouver mon amour. N'est-ce pas que j'ai été constant ?... Que de boutades, de duretés !... Enfin, me voilà le plus heureux des hommes... et je te rendrai le service que tu me demandes... Tu n'es pas habituée à de pareils ennuis, n'est-ce pas, chère enfant ? Oh ! l'argent, l'argent, si tu savais !...

C'est Grostêtard qui me parlait ainsi. Après le bal, il s'était rappelé mon trouble... En homme qui connaît le prix des circonstances, sous prétexte de prendre de mes nouvelles, il était venu me visiter, dans la matinée, une heure après le départ de Giacomo...

27.

Grostêtard me laissa confiante. Les angoisses de la nuit m'avaient brisée. Un peu d'espoir me rendit le sommeil, mais quel sommeil !...

Des images confuses le traversèrent d'abord. Bientôt, je distinguai Fanny Bambin, appuyée sur le bras du baron... Ils riaient de moi l'un et l'autre, en me montrant du doigt... Et je courais après eux pour retenir l'infidèle, me venger de la perfide... Ils se dérobaient à ma poursuite... La distance qui nous séparait était toujours la même.

Un instant après, c'était au tour de Giacomo et de la marchande à la toilette. Cette dernière portait une robe blanche et une couronne de fleurs d'oranger. L'Italien était en habit noir — avec cravate blanche... Ils passaient, comptant une liasse de billets de banque...

Puis, le tableau changeait, et le repaire de madame Chiffonneau s'offrait à ma vue, tel qu'il était, dans mon enfance, avec le vieux tapis éraillé représentant Armide, les déguisements appendus à la tringle : don César de Bazan et Robert-Houdin, Isabeau de Bavière et Mimi Pinson, Colombine et Marguerite Gautier; en un mot, toute la famille de guenilles sordides que des vivants animent à certains jours et que la Folie fait bouillonner, comme une lave, dans le cratère grondant des théâtres de bals masqués.

.   .   .   .

Mais une sorte de frémissement a passé dans

toutes les loques, naguère froides, immobiles,
accrochées pêle-mêle. On dirait que les âmes
des personnages dont le souvenir a, dans ces
lieux, tant de fois été évoqué, envahissent la
chambre nuptiale des deux êtres dont l'accou-
plement est fait pour étonner la terre et le ciel...
Un bonnet ruché, bonnet architectural, gigantesque, a passé sous le pâle rayon de la lampe
qui s'éteint... En ce moment, retentit le miau-
lement du chat apocalyptique... et aussitôt
commence, dans l'espace, un concert de chauves-
souris, hiboux, chats-huants et autres animaux
de toute espèce, auxquels s'adjoignent vam-
pires, griffons, diables, farfadets, tous dansant
une sarabande dont la chaîne grandit, devient
compacte, profonde, et s'étend, comme une nuée
phosphorescente, au sein d'infernales ténèbres...

.   .   .   .

—

— Si vous ne devez pas faire opposition et si
votre intention est de payer la somme qu'on
vous réclame, le mieux est d'accepter le jugement. Vous éviterez par là de nouveaux frais
ainsi que les ennuis qui accompagnent une
affaire de cette nature, quand elle n'est pas terminée.

Ainsi me parla le commis du greffe auprès
duquel je me renseignai relativement à la con-

damnation par défaut qui avait été prononcée contre moi.

Comptant toujours sur l'argent promis par Grostêtard, je me rendis au raisonnement du commis et signai une acceptation rédigée sous mes yeux et qu'on annexa au jugement.

De là, je me rendis chez le baron, comptant mettre ma fierté de côté, pour le ramener à moi et l'éloigner de Fanny.

De cette démarche dépendait mon sort tout entier. Les vingt mille francs de Grostêtard ne pouvaient, en effet, suffire à me tirer d'embarras, le tribunal ayant accordé à Giacomo le bénéfice de cinq ans d'intérêts. Il fallait, en outre, les frais.

Je n'étais pas non plus sans craintes à l'égard de mes fournisseurs. Les valeurs remises à madame Chiffonneau étaient bien souscrites à quatre-vingt-dix jours, mais j'avais compté sur six mois et même neuf mois de temps. Or, l'affaire de Giacomo et la défection de la marchande à la toilette allaient certainement m'enlever tout crédit ; en sorte que les fournisseurs ne manqueraient pas d'exiger le paiement des billets, à l'échéance.

. . . .

— Monsieur le baron d'Auberoche y est-il ?— demandai-je à un valet de pied qui fumait un cigare de son maître, sur les marches du perron de l'hôtel.

— Non, madame — me répondit cet homme — monsieur le baron est parti pour l'Italie. Son absence sera de quelques mois.

Cette nouvelle me porta un coup terrible... Je chancelai et serais tombée à la renverse, si la crainte de laisser voir l'émotion, que dissimulait mon voile, n'avait appelé à mon secours toute mon énergie.

Parti pour l'Italie! avec Fanny Bambin, ma rivale. Et moi je restais seule, sans vengeance, sans ressources, ivre de colère et de dégoût... Oh! qu'il m'eût semblé léger le poignard qu'avait repoussé un mangeur d'enfants, Giacomo, s'il m'eût été donné de l'enfoncer dans le sein de la voleuse d'hommes, de la cabotine éhontée, cause de si douloureux tourments! Comme je l'aurais abreuvée, cette arme, du sang de la traîtresse; avec quelle joie j'aurais déchiré des chairs, dispersé des entrailles qui m'avaient ravi ma fortune et le repos de ma vie!

Et Ledaim... je songeai alors à Ledaim... lui qui galopait toujours avec des millions en croupe, peut-être me viendrait-il en aide. Je m'accrochai à cette nouvelle branche de salut, je traversai Paris pour me rendre au domicile du sportsman. Fatalité! le malheureux était en pleine débâcle. Engagé dans un *steeple-chase* avec son dernier cheval, il s'était cassé les reins, en sautant la *banquette irlandaise*. Je ne montai même pas chez lui... Il en avait tout au plus pour quelques heures.

Et madame de Sainte-Athénaïs !... certes, les circonstances étaient assez graves pour que je lui fisse l'honneur d'une visite... Il est vrai que je n'avais pas rempli le programme qu'elle m'avait tracé. Mais son esprit retors trouverait peut-être un moyen, un expédient. La directrice de l'*Escargot* devait avoir tant vu, tant vécu !... Hélas! le vent de l'adversité avait aussi soufflé sur elle. La botte de la police correctionnelle avait détruit sa taupinière. Mais aussi pourquoi s'occupait-elle de mariages, cette bonne femme? Quand j'arrivai, elle pleurait toutes les larmes de son corps. On lui avait infligé une amende de cinq cents francs ; encore un peu on l'eût mise en prison pour escroquerie.

En quittant la Sainte-Athénaïs, je rencontrai Coquillard... Le soi-disant homme de lettres m'apprit avec les marques d'une vive satisfaction qu'il avait fait admettre à l'Ambigu un drame qui n'était pas encore fait, dont il m'avait parlé bien des fois, et sur le compte duquel un Dinocheau imbécile s'était inscrit pour plusieurs mois de pension.

— Ecoutez — lui dis-je — puisque vous inspirez une telle confiance aux directeurs, tâchez de vous faire avancer cinquante louis, dont j'ai besoin, sur les cent mille francs que vous rapportera votre œuvre.

Coquillard comprit l'épigramme... il me tourna le dos et disparut. Des hommes comme celui-là n'admettront jamais qu'une femme ait besoin d'argent.

Ce jour-là fut pour moi le jour des rencontres. Après Fernand qui me fit une déclaration en vers, il me fut donné de recevoir les hommages de M. Plumeau.

Ce bon M. Plumeau paraissait si peu se douter du billet que j'avais souscrit à son ordre, que je le questionnai à cet égard.

— En effet, j'ai eu, de vous, une valeur en règlement — dit le mercier — mais, dans les vingt-quatre heures, cette valeur a été retirée par madame Chiffonneau, à l'ordre de laquelle je l'ai passée.

Victor et Robert me répétèrent la même chose. Toutes mes valeurs, pour la somme de cinquante mille francs, avaient été reprises par la marchande à la toilette, qui se trouvait désormais ma seule créancière, après Giacomo.

Immédiatement j'allai trouver un homme d'affaires et lui racontai le fait.

Celui-ci haussa les épaules.

— C'est chose faite — dit-il — il serait bien difficile d'y revenir. Cette femme a les notes de vos fournisseurs ; les valeurs sont en outre passées à ordre par ces derniers.

— Comment cette marchande à la toilette s'est-elle procuré l'argent nécessaire ? — demandai-je.

— Qui vous dit qu'elle n'en disposait pas ? Vous-même ne lui avez-vous pas fourni l'occasion de gagner des sommes considérables ? Supposez qu'elle ait dix clientes comme vous. D'ailleurs, n'eût-elle pas eu l'argent, il ne lui était pas impossible de se le procurer. Ces gens-là prendraient vingt mille francs là où vous ne trouveriez pas dix louis. Après ça, ne croyez pas que la marchande à la toilette ait intégralement payé la somme aux fournisseurs. Vous ne connaissez pas les conventions qui existent entre eux, les commissions promises, les contre-lettres échangées. C'est la bouteille à l'encre, tout cela; le diable lui-même n'y verrait pas clair. Un fait indiscutable, c'est que vous avez souscrit des valeurs, en règlement de comptes détaillés, reconnus par vous. Ces valeurs ont été payées par madame Chiffonneau, passées à son ordre... bref, vous devez.

- —

Il ne me restait plus qu'à lire la lettre suivante, qui m'arriva un matin, de Londres, après que j'eus attendu et envoyé chercher vainement les vingt mille francs tant promis par Grostêtard :

« Ma chère amie,

« Maudis-moi, crie bien haut que tu m'exècres, que je suis un misérable, un drôle, un goujat... Fais seulement ce que je vais te dire, et cela, le plus promptement, le plus expéditivement que tu pourras. Jette pêle-mêle dans tes malles tout ce que tu auras de plus précieux, en dentelles, bijoux, argenterie et objets de toute sorte. Charge une voiture, deux voitures, s'il le faut... Pars comme une balle pour la gare du Nord. De là, laisse-toi conduire et arrive-moi à Londres, dans le plus bref délai. Mon adresse est au bas de ma lettre.

« Ah ! mon amie, quel coup j'ai manqué, et qui m'a perdu ! C'était justement pour me procurer les vingt mille francs qui devaient te tirer d'affaire. Ce n'était pas vingt mille francs qui allaient me revenir... Toi et moi aurions été couverts d'or !

« Mais je te conterai la catastrophe : c'est épouvantable. Viens vite; de Londres, nous surveillerons tes intérêts comme si nous étions à Paris. Ici, il est possible de se relever. J'ai déjà une affaire en vue. Ce qui me reste de ressources, joint à ce dont tu disposeras, assurera, j'en suis convaincu, le succès de l'entreprise. Allons, en route et sans regarder en arrière !...

« Tout à toi,

« Signé : GROSTÉTARD. »

Que pouvais-je faire de mieux ? En un instant, mes malles furent remplies, bourrées, bouclées de tout ce qui m'était tombé sous la main, à commencer par les bijoux, l'argenterie, mes toilettes et autres objets. Rosine et moi apportions une activité fébrile à ce travail. Et quand il n'y eut plus de place, qu'il fut impossible de rien ajouter, je cadenassai moi-même, pendant que Rosine allait chercher des commissionnaires et commander les voitures.

Enfin, tout était prêt pour le départ. J'étais déjà enveloppée dans mon plus lourd manteau de fourrures, et on se disposait à enlever les malles, quand le timbre de la porte d'entrée retentit violemment.

. . . .

Trois hommes entrèrent, trois hommes sinistres vêtus de noir et portant des dossiers livides.

D'un geste, le premier arrêta le commissionnaire, qui avait chargé une malle sur ses épaules et se disposait à la descendre, puis, venant à moi, il me donna communication du jugement dont je m'étais déclarée prête à subir la condamnation. Sa mission était de saisir; il se mit donc à l'œuvre, après avoir dicté à ses clercs la formule d'un procès-verbal, dans lequel le nom de Giacomo et le mien revinrent plusieurs fois. Ensuite, il fallut ouvrir les malles : le contenu en fut soigneusement inventorié; finalement, on dressa un état de mon mobilier tout entier, pièce par pièce, sans oublier les plus menus objets.

Cette cérémonie n'était pas encore terminée, quand un autre homme noir survenant me remit une liasse de papier timbré, contenant autant de protêts que j'avais souscrit de valeurs à madame Chiffonneau. Ce fut le dernier coup.

. . . .

Écrasée, anéantie, je me mis à vaguer dans cet appartement auquel m'attachaient encore des souvenirs d'orgueil, de satisfaction, de bien-être, de triomphes mondains. Je passai en revue, comme pour leur dire adieu, tous ces meubles, compagnons de ma fortune éphémère, dont un brusque revirement allait me séparer à jamais... Et comme je m'étais arrêtée, en passant, dans la salle à manger, naguère si joyeuse, si resplendissante dans l'orgie, mes regards rencontrèrent cette bouteille d'absinthe qui m'avait déjà versé l'ivresse une fois. Elle était là, toute verte, souriant à mon désespoir, et m'offrant de jeter l'oubli sur les perfidies dont j'étais victime, de m'ôter le sentiment de l'être lui-même ou, mieux encore, de me donner la mort.

Cette dernière perspective se dressa tout à coup dans mon esprit affolé. Je me sentis prise d'une sorte de vertige et, saisissant à deux mains ce flacon, objet d'une suprême espérance, je le pressai sur mes lèvres jusqu'à ce que le sang, qui avait d'abord afflué au cœur, remontant comme un flot à ma tête, m'enleva l'équilibre et me précipita, foudroyée, sur le parquet.

. . . .

. . . .

—

Que je souffre !

L'œuvre de ma destruction touche à sa fin. Les quelques heures paisibles que me laisse la maladie, je les emploie à écrire; un souvenir en entraîne un autre, et ma main court sur le papier, reprenant de ma vie le drame misérable qui se dénouera peut-être à l'hôpital.

. . . .

Un tremblement convulsif s'empare parfois de mes membres; en moi, tout semble prêt à se rompre. Vienne le dernier jour, vienne la dernière heure !...

. . . .

Je ne suis plus maîtresse de mes pensées. Ma raison fuit les images confuses qui envahissent mon cerveau... Je revois Canette... Il me menace et me montre une fosse béante, la fosse commune, qui m'attend...

Ah! cesse de me maudire!... Tu ne sais pas ce que j'ai souffert. S'il est vrai qu'il y ait une vie meilleure, pardonne à la malheureuse, pour laquelle les vivants ont été si implacables !

Tu es mort sans douleur, sans délire, sans agonie... Vois le long supplice que j'endure. Lequel de nous deux a été le mieux partagé? Regarde ce visage que tu trouvais si beau, ma

poitrine, ces bras qui t'enlacèrent si souvent...
Je ne suis plus que le spectre de cette Pâlotte que
tu as aimée...

Et ton amour s'est changé en haine, parce
que j'ai été criminelle... Mais je vais mourir...
Prends pitié de celle qui apprit de toi l'amour,
pour ne connaître ensuite que la haine. Tu es
bien vengé... Pardonne !...

. . . .

Ah! il vient de sourire... Sa main se tend vers
moi en signe de réconciliation... La miséricorde
n'est donc pas un vain mot ?... Et cette voix, ce
refrain que j'entends... la voix et le refrain de
Canette :

> Un peu de chrôme à la palette.
> Ohé ! rapin ! Ohé ! rapin !...
> Vive l'amour et la guinguette !...
> Ohé ! . . . . .

. . . .
. . . .
. . . .

FIN DES MÉMOIRES DU SQUELETTE.

28.

ÉPILOGUE

—

Le cimetière de **X...** était un de ces cimetières
de province, simple comme avait été la vie de
ceux qui venaient dormir là leur dernier sommeil, souriant comme l'avait été presque con-
stamment le séjour mortel de ceux qui repo-
saient. La nature, près de laquelle ces morts
avaient vécu jadis, leur faisait fête encore
dans la tristesse de l'asile suprême. Sur eux elle
étendait ses grands arbres verdoyants, et, d'herbe
touffue, elle encadrait la pierre où était inscrit le
funèbre : *Ci gît.*

En province, on va peu au cimetière, pendant
la semaine. Le mort revit dans la chambre qu'il

occupait et dont nul objet n'est dérangé ; son souvenir s'assied régulièrement chaque jour à la table de famille, et les moindres détails de l'existence intime rappellent un nom qui vient sur toutes les lèvres, quand quelqu'un le prononce. Le dimanche, en sortant de la messe, on traverse parfois le champ des morts, et sur les tombes chacun passe la revue des générations qui se sont succédé au village, des vieillards chargés d'années qu'on se remémore à peine avoir vus tout enfant, des jeunes gens aussi avec lesquels on a joué, et qui sont partis prématurément.

. . . .

Le cimetière était désert, quand madame Desormeaux y pénétra, un matin, suivie de deux serviteurs, portant un fardeau qui ne paraissait pas leur peser.

Une fosse était creusée dans le coin le plus reculé.

Un prêtre, suivi d'un enfant de chœur, se trouvait là et prononça quelques prières, tandis que madame Desormeaux était agenouillée au bord de la fosse.

— *Requiescat in pace !* — fit le prêtre, en aspergeant d'eau bénite la terre fraîchement remuée.

— *Amen !* — répondirent les assistants, en prenant le goupillon des mains du prêtre.

—

Quand le docteur Desormeaux revint de faire ses visites, sa femme l'arrêta à l'entrée de son cabinet.

— J'ai bien des choses à te dire — fit-elle un peu confuse.

— Quoi donc?

— Et d'abord, tu sais ce... squelette?...

— Eh bien...

— Tu ne le reverras plus... Cette pauvre *Pâlotte !* j'en rêvais la nuit... Ce manuscrit...

— Tu l'avais donc lu?

— Que veux-tu?... malgré moi... Ton ami Georges du Génestel l'a laissé traîner un jour... et l'histoire de cette damnée de la vie m'a serré le cœur. Elle dort en terre sainte maintenant...

— Enfin, tu as bien fait... Et c'est tout ?

Madame Desormeaux attira son mari tout près d'elle et lui murmura quelque chose à l'oreille.

— Que veux-tu ? — ajouta-t-elle, tandis que le docteur souriait et pleurait de joie à la fois, — je me disais : ce sera peut-être une fille... heureuse, riche, née dans le bonheur, celle-là. Qu'elle soit associée à un peu de bien, avant d'être née, et que le jour où elle m'a fait signe coïncide avec celui où une pauvre âme en peine, purifiée par la prière, entrera dans le repos éternel, et peut-être s'envolera dans le sein de Dieu...

Avant de retourner à ses malades, le docteur passa par le cimetière. Il trouva sans qu'on le lui eût indiqué l'endroit écarté où dormait la pauvre Pâlotte. Point de nom, une simple croix de bois avec ce verset du psaume, gravé en lettres blanches :

« *Que depuis le matin jusqu'au soir, Israël espère dans le Seigneur... Le Seigneur est plein de miséricorde...* »

DU MÊME AUTEUR :

*Pour paraître, dans le courant de l'année,
la deuxième série du* Pays du mal, *intitulée :*
ESPÉRANCE.

DERNIERS PARUS

XAVIER DE MONTÉPIN. Le Mari de Marguerite.
Les Confessions de Tullia. (Inédit.)
Le Bigame.
La Voyante.
La Femme de Paillasse.

PAUL DE KOCK. La Mariée de Fontenay-aux-Roses. (Inédit.)
Friquette. (Inédit.)
Les Intrigants. (Le dernier inédit.)

HENRY DE KOCK. Les Baisers maudits. (Inédit.)
Le Démon de l'alcove (Inédit.).

ÉLIE BERTHET. Les Parisiennes à Nouméa.
Les Drames du cloître.

V⁰ DE BEAUMONT-VASSY. Mémoires secrets du XIX⁰ siècle. (Inédit)

CH. MONSELET. Le Théâtre du Figaro.

CH. JOLIET. Le Roman de Bérengère.

HONORÉ SCLAFER. Le Paysan riche (Inédit.)

BÉNÉDICT-HENRI REVOIL. La Saint-Hubert.

FIRMIN MAILLARD. Les Derniers bohèmes, Henri Murger et son temps

ANGELO DE SORR. Le Drame des Carrières d'Amérique. (Inédit.)
Le Fantôme de la rue de Venise. (Inédit.)
Jeanne et sa suite.
Ranalalalulu CXXXIV. (Inédit.)

ÉMILE BOSQUET. Les Trois Prétendants

E. VAN DER MEER. Les Courtisanes martyres

C. CHÉRET ET D. DE GENNES. Chasse aux Femmes et aux Lions

P. MAZEROLLE. Les Mauvais gîtes

SOUS PRESSE

XAVIER DE MONTÉPIN. Les Tragédies de Paris. (Inédit.)

ANGELO DE SORR. Les Nuits de Versailles. (Inédit.)

PAUL SAUNIÈRE. Mademoiselle Aglaé

BÉNÉDICT-HENRI REVOIL. Les Victoires de l'amour.

PARIS — IMP. SIMON RAÇON ET COMP., RUE D'ERFURTH, 1.